Sandra Berg

EEN KWESTIE VAN VERTROUWEN

Westfriesland

Eerste druk in deze uitvoering 2008

www.kok.nl

ISBN 978 90 205 2880 0
NUR 340

Omslagontwerp: Julie Bergen
© 2008 Uitgeverij Westfriesland, Kampen

HOOFDSTUK 1

Carl was in de badkamer. Hij zong hard en hij zong vals. Maar hij had in elk geval een goed humeur.

Hannah luisterde met een glimlach naar de verkrachting van een nummer van de Bee Gees, terwijl ze de rommel in de keuken opruimde.

Haar glimlach verstarde even toen ze de troep op de grond zag, waar Carl had gegeten. Waarom moest die man altijd zo knoeien aan tafel?

Hij was af en toe net een klein kind. Hij lette gewoon nergens op. Hij propte zijn eten naar binnen, terwijl hij in de tussentijd een verhaal afstak. Hannah had er een hekel aan als hij met zijn mond vol praatte, maar ze was er tot nu toe niet in geslaagd om hem dat af te leren. Eigenlijk was dat een taak van zijn moeder geweest, maar die had het altijd te druk gehad met reizen en nieuwe dingen ontdekken. De avontuurlijkheid had Carl dus in elk geval van geen vreemde. En zijn gebrek aan huishoudelijk inzicht net zomin.

Ze schudde even haar hoofd, ruimde de troep op en schoot overeind toen de bel van de voordeur klonk.

'Doe jij even open?' riep Carl van boven af. 'Het is Manuel.'

'Ik weet wie het is,' mompelde Hannah wat geïrriteerd. Waarom dacht Carl altijd dat ze alles tegelijk kon doen?

Ze zuchtte diep en liep naar de voordeur.

'Waarom kom je niet achterom?' vroeg ze aan Manuel, toen ze de deur voor hem had geopend.

Manuel was een grote, donkerblonde man met helderblauwe ogen die de uitdrukking van een kwajongen hadden.

'Heb ik geprobeerd. Hij was nog gesloten,' antwoordde Manuel. Hij grijnsde naar Hannah. In zijn ongeschoren wangen verschenen langwerpige kuiltjes en hij wreef met een speels gebaar door Hannahs blonde haren.

'Je maakt mijn permanent in de war,' protesteerde Hannah lachend.

'Je hebt geen permanent.'

'Dat is niet het punt ...'

'Je hebt niet eens een model in je haren.'

'Nou ... bedankt ... daar betaal ik een dure kapper voor.'

'Ga je weleens naar de kapper?'

'Ik ben een halfjaar geleden nog geweest.'

'Dat is kort genoeg geleden. Laat ze maar lekker lang.' Hij liep langs haar heen en ze rook zijn typische lichaamsgeur, vermengd met aftershave. Hij rook lekker, vond ze altijd. Een absurde gedachte.

Ze liep achter hem aan de kamer in en keek hoe hij neerplofte op de bank.

'Koffie?' vroeg ze.

'Graag. Is die puber van je nog niet klaar?'

'Hij zat net nog in de douche.'

'Hij zong toch niet, hoop ik?'

'Hij probeerde het.'

Manuel schudde zijn hoofd. 'Je moet daar toch eens iets aan doen. Ik weet nog een goede psycholoog ...'

'Als dat de psycholoog is die jij elke week bezoekt, dan verstaat hij zijn vak niet,' klonk het vanuit de deuropening. Carl kwam de kamer binnen en ging tegenover Manuel zitten. 'Bij jou heeft het tenminste nog niets uitgehaald,' zei hij erachteraan. Hij grijnsde.

Carl zag er goed uit. Zelfs nu Hannah al een tijd met hem was getrouwd en dagelijkse ergernissen de aanvankelijke romantiek wat temperden, moest ze dat toegeven. Carl had blond haar en ogen die minstens zo blauw waren als die van Manuel. Hij had een wat hoekig, maar zeer aantrekkelijk gezicht en een atletisch lijf door het vele sporten. Hij was in feite knapper dan Manuel. En toch had Manuel ook iets. Hannah kon zich voorstellen dat meiden op hem vielen. Waarom hij geen vaste relatie had, wist Hannah niet precies. Ze wist dat hij lange tijd een vriendin had gehad en dat er ergens iets mis was gelopen, maar wat er precies mis was gegaan wist ze niet. Manuel praatte daar nooit over.

Ze ging naar de keuken om koffie te zetten. En daarna zou ze even wegkruipen achter de computer. Misschien was Allison of Roel wel online. Carl en Manuel wilden de voorbereidingen voor de volgende klim bespreken en ze wist dat ze dat het liefste met z'n tweeën deden. Ze had daar geen moeite mee. Ze kon er toch niets aan toevoegen.

Twintig minuten later opende ze Msn en zag meteen dat Allison online was.

Ze klikte op Allisons naam en begon met 'Alli?'

'Hej, Han. Hoe is ie?'

'Goed. De mannen zitten in de kamer en bespreken hun reis.'

'Is dat lekkere ding weer bij jullie?'

'Yep.'

'Geef hem een kus van mij.'

'Ik weet niet zeker of Carl dat goedvindt.'

'Flauw. Wanneer gaan ze?'

'Zaterdag.'

'Rot voor je.'

'Nee, hoor. Lekker vrije tijd. Ga je mee de stad in?'

'Zaterdag? Zinloos geld de deur uitgooien? Dikmakers eten? Onze voeten beurs lopen?'

'Nou ja, geld heb ik niet. Maar lekker kwijlen bij de etalages ... en een verderfelijke kroket uit de muur kan er ook nog wel vanaf.'

'Klinkt aantrekkelijk.'

'Afgesproken dan. Ik kan Roel ...'

'Nee ... alleen wij meiden.'

'Je mag Roel niet bijzonder.'

'Ach ...'

'Jammer.'

'Ach ...'

'Nog iets te roddelen?' Hannah wist dat het geen zin had om door te praten over Roel. Ze had vaak genoeg Allison uitgeprobeerd uit te leggen dat Roel werkelijk een leuke vent was, maar Allison had nu eenmaal haar eigen mening. Misschien was het gemakkelijker om dat maar gewoon te accepteren.

Ze staarde naar het scherm, waar Allisons venstertjes opensprongen omdat ze het verhaal van een onderbuurman niet in

één venster gepropt kreeg. Hannah voelde zich opeens een beetje misselijk. Ze wist niet waar het vandaan kwam. Het was er
opeens gewoon. Een onbestemd, misselijk gevoel dat ze niet kon
thuisbrengen.

Ze haalde diep adem en probeerde het van zich af te schudden.
Later zou ze zich dit weer herinneren. Later zou ze begrijpen dat
dit een voorgevoel was.

HOOFDSTUK 2

Het was zaterdagochtend en Hannah keek naar Carl, die zijn spullen in Manuels groene Landrover propte. Ze stond op de stoep van haar huis in het Bloemhof. Ze was onrustig, zonder te weten waarom. Het was bepaald niet de eerste keer dat Carl vertrok om een berg te beklimmen in een ver land. Carl had dit altijd gedaan. Zijn avontuurlijkheid was een van de dingen die haar hadden aangetrokken toen ze hem had leren kennen, en ze geloofde ook niet dat ze dat zou willen veranderen. Maar toch maakte haar dat op dit moment ongerust. Misschien omdat de mannen erover dachten om de Franse Route over de Zuidwand van de Aconcagua te nemen. Nou ja ... eigenlijk was het vooral Carl die dat wilde doen. Manuel had voorgesteld om de Poolse Gletsjer aan de Oostwand te nemen omdat die geweldige uitzichten bood, maar Carl hield niet van populaire routes en de Poolse Gletsjer was zeker een populaire route te noemen. Ze hadden nog geen definitieve beslissing genomen, maar Hannah wist nu al dat Carl zijn zin zou krijgen. Carl kreeg altijd zijn zin. Zelfs bij haar. Soms haatte ze hem erom. Maar niet nu. Niet nu hij wegging.

Manuel was de eerste die afscheid van haar nam. Hij liep naar haar toe, omhelsde haar en kuste haar op haar wang. Het was een warme en hartelijke omhelzing en opnieuw rook ze zijn geur.

'Hé, Manuel ... zo kan ie wel weer,' riep Carl lachend. 'Het is *mijn* vrouw.'

'Nou en? Ik heb zelf geen vrouw om afscheid van te nemen,' ging Manuel er speels tegenin.

'Dan moet je zorgen dat je die krijgt.'

'Dat kan niet. Ze is al bezet.' Hij knipoogde naar Hannah, knuffelde haar nog een keer en liet haar los.

Eindelijk kon Carl afscheid van haar nemen. Zijn omhelzing was innig en aangenaam en hij kuste haar lang op de mond, alsof hij duidelijk wilde maken dat ze van hem was.

'Als ik soms niet meer terugkom,' begon hij. 'Ik heb een levensverzekering bij ...'

Hannah stompte hem tegen zijn schouder. 'Doe niet zo idioot.'

'Je weet het niet.'

'Ik weet het wel. Ze willen jou daar niet eens houden. Maak dat je wegkomt.' Ze kuste hem nog een keer op zijn wang, keek toe hoe hij instapte en zwaaide de wegrijdende auto na totdat ze hem niet meer zag.

Een korte rilling ging door haar heen toen de auto verdwenen was en zij weer naar binnen ging. Het huis was opeens opvallend leeg en heel even vond ze het spijtig dat hij weg was. Maar dat gevoel duurde niet lang. Eén blik op de rommel die hij in de keuken had achtergelaten was voldoende om een verwensing te mompelen en blij te zijn dat ze de komende twee weken tijd voor zichzelf had. Eindelijk eens geen rommel achter zijn kont opruimen. En eindelijk rust. Want Carl was niet rustig. Nooit. Hij was altijd duidelijk aanwezig en wilde altijd zoveel van haar. Hij bedoelde het goed, maar hij was soms zo verdraaid vermoeiend.

Ze zuchtte nog maar een keer bij die gedachte en begon op te ruimen. Toen ze later de slaapkamer binnenliep en zag welke troep hij daar had achtergelaten, verwenste ze hem opnieuw. Maar hij was er niet en hoorde het dus niet. Al zou hij zich er weinig van hebben aangetrokken als hij dat wel had gedaan.

Hannah ruimde een klein beetje op en zocht wat kleding uit de kast. Ze had niet veel bijzonders meer om aan te trekken. Zij en Carl hadden het niet erg breed en haar baantje bij de telefonische helpdesk bracht ook niet zo heel veel geld in het laatje. Dat Carl daarnaast steeds weer vrij nam van zijn baantje in de fabriek en naar het buitenland ging om een berg te beklimmen, maakte het er niet gemakkelijker op, maar hij zou dat nooit kunnen opgeven, ongeacht hoeveel geld het kostte. Het maakte Hannah verder weinig uit. Ze had geen behoefte aan veel geld. Hannah rommelde tussen de truien en broeken en koos uiteindelijk een legging met een wollen overgooier die ze nog niet zo heel lang geleden voor een prikje had gekocht in een winkel die ermee ophield. Ze besloot de laarzen met wollen voering erbij aan te trekken, want het was bepaald niet warm buiten. Het was tenslotte pas maart en de kou wist nog van geen wijken. Jammer genoeg hadden ze ook deze winter niets anders dan die vervelende ijzige wind met veel regen en natte sneeuw gehad. Geen helder vriesweer of eens een flink pak sneeuw. Het leek wel of die winters niet meer bestonden.

Hannah huiverde even en ging voor de grote passpiegel in de slaapkamer staan. Ze was wat magerder geworden, meende ze. Haar gezicht zag er wat smaller uit en het leek wel alsof haar ogen dieper in de kassen lagen. Ze vroeg zich af of ze niet te mager werd. Of kwam het gewoon omdat ze ouder werd? Ze was tenslotte al bijna dertig. Veranderde je gezicht dan niet? Ze bekeek zichzelf nog een keer kritisch. Haar lichte sproeten verdwenen in elk geval niet. Het leken er wel steeds meer te worden. En waarom had ze altijd zo'n bleke kleur? Allison had een veel mooiere huidskleur, vond ze. Allison was het daar nooit mee eens. Allison vond Hannahs bleke kleur iets aristocratisch hebben. Hannah vond het vooral gewoon bleek. Maar voor de rest zag ze er redelijk uit. Haar gezicht had aardige contouren, haar ogen waren groot en helder en haar lange blonde haren maakten haar jonger. Ze bond de haren bijeen in een hoge paardenstaart en liep de slaapkamer uit. Het was bijna tien uur 's morgens. Tijd om naar de stad te gaan.

Twee dagen later zat Hannah in de gezamenlijke woonkamer van 'De Vennen'. Ze keek door het raam naar buiten, naar de parkachtige tuin, die aansloot op een van de vennen, waaraan het verpleeghuis zijn naam dankte. Uiteraard was er een hek geplaatst tussen tuin en ven. De bewoners konden het water zien, maar ze konden er niet invallen of inspringen. Dat was in elk geval een prettige gedachte. Het verpleeghuis had erg zijn best gedaan om het hek een frivool uiterlijk te geven, zonder gevaarlijke punten en pinnen en zonder de indruk te wekken dat het bedoeld was om de bewoners binnen te houden. Dat laatste was wel degelijk het geval, maar het was prettig dat het er niet zo dik bovenop lag. Er waren familieleden die geprotesteerd hadden tegen de aanwezigheid van het hekwerk, lang geleden, omdat ze vonden dat het niet paste bij een verpleeghuis. Maar ze hadden het pleit niet gewonnen en wat Hannah betrof was dat maar goed ook. Het verplegend personeel kon onmogelijk iedereen vierentwintig uur per dag in de gaten houden, tenzij ze de patiënten zouden vastkluisteren aan het bed, en dat leek haar helemaal geen prettige gedachte. Het hekwerk maakte het voor de bewoners mogelijk om zelfstandig naar buiten te lopen. Tenminste, voor degenen die dat nog konden. Zoals Anna.

Anna kon nog zelf naar buiten en deed dat ook vaak. Hannah noemde haar moeder de laatste tijd nog maar zelden ma of moeke, zoals ze dat vroeger vaak had gedaan. Ze noemde haar tegenwoordig vrijwel altijd bij haar voornaam, Anna. Het was net alsof dat alles wat gemakkelijker maakte. Alsof het een afstand schiep waarbij het er niet zo dik bovenop lag dat het haar moeder was die ze verloor.

Voor Anna zelf maakte het weinig uit. Ze zat nu tegenover Hannah en rommelde wat met een kleurige lap stof.

'Ben je vandaag al buiten geweest, Anna?' vroeg Hannah.

Anna keek haar wat verbaasd aan. Ze was een tenger dametje met witte krulletjes en een bril met ronde glazen, omlijst met een metalen montuur.

'Waarom wil je dat weten?' vroeg Anna. Ze keek Hannah achterdochtig aan.

'Het is mooi weer en de tuin ziet er prachtig uit. Ik vroeg het mij gewoon af.'

'Oh. Is het mooi weer?' Anna keek niet naar buiten. Haar blik was gefixeerd op de lap stof.

'Ik kan hier een rok van maken,' zei Anna, zonder Hannah aan te kijken.

'Dat kun je doen,' gaf Hannah toe. De lap stof was nog niet groot genoeg voor het minirokje van een zesjarig meisje, maar het deed er niet toe. Hannah had allang geleerd dat het gemakkelijker was om Anna gelijk te geven.

'Ik ga,' zei Anna opeens. Ze stond op en vertrok. Hannah keek haar na. Ze vroeg zich af of ze haar moeder achterna zou moeten gaan. Misschien zou Anna dan gewoon beginnen te kletsen, maar het was ook goed mogelijk dat ze opeens kwaad zou worden. Het zou niet de eerste keer zijn.

'Wil je misschien een kopje koffie?' Een van de verpleegsters was naast haar komen staan en wierp een vluchtige blik door het raam naar buiten, waar Anna net voorbijmarcheerde. Het was een verpleegster van middelbare leeftijd met bruin krulhaar, dikke brillenglazen en een wat grof gezicht. Lina heette ze. Ze was meestal in de gemeenschappelijke woonkamer als Hannah er was en ze was altijd even aardig.

'Misschien kan ik dat net zo goed even doen,' zei Hannah. 'Volgens mij kan ik wel een kop koffie gebruiken.'

Lina glimlachte voorzichtig. 'Ik kan het mij voorstellen. Het is niet gemakkelijk.'

'Nee. Het is net …' Hannah twijfelde even. 'Het is net alsof ze tussen mijn vingers door glijdt.'

'Ik weet het,' zei Lina. 'Ik zie het vaak gebeuren.'

'Toen ze pas hier was wist ze tenminste af en toe nog wie ik was. Ze was achterdochtig, bang en vaak verschrikkelijk kwaad, maar ze herkende mij soms nog.'

'De angst verdwijnt nu steeds meer.'

'Omdat ze het niet meer beseft.'

'Precies. Omdat ze het niet meer beseft.'

'Omdat ze niets meer beseft.'

'Steeds minder.'

'Ik verlies haar.'

'Zo voelt het, ja. Ze is er nog, maar ze is niet meer de persoon die je kende. En ze zal steeds verder van je afglijden. Dus in zekere zin verlies je haar inderdaad. Het heeft geen zin om dat te ontkennen.'

'Nee.' Hannah stond op. 'Ik ga toch maar eerst even naar haar toe. Ik drink daarna wel koffie.'

Ze wachtte niet op een reactie, maar liep naar buiten. Haar moeder was op een bankje gaan zitten, dicht bij een bloemenperkje. Ze staarde naar de eerste gele krokusjes die hun kopjes boven de grond staken. Haar mond was in een zachte glimlach gevormd.

Hannah ging naast haar zitten. Ze raakte haar moeder even aan. Anna keek Hannah wat verschrikt aan en schoof een stukje van haar weg.

'Wie ben je?'

'Hannah. Je dochter. Ik woon in Olme, in het huis waar wij vroeger woonden. Alleen woon ik er nu met Carl. Maar Carl is weg. Hij gaat de Aconcagua in Argentinië beklimmen. Dus nu ben ik even alleen.'

'Wie is Carl?'

'Mijn man.'

'Oh.' Anna staarde naar de bloemen. 'Gekke kleuren, hè,' merkte ze op.

'Ik vind ze wel mooi,' zei Hannah.

'Wale ...waa ...' Anna schudde haar hoofd. 'Door de regen, hè?' Hannah had geen flauw idee wat haar moeder bedoelde, maar knikte. 'Het komt door de regen. Daardoor bloeien ze en krijgen ze kleur.'

'Zitten er vliegen in?'

'In de bloemen? Nee, hoor.'

'Jawel. Ik ga wel hier. Ken ik jou niet.' Anna stond op en liep weer weg. Hannah keek haar een paar tellen na en ging toen weer naar binnen. Ze had nu echt wel behoefte aan koffie.

Ze trof Lina aan bij de kleine bar in de woonkamer.

'Heeft Anna problemen met de spraak?' vroeg Hannah haar.

'Is het jou ook opgevallen?'

'Ze wilde iets zeggen, maar kwam volgens mij niet uit haar woorden. Later zei ze een paar woorden verkeerd om.'

'Ik heb het ook gemerkt. Het komt nog niet veel voor, maar af en toe slaat ze de plank mis. Dan gooit ze woorden door elkaar of komt er even niet uit.'

'Wordt dat erger in de toekomst?'

'Uiteindelijk wel.'

'Alsof het zo nog niet erg genoeg is,' mompelde Hannah.

De verpleegster schoof haar een kop koffie toe, met melk en suiker. Precies zoals ze het graag had. 'Je weet dat hier mensen zijn waarmee je kunt praten? Andere familieleden, maatschappelijk werkers ...'

'Ik weet het. Maar ik ben nog niet zover.'

'Dat is helemaal aan jezelf.'

'Dat weet ik.'

HOOFDSTUK 3

Vijf dagen later liepen Manuel en Carl door Mendoza in Argentinië. Ze hadden hun tijd besteed aan het bestuderen van de geldende regels voor het beklimmen van de berg, het controleren van hun uitrusting, het inslaan van voorraad en het bediscussiëren van de route die ze zouden nemen. Uiteindelijk had Carl zijn zin gekregen en hadden ze besloten de Franse route te nemen. Eigenlijk had vooral Carl dat besloten, maar zoals meestal was Manuel uiteindelijk akkoord gegaan en hadden ze net de vergunning opgehaald bij Dirección de Bosques y Parques Provinciales. Omdat ze net buiten het hoogseizoen de vergunning hadden aangevraagd – het was nu maart en het hoogseizoen voor het klimmen liep tot 15 februari – waren ze veertig dollar goedkoper uit, maar dat geld zouden ze nog wel kwijtraken na hun terugkomst. Dan begon namelijk het Argentijnse Nationale Wijnfestival. En dat was iets wat ze niet wilden missen nu ze toch hier waren.

Ze zouden de volgende dag vertrekken. De weersvoorspellingen waren redelijk. Weinig bewolking en stabiel, in elk geval op dit moment. Beide mannen wisten dat het van het ene op het andere moment kon veranderen, zeker als ze eenmaal aan het klimmen waren. Maar het was net zo goed mogelijk dat het rustig en droog bleef.

Ze hadden afgesproken de tijd te nemen voor de klim. Normaal gesproken duurde het drie dagen om vanuit het basiskamp de top te bereiken. En dan natuurlijk weer drie dagen om weer terug te komen. Maar wellicht konden ze iets langer op de berg blijven om van de prachtige uitzichten te genieten. Ze hadden de tijd en wilden niets missen. Ze waren in een uitgelaten stemming. Carl misschien nog iets meer dan Manuel.

Toen ze hun hotel bereikten, besloot Carl nog een keer Hannah te bellen. Eenmaal op de berg zou het er niet meer van komen. Hannah was thuis en nam de telefoon meteen op.

'Hallo, lieverd,' zei Carl. 'Mis je mij al een beetje?'

'Een beetje.'

'Een beetje?'

'Je vroeg toch of ik je een beetje miste.'

'Dan moet je zeggen dat je mij verschrikkelijk mist.'

'Och …'

'Zo gaat dat …' mompelde Carl met gespeelde verontwaardiging. 'Uit het oog, uit het hart. Je zit zeker weer de hele tijd bij Roel. Of hij bij jou …'

'Natuurlijk. Je weet toch dat hij je plaatsvervanger is.'

'Fijn is dat.'

'Ik heb nu eenmaal graag een man om mij heen.'

'Dat kan ik mij voorstellen. Maar Roel …'

'Waag het niet om het te zeggen,' waarschuwde Hannah.

Carl grinnikte. 'Doe hem de groeten en zeg dat hij goed voor je zorgt.'

'Dat doet hij wel.'

'Dat neem ik aan.'

'En geef Manuel een knuffel van mij.'

'Geen denken aan. Viespeuk.'

'Flauw.'

'Ben je nog bij Anna geweest?'

'Drie dagen geleden.'

'En?'

'Ze gaat achteruit.'

'Dat spijt me.'

'Ze hebben gezegd dat het zo zou gaan.'

'Natuurlijk. Maar daarom kan het nog moeilijk zijn.'

'Ja. Dat is het. Wanneer gaan jullie klimmen?'

'Morgen.'

'Welke helling?'

'De Franse.'

'Manuel wilde toch liever de Poolse?'

'Ja. Maar die loop je in één dag heen en in één dag terug. Dan zit ik over drie dagen weer bij jou op je schoot en is het gedaan met de rust. Dat wil ik je niet aandoen.'

'Op mijn schoot zitten gaat inderdaad ver. Maar ik heb je graag weer heelhuids terug.'

'Ik ben bang dat dat wel gaat lukken. Zo heftig is die klim niet.'

'De Poolse Gletsjer schijnt toch ook erg mooi te zijn en een behoorlijke uitdaging te vormen.'

'Je lijkt Manuel wel.'

'Ik wil gewoon dat het goed gaat.'

'Je klinkt bezorgd.'

'Misschien ben ik dat wel.'

'Dat ben je anders nooit.'

'Toch wel. Op z'n minst een beetje.'

'Gelukkig. Anders zou je niets om mij geven.'

'Ik weet niet zeker hoe dat met die levensverzekering zit,' gaf Hannah een luchtige draai aan het gesprek. Want ze was dit keer werkelijk bezorgd, zonder te weten waarom. Ze wilde Carl daar niet mee belasten. Niet vlak voor een klim waar hij zich zo op verheugde.

'Oh, zit dat zo. Lekker ding ben jij,' reageerde Carl lachend.

'Wees maar voorzichtig,' zei Hannah.

'Altijd.'

'En veel plezier.'

'Ook altijd.'

'Dat weet ik. Laat maar iets weten als je weer met allebei de voetjes op de begane grond staat.'

'Natuurlijk.'

'Veel plezier.'

'Jij ook. En hou Roel in toom.'

'Zal ik doen.' Ze wilde de verbinding verbreken, maar stokte in haar beweging.

'Carl?'

'Ja?'

'Ik hou van je.'

'Ondanks mijn zweetsokken en de vergeten dopjes op tubes?'

'Ondanks dat.'

'Dat moet dan echte liefde zijn. Ik hou ook van jou.'

De verbinding werd verbroken

Hannah plofte neer op de bank, naast Roel. Ze moest onwille-keurig even aan Carls opmerking denken, waarbij hij had gesuggereerd dat Roel niet onder 'echte mannen' viel. Roel was in feite Carls tegenpool. In de eerste plaats was hij lang niet zo eigenwijs en hij had geen enkele behoefte aan het beleven van allerlei avonturen. Maar hij was ook niet atletisch gebouwd. Eerder mager en slungelig. Hij had net zo min Carls lengte. Hij was zelfs drie centimeter kleiner dan Hannah. Bovendien miste Roel duidelijk Carls uitstraling. Roel was niet knap, niet aantrekkelijk of op wat voor manier dan ook iemand waar vrouwen naar omkeken. Waarschijnlijk was dat een van de redenen waarom Carl geen problemen had met de vriendschap tussen zijn vrouw en Roel. De andere reden was het feit dat Hannah al sinds de kleutertijd bevriend was met Roel en dat ze een broer-zusrelatie met hem had.

'Je echtgenoot?' vroeg Roel. Hij zat met de kom popcorn, die ze net in zijn handen had gedrukt, op zijn schoot en keek haar aan. Hannah knikte. 'Ze gaan morgen klimmen.'

'Je moet er maar zin in hebben,' mompelde Roel.

'Je weet hoe hij is.'

'En of.'

'Gelukkig heb ik jou om mee op de bank te hangen en waardeloze films te kijken op een belachelijk tijdstip, zoals nu,' zei Hannah met een grijns.

Ze ging naast Roel zitten en graaide in de popcorn.

'Dat had je nu niet moeten zeggen,' zei Roel. 'Je weet hoe gek ik ben op films waarin je bij voorbaat weet wat er gaat gebeuren, wie gaat winnen en wie uiteindelijk op wie verliefd wordt. Ik hou van de voorspelbaarheid. Anders word ik zenuwachtig.'

Het was als een grap bedoeld, maar Hannah wist maar al te goed dat Roel werkelijk aan voorspelbaarheid hechtte, en dat had niet alleen betrekking op films. Ze klapte op zijn knie. 'Zet het geluid maar weer hard.'

'Ging het niet zo goed met Anna? Ik had er nog niet naar gevraagd ...'

'Ze gaat achteruit. Ik wist dat het zou gebeuren. Maar dat maakt het niet gemakkelijker. Ze begint problemen met de spraak te krijgen. Nog geen grote problemen, maar dat is het begin.'

'Rot voor je.'

'En voor haar.'

'Ik denk dat ze zelf niet meer beseft wat er aan de hand is.'

'Misschien niet. Maar soms denk ik toch dat ze wel iets weet. Het kan ook inbeelding zijn.'

'Ik geloof niet dat ze het nog weet.'

'Ik weet het niet. Zet dat geluid maar weer op loeisterkte.' Roel deed wat Hannah vroeg. Eigenlijk deed Roel altijd wat Hannah vroeg. Ook in dat opzicht was hij Carls tegenpool.

Hannah begreep nooit wat Allison tegen Roel had. Roel was een echte lieverd, maar Allison beweerde altijd dat ze hem iets te kruiperig vond. Misschien kwam dat gewoon omdat ze hem niet goed kende. Helaas mislukten Hannahs pogingen om daar verandering in te brengen altijd. In elk geval tot nu toe.

Maar ze was niet van plan om zich daar nu druk om te maken. Deze dag had ze, samen met Roel, omgedoopt tot een 'vandaag doe ik niets zinnigs'-dag. En daar wilde ze van genieten.

HOOFDSTUK 4

De tweede dag van de beklimming liep ten einde en Manuel en Carl waren minder goed opgeschoten dan ze aanvankelijk hadden verwacht. De eerste dag was het weer nog goed geweest, maar vandaag hadden ze met veel wind te maken gehad en was het ook kouder. Bovendien was Carl uitgegleden op een van de wanden en had het Manuel verdraaid veel moeite gekost om hem weer boven te krijgen. Manuel was er geïrriteerd over geweest, want Carl had uitgerekend het meest ellendige deel van de wand uitgekozen om te beklimmen. Manuel had gewezen op het makkelijker begaanbare stuk rechts van hen, maar zoals gewoonlijk was Carl niet akkoord gegaan en had hij zijn zin doorgedreven. De steile sneeuwhelling had de laatste krachten van hen gevergd. Niet in de laatste plaats omdat Carl dus veel te onstuimig te werk was gegaan. Manuel betrapte zich er steeds vaker op dat hij twijfelde of hij in de toekomst nog met Carl wilde klimmen. Hij was al jaren met hem bevriend, maar Carls eigenzinnigheid en gebrek aan verantwoordelijkheid stoorde hem de laatste tijd steeds meer. Een enkele keer vroeg hij zich af of het werkelijk alleen dat was. Diep vanbinnen besefte hij dat er nog een reden was om Carl met andere ogen te bekijken. Hij wist dat de dingen die in zijn hoofd rondspookten verkeerd waren. Maar hij kon het nu eenmaal niet helpen.

'Morgen halen we de top,' zei Carl uitgelaten tegen Manuel. Hij liet zijn rugzak op de grond vallen en begon de gespen los te maken om de tent eruit te halen.

Manuel liet ook zijn rugzak op de grond zakken en keek naar boven. Hij had al bij de sneeuwhelling gemerkt dat de wind van beneden kwam en voor sterke afkoeling zorgde, maar nu hij naar boven keek besefte hij dat hun nog een probleem te wachten stond. De top van de berg ging verscholen in een dikke laag wolken.

'We moeten opschieten,' zei Manuel tegen Carl. Hij begon ook met het losmaken van zijn rugzak om de spullen eruit te halen die ze nodig hadden om een kamp op te slaan en eten te maken.

'Waarom? Kun je niet wachten tot we boven komen?' vroeg Carl met een grijns.

'Kijk dan.' Manuel wees naar boven. Carl keek naar de top en vloekte zacht.

Ze wisten allebei wat het betekende.

'Viento Blanco,' zei Manuel. 'Het zit er dik in dat we de top niet bereiken.'

'Het kan morgen weg zijn,' zei Carl.

'Het moet nog beginnen. Met wat pech zitten we straks dagen vast op deze helling en moeten dan naar beneden omdat de voorraad op is.'

'Geen denken aan,' mompelde Carl. Hij keek Manuel aan. Er was iets in zijn blik wat Manuel maar al te goed kende en waardoor een vaag gevoel van onrust zich in hem verspreidde.

'We kunnen nu gaan,' stelde Carl voor.

'Je bent niet goed wijs,' zei Manuel. 'Het weer kan nu elk moment omslaan en dat weet je.'

'De wind is nog niet zo sterk. Het kan best even duren voordat het zover is. Het is nog maar een dagtocht naar boven. Of een nachttocht. Mocht het weer verslechteren als we boven zijn, dan blijven we daar. Op het dak. Op het allermooiste punt.'

'En dan? We zullen er bar weinig van zien als het weer verslechtert.'

'Het klaart heus wel weer op.'

'Ongetwijfeld. Maar niemand weet hoelang dat duurt. Bovendien is het idioot om nu naar boven te klimmen. We zijn doodop. We redden het nog geen twee uur meer.'

'Kom op, ouwe,' grapte Carl. 'Jij weet net zo goed als ik dat we heel wat aankunnen als we echt willen.'

'We kunnen heel wat aan, maar we zijn bepaald geen superman. Doe normaal, Carl.' Carls gedrag begon hem weer te irriteren.

'Niet zo chagrijnig, Manuel. Ik wil gewoon de top bereiken. Dat is alles. Daarvoor ben ik hier.'

'Iedereen wil de top bereiken, maar je zult je verstand moeten gebruiken. Je kunt niet midden in de nacht verdergaan. Je bent moe en je weet hoe onbetrouwbaar de wanden en hoe steil de sneeuwhellingen hier zijn. Vermoeid en in het donker naar boven klimmen staat gelijk aan zelfmoord. Zeker als het weer omslaat. En dat gebeurt. Dat weet je. De tekenen zijn er.'

'Misschien komt er inderdaad wat meer wind en sneeuw ...'

'Er komt met zekerheid sterke wind en sneeuw. Je weet wat de opwaartse, afkoelende wind en de wolken om de top betekenen. Viento Blanco. Witte wind. Iedereen weet dat je dan onmiddellijk de klim moet afbreken.'

'Ze overdrijven met hun veiligheidsregeltjes.'

'Ik blijf hier.' Manuel begon met het opbouwen van de tent.

Ga zelf maar verder, schoot het door hem heen. Het was een rotgedachte, want Carl zou het alleen nooit redden. Ongeacht wat hij zelf dacht. En heel even dacht Manuel dat hij dat werkelijk zou willen. Dat hij werkelijk wilde dat Carl verdween. Het was een onredelijke gedachte, die iedereen weleens besloop als men zich ergerde, maar die nooit werd uitgesproken. Driftig begon hij met het opzetten van de tent.

Carl besloot de discussie niet meer voort te zetten. Ergens wist hij best dat Manuel gelijk had. Het was gevaarlijk om op deze route in het donker te klimmen. Maar Carl wist ook wat het betekende als ze hier bleven. Hij besefte verdraaid goed dat de kans groot was dat het weer morgen hopeloos was omgeslagen en dat ze alles moesten opgeven. En als er iets was wat Carl niet kon, dan was het opgeven. Hij keek nog een keer naar de wolken waarin de top van de berg verscholen lag en vloekte zacht. Pas toen ze later op de avond in hun slaapzakken lagen, begon Carl nog een keer over de klim.

'Ik wil echt de top bereiken, Manuel.' Hij was ernstig dit keer en staarde naar het licht wapperende tentzeil.

'Ik ook,' zei Manuel. 'Misschien valt het weer morgen wel mee.' Hij wist niet waarom hij dat zei. Hij verwachtte niet dat het mee zou vallen. Misschien was het gewoon een hoop die hij koesterde.

'Ja, misschien wel,' zei Carl. Zijn blik bleef gericht op het tentzeil.

Ver van hen verwijderd, in het dorp Olme, zat Hannah aan tafel bij Allison.

Ze hadden net samen gegeten. Allison had een nieuw recept gekregen van haar Schotse tante en had het beslist willen uitproberen, maar niet als ze alleen voor zichzelf moest koken. Daarom had ze Hannah gevraagd om te komen. Het was een gezellige avond geweest, waarbij ze allebei te veel hadden gegeten en te veel wijn hadden gedronken. Maar het maakte niet uit. Geen van hen hoefde auto te rijden.

Allison was achtentwintig, net als Hannah, en had een aantal exen op haar naam staan die ervoor hadden gezorgd dat ze tegenwoordig erg kieskeurig was wat mannen betrof. Tot grote spijt van veel mannen overigens, want Allison zag er leuk uit. Ze was wat voller dan Hannah, maar beslist niet dik. Hannah was weleens jaloers op de mooie rondingen van Allison, die zij miste. Bovendien had Allison geweldig mooi haar: roodblond, dik en golvend. Geen kapper die dat zou kunnen evenaren. Allisons gezicht was zacht, rond en had een lichte, wat rossige huidskleur. Haar lippen waren mooi gevormd en haar ogen neigden naar groen. Carl had veel bewondering voor Allison, maar Hannah wist dat hij nooit met haar zou kunnen leven. Allison was te onafhankelijk voor hem. Te weinig geneigd om haar eigen behoeftes aan de kant te schuiven voor die van een ander. Carl zou geen poot bij haar aan de grond krijgen. Maar als vriendin van Hannah mocht hij haar. En Allison mocht Carl. Zolang ze er maar niet mee onder één dak hoefde te wonen, grapte ze altijd.

'Weet je wat jij zou moeten doen?' zei Hannah tegen Allison. Ze keek haar vriendin steels aan. 'Jij zou iets met Manuel moeten beginnen.'

'Manuel is een schatje, maar ik geloof niet dat hij bij mij zou passen,' zei Allison met een glimlach. 'Ik heb het niet zo op die avonturiers.'

'Manuel valt wel mee ...'

'Valt mee? Eens kijken ... bergbeklimmen, duiken, parachutespringen, uhhh, wat doet hij nog meer?'

'Nou ... zo'n beetje alles wat hoog of diep is. En hij is boomchirurg.'

'Een avonturier dus.'

'Ja, oké. Maar hij doet geen idiote dingen. Hij houdt van een uitdaging, maar ik geloof niet dat hij te ver gaat.'

'Zoals Carl?'

'Carl gaat ook niet te ver.'

'Omdat Manuel hem in toom houdt.'

'Misschien.'

'Ik weet het wel zeker. Maar dat doet er niet toe. Manuel is een lekker ding, maar niets voor mij. Bovendien is hij verliefd op een ander.'

'Manuel?'

'Kom op … je weet het best. De manier waarop hij naar je kijkt.'

'Doe niet zo raar. We flirten weleens voor de gein, maar verder dan dat gaat het niet.'

'Alleen omdat je met zijn vriend bent getrouwd en Manuel te veel fatsoen heeft om zich daar niets van aan te trekken. Maar als hij een kans zou krijgen …'

'Ik denk dat het wel meevalt.'

'Je weet best dat hij tijdens jullie huwelijk de kerk uit liep. En dat hij die avond vroeg naar huis is gegaan. Dat hij er moeite mee had.'

'Hij houdt gewoon niet van dat soort gebeurtenissen. En trouwens … het doet er ook niet toe. Ik ben samen met Carl.'

'Ja, dat wel …'

'En van plan om dat te blijven.'

'Nou ja … het is ook een stuk.'

'Dat is hij.'

'Waar zouden ze nu zitten?' vroeg Allison, terwijl ze nog een keer wijn inschonk.

'Als het goed is bereiken ze morgen de top en dalen ze dan weer af,' zei Hannah. 'Als Carl het tenminste niet in zijn kop krijgt om nog een dag op de top door te brengen. Daar had hij het over …'

'Nou ja, als ze toch daar zijn.'

'Ik hoop dat het weer redelijk blijft.'

'Is het dan een gevaarlijke klim?'

'Het is de zwaarste route die ze lopen. Gevaarlijke wanden,

24

sneeuwhellingen en dat soort dingen. Bovendien kan het weer altijd omslaan en ik vraag me af of Carl dan teruggaat.'

'Natuurlijk wel. Carl heeft toch al vaak genoeg geklommen om te weten wanneer hij moet stoppen. Hij heeft nooit een te groot risico genomen.'

'Nee, dat niet. Maar ze hebben nog nooit echt pech gehad met het weer, behalve vorig jaar en toen waren ze nog maar net op weg. De keuze om toen terug te gaan lag voor de hand.'

Hannah werd opnieuw beslopen door een wat onbestemd, onrustig gevoel. Ze stond op en liep naar het enorme raam, dat uitzicht bood op een gedeelte van het dorp, de Vaart en het Duitse natuurgebied met her en der een boerenwoning. Het was te donker om de afzonderlijke gebouwen te zien, maar de lichtjes gaven aan waar mensen woonden. Ze liet haar blik weer over Olme glijden. Het dorp deed haar vaag denken aan een kerstboom met al zijn lampjes. Zou Carl ook lampjes kunnen zien vanaf de plek waar hij de nacht doorbracht?

'Ben je ongerust?' vroeg Allison wat verwonderd.

'Ik geloof het wel. Ik weet het niet. Ik heb er nooit eerder last van gehad. Maar de laatste dagen ...'

'Enig idee hoe het komt?'

'Niet echt. Misschien heeft het met Carls houding te maken. De laatste tijd neemt hij steeds meer risico's. Alsof hij bang is dat er iets aan hem voorbijgaat, zonder dat hij het heeft meegemaakt. En soms heb ik het gevoel dat er spanningen zijn tussen hem en Manuel. Ze doen normaal tegen elkaar en maken grapjes en toch ... het is gewoon een gevoel. Misschien haal ik mij dingen in mijn hoofd.'

'Misschien wel,' zei Allison. 'Kom, drink er nog een.' Allison probeerde luchtig te klinken, maar ze geloofde niet dat Hannah zich dingen in haar hoofd haalde. Ze had gezien hoe Manuel naar Hannah keek en dat kon Carl onmogelijk ontgaan. Manuel had zonder twijfel altijd al een zwak gehad voor Hannah, maar de laatste tijd leken zijn gevoelens voor Hannah sterker te worden. Hij zei er niets over en hij deed erg zijn best om het niet te laten merken, maar voor iemand die de tekenen kende was het niet moeilijk dat op te merken. Ze wist ook hoe onbezonnen Carl zich vooral de laatste tijd gedroeg. Ze vroeg

25

zich af of het met Manuel te maken had. Ze wist het niet en ze was niet van plan om erover te beginnen. In elk geval niet nu.

Hannah knikte, draaide zich weg van het raam en ging weer aan tafel zitten.

'Je woont hier echt geweldig,' veranderde ze van onderwerp. 'Toen je zei dat je dit appartement ging kopen dacht ik dat je gek was. Ik heb het nooit zo op appartementen gehad. Maar dit is echt te gek.'

'Anders had ik er dat kapitaal niet voor neergeteld,' zei Allison met een grijns. 'Weet je dat ze dit weleens "de melkfles" noemen?'

'Nou ja ... het heeft dezelfde kleur.'

'Maar het is een stuk duurder. Bonbon?' Ze hield Hannah de doos voor en dacht nog heel even aan de mannen op de berg. Als ze weer thuis waren zou ze toch nog eens met Hannah praten over Manuel.

'Ik heb nog steeds niets gehoord.' Het was een week later en Hannah stond bij Allison voor de deur.

Allison liet haar vriendin meteen binnen. 'Heb je nog geprobeerd om hen te bereiken?' vroeg Allison. Het was een onzinnige vraag, want Hannah had de afgelopen dagen al een paar keer gezegd dat ze zich blauw belde, maar geen enkele reactie terugkreeg.

Hannah liep nerveus door naar de woonkamer en ging op de bank zitten. 'Roel zegt dat ik mij niet te druk moet maken. Hij denkt dat Carl en Manuel een paar dagen op de top blijven. "Je weet hoe ze zijn," zegt hij.'

'Wat denk je zelf?'

Hannah haalde diep adem. 'Ik weet niet wat ik ervan moet denken. Ik kan mij voorstellen dat ze een extra nacht op de top doorbrengen, maar dan hadden ze twee dagen geleden toch weer beneden moeten aankomen. Ik kan mij niet voorstellen dat ze drie dagen op de top doorbrengen. Ze waren het niet van plan en hebben dus geen voorraad bij zich voor zoveel dagen.'

'Heb je de overheid in Argentinië gebeld? Of dat bureau in Mendoza dat de vergunningen verstrekt?'

'Dirección de Bosques y Parques Provinciales.'

'Die ja.'

'Nog niet.'

'Waarom niet?'

'Carl kan soms zo moeilijk doen als hij het gevoel heeft dat ik te veel op zijn huid zit. Hij zegt altijd dat ik mij niet zo snel druk moet maken. Het kan natuurlijk ook zo zijn dat ze op het wijnfeest zijn. Roel had het daar ook nog over …'

'Wat denk je zelf?'

'Normaal gesproken belt hij zodra hij terug is.'

'Nou dan? Wat hang je hier dan nog rond en vreet je jezelf op? Bel verdorie dat kantoor op en vraag informatie.'

'Misschien moet ik dat maar doen,' zei Hannah aarzelend.

'Het zou tijd worden.' Allison greep de telefoon en drukte hem in Hannahs hand.

Hannah keek haar verbaasd en wat verward aan. 'Ik weet niet eens een nummer.'

'Daar bestaan diensten voor.'

'Maar ik kan toch niet met jouw telefoon naar het buitenland gaan bellen? God weet hoe lang zo'n gesprek duurt en hoe vaak ik word doorverwezen.'

'Als ik mij een appartement in dit verdraaide 'Klooster' kan permitteren, lukt het mij ook nog wel om een rekening van het bellen naar het buitenland te voldoen. En anders kan ik dan nog altijd naar je toe komen met de rekening. Bel nu maar.'

Hannah knikte wat timide en draaide met trillende handen een informatienummer.

Met het tweede telefoontje bereikte ze de receptie van het hotel waar Manuel en Carl waren geweest. De dame die ze daar aan de telefoon kreeg kon niet meer vertellen dan dat de mannen de dag van vertrek hadden uitgecheckt. Hannah herinnerde zich op dat moment dat ze het daarover hadden gehad. Het hotel aanhouden zou betekenen dat ze de kamerhuur moesten betalen terwijl ze er ongeveer een week geen gebruik van zouden maken, en dat hadden ze er niet voor over. Ze waren ervan overtuigd dat ze wel ergens een overnachtingplaats zouden vinden als ze terugkwamen.

Vijf telefoontjes later kreeg ze een man aan de telefoon die in gebrekkig Engels wist te vertellen dat Manuel en Carl in zijn kantoor waren geweest om de vergunning af te halen en dat ze nog niet waren teruggekeerd. In elk geval was hun terugkeer niet geregistreerd, en de Rangers waren daar altijd erg secuur in. Iedere klimmer kreeg een genummerde vuilniszak mee en dat nummer werd op de vergunning geschreven. Na afloop controleerde de Ranger of de klimmers afval bij zich hadden en ondertekende dan de vergunning. Dit werd geregistreerd en aan het kantoor doorgegeven. Maar het kantoor had dus nog geen registratie van terugkomst van Carl en Manuel ontvangen en hij kon geen navraag doen. Een aantal Rangers was namelijk weggeroepen in verband met een dringende situatie en nee, hij wist niet wat die situatie inhield. Hij kwam net pas terug van een lang ziekbed en was niet op de hoogte van de laatste ontwikkelingen.

Hannah had het gevoel dat de man ook niet op de hoogte wenste te zijn van de laatste ontwikkelingen, maar ze besloot beleefd te blijven. Ze liet de nummers achter van haar huistelefoon en haar gsm en vroeg te bellen zodra hij meer wist. Toen ze de verbinding had verbroken, besefte ze dat ze weinig vertrouwen had in de daadkracht van de man. Ze geloofde niet dat hij werkelijk zou bellen. Mogelijk had hij de nummers niet eens opgeschreven. Maar er was niets meer wat ze kon doen.

Ze keek Allison aan met een hulpeloos gebaar. Allison strekte haar armen naar haar uit en Hannah maakte graag van de gelegenheid gebruik. Ze koesterde zich in Allisons omhelzing en begon te huilen.

Allison streelde haar rug. 'Het komt wel goed,' verzekerde ze Hannah. 'Je weet hoe ze zijn als ze eenmaal aan het klimmen zijn. Dan vergeten ze alles. Misschien hebben ze ook nog een andere route genomen of zijn ze toch langer op de berg gebleven dan de bedoeling was. Ik weet zeker dat ze over een paar dagen opeens voor je neus staan.'

Hannah knikte alleen maar. Ze wilde het zo graag geloven. Maar diep vanbinnen knaagde de angst.

HOOFDSTUK 5

Twee dagen later probeerde Hannah televisie te kijken met Roel. Ze had Roel gevraagd om te komen, want ze hield het in haar eentje geen minuut meer uit en Allison had ze al zo vaak lastiggevallen. Haar werk op de helpdesk in de stad had ze gestaakt. Ze kon zich met geen mogelijkheid meer concentreren op de gesprekken die ze met klanten moest voeren en omdat haar baas niet gezegend was met een overdosis medegevoel en omdat haar contract over een paar weken afliep en verlengd diende te worden, had ze zich ziek gemeld. Dat betekende dat ze een groot deel van de dag doorbracht met door haar huis te lopen, alles voor de zoveelste keer schoon te maken, iedereen te bellen die ze kende, steeds opnieuw weer het kantoor in Mendoza lastig te vallen en haar nagels op te eten. Ze had ook nog even Anna bezocht, maar langer dan één uur had ze het niet volgehouden. Haar moeder was wat chagrijnig geweest en had niets van haar willen weten. Hannah had het niet kunnen opbrengen om haar geduld te bewaren en was vertrokken. Om thuis weer radeloos rond te rennen. Maar de avonden waren het ergste. Dan kon ze niemand bellen. Daarom was Roel nu bij haar en keek met haar naar een film waarvan ze niet eens wist waar het over ging.

'Ze zeiden vandaag pas dat het weer slecht was op de berg,' zei Hannah verontwaardigd tegen Roel. 'Vandaag pas, terwijl ze dat toch steeds moeten hebben geweten. Zo'n kantoor moet toch weten wat er op die berg gebeurt! Maar ik krijg steeds dat figuur aan de telefoon … ik heb het over hem gehad …'

'Die wandelende zombie,' herhaalde Roel de benaming die Hannah hem eerder had gegeven.

'Die ja. En nu belden ze dus dat er Viento Blanco was geweest. Het schijnt een fenomeen te zijn dat slecht weer voorspelt.

29

Iedere klimmer op de berg kent het, want ze worden ervoor gewaarschuwd. Als het zich voordoet moeten ze de klim onmiddellijk onderbreken, want het betekent dat er heel slecht weer op komst is met sneeuw en windstoten. Dat slechte weer is er dus ook geweest en het klaarde eergisteren pas weer op. Heel veel klimmers schijnen de klim te hebben afgebroken om tot een later tijdstip te wachten en het dan opnieuw te proberen en ze nemen aan dat Carl en Manuel dat ook hebben gedaan. Het is moeilijk met zekerheid te zeggen, want bij heel veel klimmers is daardoor nog geen terugkomst geregistreerd. Ze zijn gewoon gedeeltelijk of helemaal naar beneden gegaan, hebben zich wel even gemeld en zijn opnieuw begonnen toen het weer beter werd. Die meldingen zijn niet geregistreerd omdat daar geen reden voor was en aangezien de vergunningen twintig dagen geldig zijn, heeft ook niemand zich meer op het kantoor gemeld.'

'Dus Carl en Manuel zijn gewoon naar beneden gegaan toen dat slechte weer op komst was, hebben ergens aan de voet van de berg overnacht en gewacht op beter weer,' concludeerde Roel. 'Dat is toch duidelijk? Ze hebben genoeg ervaring. Ze doen geen rare dingen.'

'Nou ... met Carl vraag ik mij weleens af ...' zei Hannah twijfelend.

'Carl heeft Manuel bij zich en die gebruikt in elk geval zijn verstand,' verzekerde Roel haar. 'Nou ja, voor zover mogelijk in elk geval,' mompelde hij erachteraan.

'Ja. Maar er schijnen ook mensen in moeilijkheden te zijn geraakt op die berg. De man van Dirección de Bosques y Parques zei dat de reddingsdienst heeft moeten uitrukken voor een aantal noodsituaties,' bracht Hannah ertegen in.

'Wist die man ook voor welke situaties?'

'Nee, dat niet. Alleen dat er een paar meldingen waren binnengekomen. Maar meestal ging het dan om onervaren klimmers, zei hij.'

'Dan zal dat ook wel zo zijn. Carl en Manuel zijn bepaald niet onervaren.'

'Nee, dat niet, maar toch ...'

'Je maakt je veel te druk. Die mannen zijn gewoon naar beneden gegaan toen het gevaarlijk werd en hebben ergens aan de voet van die berg hun tent opgezet om het slechte weer uit te zitten. Eergisteren is het opgeklaard, zei je?'

'Ja.'

'Nou ... dan zitten ze morgen zeker boven op de top. Over vier dagen belt hij je om te zeggen hoe geweldig het was en welke bergen hij nu weer wil gaan beklimmen en dat soort dingen ...'

'Misschien ...' zei Hannah aarzelend. 'Soms, als hij weer eens gaat klimmen ... dan krijg ik weleens de kriebels. Ik vind het wel lekker om een paar weken voor mezelf te hebben, maar tegelijkertijd krijg ik het ook weleens op mijn zenuwen ...'

'Dat wist je toen je hem leerde kennen,' zei Roel licht beschuldigend. 'Carl is een avonturier. Ik heb je gewaarschuwd ...'

'Ik weet het.' Hannah glimlachte naar hem. 'Maar hij is zoals hij is. Soms kan ik hem wel iets doen, maar ik zou niet willen dat hij anders was.'

'Vrouwen vallen altijd op zulke types,' mompelde Roel.

Hannah glimlachte ondanks alles. 'Jaloers?'

'Nooit. Kom.' Roel pakte een deken van de armleuning van de bank af en legde die over hen neer. Daarna schonk hij nog een stevig glas wijn in voor hen allebei. 'Drink,' zei hij. 'Dan slaap je vannacht tenminste.'

Hannah knikte. Ze keek hem aan. 'Je bent een fijne vriend,' zei ze.

Roel grijnsde. 'Dat weet ik.'

'En je zult wel gelijk hebben. Die twee zijn gewoon opnieuw die berg aan het beklimmen. Carl vergeet altijd alles als hij op een berg zit.'

'Precies.'

Hannah ging wat dichter bij Roel zitten en probeerde zich opnieuw op het beeldscherm te concentreren. Het voelde knus en veilig zo. Zo had het ook vroeger gevoeld als ze naast Roel op de bank zat. Toen ze nog kinderen waren en samen tekenfilms keken.

Of het door de wijn kwam of door Roels geruststelling en suggestie dat de mannen gewoon opnieuw aan de klim waren begonnen, wist Hannah niet, maar die avond viel ze eindelijk redelijk snel in slaap. Ze sliep vast en de bel van de voordeur hoorde ze de eerste keer slechts in haar droom. De tweede keer dat er op de bel werd gedrukt begon ze wakker te worden, maar wist ze niet wat ze hoorde. Het drong slechts vaag door, als iets uit een andere dimensie. Pas de derde keer dat de bel werd ingedrukt, dit keer hard en langdurig, schoot ze overeind. Ze keek naar de klok en zag dat het twee uur 's nachts was. Een paar tellen bleef ze doodstil zitten. Ze hield haar adem in. 'Inbrekers,' schoot het door haar heen. Belden die niet vaak aan om te kijken of er iemand in huis was?

Een vervelend hol gevoel vulde haar maag.

Opnieuw werd de bel ingedrukt. Nog harder en nog langer. Het schelle geluid verscheurde de stilte minstens een minuut lang.

Inbrekers drukten niet lang genoeg op de bel om de hele buurt te wekken. Ze sprong uit bed, trok haastig een ochtendjas aan en ging naar beneden.

Ze zag onmiddellijk een stevige gestalte voor de deur staan. Het was niet Allison en al helemaal niet Roel. Het vervelende gevoel in haar maag verspreidde zich verder, terwijl ze naar de deur liep en hem voorzichtig opende.

Ze keek recht in het vermoeide, grauwe en ongeschoren gezicht van Manuel. Als vanzelf keek ze langs Manuel, in de verwachting Carl te zien. Maar er was niemand.

'Waar is Carl?' vroeg Hannah angstig.

'Mag ik binnenkomen?' vroeg Manuel. Zijn stem was schor en ernstig. Ze kende zijn stem niet op die manier. Ze knikte slechts en deed de deur verder open. Haar benen voelden week aan. Ze wilde vragen stellen, maar haar stem functioneerde niet meer.

'Je kunt beter gaan zitten,' zei Manuel, terwijl hij voor haar uit de kamer binnenliep.

Hij heeft een ander. Hij gaat bij mij weg. Hij ligt in het ziekenhuis. Ze hebben ruzie, schoot door Hannah heen. Ze liet zich op een stoel zakken en staarde Manuel aan.

'Carl is vermist op de Aconcagua,' zei Manuel. Hij ging zelf niet zitten, maar ijsbeerde door de kamer. 'Ik heb vijf dagen naar hem gezocht. De hele reddingsdienst ... iedereen ... We hebben hem niet gevonden.'

'Wat bedoel je met vermist?' vroeg Hannah. Haar stem klonk

onnatuurlijk hoog en vibreerde. 'Hoe bedoel je vermist? Hij kan niet zomaar vermist zijn. Je was bij hem ...'

'Ik was bij hem tot en met de tweede dag van onze klim.' Manuel bleef vlak bij Hannah staan en keek haar aan. 'Hij wilde verder, maar er kwam een zogenaamde Viento Blanco op. Een witte wind. Ze hadden ons ervoor gewaarschuwd. De tekenen zijn duidelijk: wind die van beneden komt en sterk afkoelt ... de witte wolken die zich om de top van de berg vormen. Ze hadden ons gezegd dat we de beklimming onmiddellijk moesten staken als het zich voordeed, omdat er dan slecht weer op komst was. In ons geval telde die waarschuwing extra zwaar omdat we op de Franse Route, de Zuid Wand zaten. Ik wist het en Carl wist het. Maar Carl wilde verder. Hij wilde desnoods 's nachts doorklimmen om de top te bereiken. Gekkenwerk! De wanden zijn levensgevaarlijk en de sneeuwhellingen overdag al moeilijk begaanbaar. 's Nachts klimmen staat daar gelijk aan zelfmoord. Zelfs zonder een dreigende sneeuwstorm. Bovendien waren we doodmoe. We kregen min of meer ruzie en ik maakte duidelijk dat ik niet van plan was om door te gaan. Uiteindelijk gaf Carl toe. Dat dacht ik tenminste. We zetten de tent op, aten en gingen slapen. Toen ik de volgende morgen wakker werd, was Carl verdwenen. Met zijn uitrusting. Ik wist dat hij op eigen houtje verder was gegaan. De Viento Blanco had zijn dreiging waargemaakt en er heerste een heftige sneeuwstorm. Ik kon nauwelijks één meter voor mij uit kijken. Ik wist dat Carl geen schijn van kans maakte alleen op die berg. En ik wist dat ik ook geen kans maakte als ik hem onder die omstandigheden achternaging. Ik zou hem op een paar meter kunnen passeren zonder hem te zien. Het was niet mogelijk om verraderlijke stukken en kloven te herkennen voordat je erin donderde. Het was .... het was een verdomde nachtmerrie. Dat was het. Ik heb geprobeerd om radiocontact te maken, maar het signaal was te zwak. Alles wat ik kon doen was gebruikmaken van morsecodes, maar het was op dat moment onmogelijk om duidelijk te krijgen of ze mij hoorden. En ik wist dat ze, zelfs als ze mij hoorden, niet onmiddellijk konden ingrijpen. De reddingsdienst kan zijn mannen niet riskeren onder dergelijke omstandigheden. Het geven van lichtsignalen en dergelijke had op dat moment geen enkele zin. Niemand zou het zien. Ik kon niets anders doen dan afwachten en de morsecode steeds herhalen.

Er kwam niemand.

's Nachts heb ik met de zaklamp het Mountain Distress Signal gegeven. Het waaide en sneeuwde nog steeds hard, maar minder extreem dan overdag. Ik heb een groot gedeelte van de nacht buiten gezeten met mijn zaklamp, maar de reddingsploeg kwam pas tegen de morgen. Ze hadden mijn signalen eerder opgevangen, maar ik zat op een moeilijk bereikbaar punt. Ze waren met z'n vieren en ze hadden haast. Het weer zou namelijk weer verslechteren. Maar ik wilde Carl niet achterlaten ... Ik moest hem zoeken, maar ik kon het niet alleen. Uiteindelijk besloten ze mee te gaan. We zijn naar boven gegaan en weer omlaag. Het zicht was waardeloos. We hebben lichtsignalen gegeven en zijn naam geroepen, maar we kregen geen enkele reactie. Het weer werd snel slechter en we moesten weer naar beneden. Ik kreeg onderkoelingsverschijnselen en de reddingswerkers brachten mij terug. Ik wilde niet, maar er was helemaal niets wat we konden doen. Zodra het weer beter werd op de berg zijn ze verdergegaan met zoeken. Maar er had zich een stevige laag sneeuw gevormd en dat betekende dat het onmogelijk was om iemand te vinden die ...' Manuel maakte zijn zin niet af.

'Ze hadden nooit mogen stoppen met zoeken,' zei Hannah. Haar stem brak. 'Hoe konden ze hem achterlaten op die berg? Hoe konden ze dat doen?'

'Ze hadden geen keuze, Hannah.'

'Natuurlijk wel. Ze hebben materiaal. Honden ...'

'De plek waar wij zaten was onbereikbaar voor honden met begeleiders. En materiaal ... als je niet weet waar je moet zoeken ...'

'Maar ze moeten doorgaan met zoeken! Ze mogen hem niet alleen laten.' Ze richtte haar blik op Manuel. 'Jij mag hem niet alleen laten. Waarom heb je hem alleen gelaten?'

'Hannah ...'

'Hij is daar nog ergens ...'

'Hij leeft niet meer, Hannah. Hij had de klimuitrusting bij zich, maar geen tent. Geen beschutting en nauwelijks mondvoorraad. Toen hij onderweg naar de top was, sloeg het weer om. Hij

34

kan onmogelijk nog hebben gezien waar hij zijn voeten neerzette of wat er om hem heen gebeurde. Je kunt je niet oriënteren in een sneeuwstorm. Het is alsof je in een vacuüm zit. Je weet niet meer waar links en rechts is en wat boven en beneden is. Alles is hetzelfde. Een enorme witte massa. Overal. En de kou ... het dringt door je kleding en verlamt je ledematen. Als je valt ...'
Hannah schudde haar hoofd. 'Nee. Nee, Carl is niet dood. Ze hebben hem niet gevonden. Maar hij is niet dood.'
Manuel ging op zijn hurken voor Hannah zitten. Hij pakte haar hand vast. 'Ze zoeken verder,' zei hij. 'Maar ze verwachten niet iets te vinden onder die sneeuw. En zelfs als ze hem zouden vinden ...'
'Hij moet nog leven!' riep Hannah wanhopig uit.
'Hij is al een week vermist, Hannah. Hij had geen schijn van kans die nacht.'
'Dat had hij wel! Je had bij hem moeten blijven. Op hem moeten letten. Je weet hoe hij is,' schreeuwde Hannah. Ze sloeg Manuel hard tegen zijn borst en zijn schouders. Tranen liepen over haar wangen.
Manuel pakte haar vast en drukte haar tegen zich aan. Eindelijk gaf ze haar woede op en huilde alleen nog maar.
Ze wist niet hoe lang ze zo had gezeten toen ze eindelijk weer wat rustiger werd, maar alles in haar lichaam deed pijn. Haar armen, haar schouders, haar nek en haar rug ... alles voelde aan alsof ze loodzware lasten had versleept. Haar gezicht gloeide en haar hoofd bonkte. Ze maakte zich los uit Manuels greep en week achteruit.
'Hij komt echt niet meer terug, hè?'
Manuel schudde zijn hoofd.
Hannah wreef over haar gezicht. 'Oh, god,' mompelde ze.
'Ik zal koffie maken,' stelde Manuel voor. Hij wachtte niet op een reactie, maar stond op en liep naar de keuken. Hannah bleef alleen achter en staarde voor zich uit. Het was alsof ze Carl weer in de badkamer hoorde zingen. Heel even meende ze werkelijk zijn valse tonen te horen. En toen besefte ze dat dat nooit meer zou gebeuren. Ze begon opnieuw te huilen.
Manuel ging pas weg toen het licht werd. Hij had nog willen blijven, maar zelfs in haar hopeloze toestand had Hannah

gezien dat hij aan het eind van zijn Latijn was en had hem naar huis gestuurd.

'Ik wil je nu niet alleen laten,' had hij nog gezegd.

'Ik bel Roel en Allison wel,' had ze geantwoord. 'Maar eerst probeer ik te slapen. En dat zou jij ook moeten doen.'

En dus vertrok Manuel toen het eerste daglicht zichtbaar werd. Hannah keek even naar de heldere lucht waar donkerblauwe en lichtblauwe tinten in elkaar overvloeiden, zoals nacht en dag in elkaar overvloeiden. De zon was op weg naar boven en verspreidde haar eerste licht ter aankondiging van een nieuwe dag. Het zou een mooie dag worden. Maar niet voor haar.

Alles in haar lichaam schrijnde toen ze naar boven ging. Ze was doodop en wilde werkelijk alleen nog maar slapen. Slapen en vergeten. Haar hoofd bonkte alsof er een verbouwing in gaande was. Hannah liep naar de badkamer, keek naar haar gezwollen, rode gezicht en haar dik behuilde ogen, nam een paracetamol en sjokte naar bed.

Haar bed voelde koud en leeg aan. Ze ging liggen en staarde naar het plafond. Carl kwam niet meer terug. Hij lag daar ergens onder de sneeuw en ze konden hem niet eens begraven. Hij was gewoon verdwenen. Voor altijd. Hannah kon het niet bevatten. Ze kneep haar ogen dicht en probeerde te slapen. Maar zelfs dat lukte niet.

Het was tegen de middag toen ze Roel belde. Roel was op zijn werk, maar ze had het nummer van zijn mobieltje en viel hem lastig als ze vond dat het nodig was.

'Hannah!' Roel klonk niet verrast. 'Zoek je iemand om mee te lunchen of heeft die vent van je net gebeld dat hij boven op de Anaconde zit, of hoe dat ding mag heten?'

'Aconcagua,' zei Hannah automatisch.

'Hannah?' Roels stem klonk opeens bezorgd. 'Wat is er aan de hand, Hannah?'

'Manuel was vannacht hier, Roel. Carl komt niet meer terug.'

'Wat bedoel je? Hoe bedoel je? Wat bedoel je met Carl komt niet terug?' Roel struikelde over zijn woorden.

'Hij is vermist. Al ruim een week. Er is geen kans meer dat ze hem levend aantreffen.'

'Oh nee! Ik kom eraan, Hannah …'
'Je bent op je werk.'
'Doet dat er toe? Ik ben zo bij je.' Hij verbrak de verbinding en Hannah wist dat hij binnen een halfuur voor de deur zou staan. Ze draaide het volgende nummer dat ze van buiten kende en kreeg Allison rechtstreeks aan de lijn.
'Zeg niet dat er iets is gebeurd,' reageerde Allison meteen. Hannah belde Allison nooit zomaar op het werk. Allison had een te zware verantwoordelijkheid als hoofd van het laboratorium en Hannah maakte nooit gebruik van de directe lijn als het niet echt nodig was. Maar dit keer was het nodig.
'Carl is vermist.'
'Oh god. Wacht.' Hannah hoorde hoe Allison met de telefoon het lab uit liep.
'Wat bedoel je met vermist?' vroeg ze meteen daarna.
'De weersvoorspellingen waren slecht en Manuel wilde niet verder. Ze sloegen een kamp op en gingen slapen. De volgende dag was Carl verdwenen. Hij was alleen verdergegaan, maar er heerste een sneeuwstorm en het zicht was hopeloos. De wanden zijn zelfs onder goede omstandigheden onbetrouwbaar en de sneeuwhellingen dusdanig stijl dat het alleen beklimmen ervan gekkenwerk is. Maar je kent Carl …'
'Jee, wat een idioot.'
'Hij is niet meer teruggekomen. Ze hebben een week naar hem gezocht, maar ze verwachten dat hij ergens onder de sneeuw ligt.'
'Hebben ze je gebeld vanuit Argentinië?'
'Nee. Manuel was vannacht hier. Hij is rechtstreeks naar mij toe gekomen om het te vertellen. Hij is de hele nacht hier geweest. Ik heb hem tegen de morgen naar huis gestuurd om te slapen. Ik wilde zelf ook slapen, maar ik kan het niet, Alli. Ik denk voortdurend aan hem.' Haar stem trilde.
'Ik kom naar je toe,' besliste Allison.
'Roel is al onderweg.'
'Dan kom ik rond het avondeten. Ik zal bij jou koken. Dan ben je in elk geval niet alleen.'
'Graag.'
'Hannah … het spijt me zo erg. Die idioot ook.'

Hannah verbrak de verbinding. Ze wilde dat ze zelf kwaad op Carl kon zijn, maar op dit moment kon ze dat niet opbrengen. Ze kon alleen denken aan zijn lichaam onder de sneeuw. En ergens diep vanbinnen gloeide nog dat beetje hoop. Misschien had hij een schuilplek gevonden. Misschien leefde hij nog.

Ze dacht aan de laatste dagen die ze met hem had doorgebracht. Zijn zorgeloosheid en zijn grappen. Haar ergernis over rond-slingerende sokken, dopjes die niet op de tandpasta zaten en haren in de wasbak. Haar irritatie over rommel in de keuken en kruimels op de vloer. Waarom maakten mensen zich in gods-naam zo druk over die belachelijke dingen?

Ze begon te ijsberen. Haar ademhaling was snel en onregelma-tig. Ze was duizelig, maar het maakte niet uit. Niets maakte wat uit.

Ze stopte pas met rondlopen toen Roel aanbelde.

Ze hoefde niets tegen hem te zeggen. Hij kwam binnen, pakte haar vast en drukte haar tegen zich aan. En Hannah begon opnieuw te huilen.

Ze wist niet hoe lang ze daar had gestaan, maar tegen de tijd dat ze eindelijk naar de woonkamer gingen, had ze opnieuw bar-stende koppijn en het gevoel te bevriezen. Roel maakte koffie voor haar. Tegenwoordig scheen iedereen koffie voor haar te maken. Hij zette koffie en luisterde naar haar herhalingen.

'Carl is vermist. Hij is alleen verdergegaan in een sneeuwstorm toen Manuel nog sliep en hij is in de sneeuwstorm de weg kwijt-geraakt. Misschien is hij ook gewoon verongelukt. Maar ze kunnen hem niet vinden vanwege de sneeuw. Hij maakt geen schijn van kans om een dergelijk avontuur te overleven. Hij is vermist.'

'Stel dat hij nog leeft,' zei ze op een bepaald moment tegen Roel. Ze had haar koffiemok in haar handen en keek hem door de damp heen aan. 'Dat hij daar ergens ligt zonder eten en zonder beschutting.'

Roel schudde even zijn hoofd. 'Je weet dat het niet mogelijk is. Ze hebben het tegen je gezegd. In die kou, op een levensgevaar-lijke helling in een sneeuwstorm maakte hij geen kans.'

'Nee. Ik weet het. Maar toch … Ik kan me niet voorstellen dat hij dood is, Roel. Zomaar dood. Hij was altijd zo levendig. Zo vol energie. En nu … ik kan het mij gewoon niet voorstellen.'

'Nee. Dat begrijp ik.' Roel wreef even troostend over haar arm. Het was zo fijn dat Roel er was. En hij bleef bij haar tot tegen het avondeten.

Roel stond op het punt om te vertrekken toen Allison aanbelde. 'Je vriendin,' merkte hij op. Hij deed zijn jas aan en keek Hannah aan. 'Praat er maar over. Ook met Allison. Je moet het kwijt. En als het niet gaat, moet je bellen. Al is het midden in de nacht. Ik bel morgen overdag en morgenavond kom ik langs. Maar als je mij eerder nodig hebt, kom ik eerder. Dat weet je.' Hannah knikte. 'Ja, dat weet ik.'

Ze liet Roel uit en Allison binnen.

Allison keek in het voorbijgaan Roel even aan. 'Fijn dat je er voor haar was, Roel,' zei ze. Ze kneep vriendelijk in zijn arm en glimlachte zelfs even naar hem. Daarna liep ze naar binnen. Ze sjouwde een zware tas met zich mee.

'Ik blijf het een rare vinden,' zei ze tegen Hannah. 'Maar ik kan niet ontkennen dat hij een echte vriend voor je is.'

'Dat is hij inderdaad.'

'En vrienden heb je nodig. Hoe gaat het nu, Han?'

'Beroerd.'

'Dat begrijp ik. Kom, ik zal iets te eten maken voor ons tweeën en dan praat je er maar over.'

'Ik heb Roel ook al de hele tijd aan zijn kop gezeurd. Ik geloof dat ik duizend keer hetzelfde tegen hem heb gezegd.'

'Dat is niet erg. Daar zijn vrienden voor.'

'Het is gewoon … Ik kan het niet bevatten. Ik kan simpelweg niet bevatten dat hij dood is. Manuel vertelde dat hij was vermist en dat hij daar geen schijn van kans maakte. Niet op die helling in een sneeuwstorm. Hij zei dat ze al ruim een week naar hem zochten en niet verwachten nog iets aan te treffen zolang de sneeuw blijft liggen. Ik maakte op uit zijn woorden dat het erin zat dat ze hem misschien na jaren pas zouden vinden. Of nooit. Maar hoe kan ik nu accepteren dat hij dood is als ik zijn lichaam niet zie? Als er gewoon niets meer is? Hoe doe je dat? Hoe verwerk je dat?'

Allison zette de tas op het aanrecht neer en draaide zich om naar Hannah. 'Ik weet het niet,' zei ze eerlijk. 'Ik zou het echt niet weten.' Ze strekte haar armen naar Hannah uit en Hannah sloot zich op in haar omhelzing.

'Ik kan het gewoon niet,' mompelde ze. Ze rilde. Ze had het zo verschrikkelijk koud. Misschien werd het nooit meer warm.

'Carl is vermist,' zei Hannah. Ze zat weer in 'De Vennen', tegenover Anna.

'Wie is Carl?' vroeg Anna. Ze keek niet naar Hannah, maar naar een poëzieplaatje met glitters in haar handen. Ze bewoog het zodat het licht er steeds anders op viel.

'Carl is mijn man, Anna.'

'Wie ben jij?' Dit keer keek Anna Hannah wel aan. Er lag oprechte verwondering in haar blik.

'Je dochter Hannah, Anna.'

Anna schudde heftig haar hoofd. 'Dat kan niet. Ik heb geen dochter. Ik ben nog niet eens getrouwd. Waarom lieg je tegen mij?'

'Ik lieg niet, Anna.'

'Dat doe je wel.' Anna liet het plaatje uit haar handen vallen en keek Hannah woedend aan. 'Doe je wel. Wel. Wel.'

'Anna …'

'Je lie …lie …' Anna draaide zich om en stampte weg. Ze ging voor het raam staan. Slechts enkele tellen later draaide ze zich opnieuw om naar Hannah. Haar gezichtsuitdrukking veranderde en ze begon te lachen. 'Ga je mee naar buiten?'

Hannah keek naar buiten waar donkere wolken samenklonterden en hun eerste regen uitstortten.

'Het regent.'

'Ik heb een nieuwe regenjas. Een gele.'

Hannah keek naar Lina. Lina knikte.

'Pak hem maar,' zei Hannah. 'Dan gaan we naar buiten.'

Lina hielp met het aandoen van de nieuwe gele regenjas en keek Hannah even aan, die in een gewoon jasje klaarstond.

'Wil je een regenjas lenen?'

Hannah schudde haar hoofd.

'Gaat het een beetje?'

'Nee.'

Lina wreef even over haar arm. 'Het spijt me zo.'

'Mij ook.'

Ze had Lina verteld wat er was gebeurd toen ze het verpleeghuis was binnengekomen. Ze had er dit keer niet eens bij gehuild. Maar ze kon niet zeggen dat het daarom beter voelde.

Hannah nam haar moeder bij haar en ging naar buiten. De regen viel met bakken uit de hemel, maar het kon haar moeder niet schelen. Ze had de capuchon zo ver over haar hoofd getrokken dat slechts een klein stukje van haar gezicht zichtbaar was. Ze huppelde bijna naast Hannah, terwijl ze opgewonden naar het ven aan de andere kant van het hek wees, waar de druppels talloze ringen vormden.

Hannah voelde hoe de regen haar haren zwaar maakte en tegen haar gezicht plakte en door haar jas heen sijpelde. Het kon haar niets schelen. Koud had ze het toch al. Vanaf die nacht dat Manuel bij haar was geweest had ze het niet meer warm gehad. Alle koffie, dikke kleding en dekens ten spijt ...

En ondanks alle vriendschap.

Het was inmiddels drie dagen geleden en het officiële bericht van de vermissing was binnen. Al die tijd was ze weinig alleen geweest. Roel, Allison en Manuel hadden elkaar min of meer afgewisseld zodat er altijd iemand in de buurt was, maar Manuel leed zelf misschien nog het meest. Op Hannah na dan. Hij zag er ellendig uit. Ondanks alles had Hannah dat gezien. Maar ze was niet in staat om zich daarover druk te maken. Soms was ze zelfs een beetje kwaad op hem. Omdat hij Carl alleen had gelaten en omdat hij degene was die het was komen zeggen. Het was niet terecht en dat wist ze. Maar ze kon het niet helpen. Ze was kwaad op hem en ze wilde dat hij er was. Want ondanks dat bood hij de meeste steun. Omdat hij haar het beste begreep.

Ze huiverde en leidde haar moeder weer voorzichtig naar binnen. Ze wilde naar huis. Terwijl daar ook niets voor haar was.

'Ik weet niet of ik een begrafenis moet houden,' zei Hannah tegen Manuel. Het was inmiddels ruim een week geleden dat Manuel 's nachts met zijn afschuwelijke bericht aanbelde. Hij zat nu bij haar in de woonkamer, waar hij de laatste week zoveel tijd had doorgebracht. 'De instanties hebben mij laten weten dat ze de zoekacties gaan staken. Ze blijven alert, maar ze moeten de manschappen terugtrekken. Er is geen enkele kans dat hij nog leeft, zeggen ze.'

'Die is er ook niet,' gaf Manuel toe. 'Maar ik zou toch willen dat ze bleven zoeken.' Hij staarde vermoeid voor zich uit. Er vormde zich een slordige baard en snor op zijn grauwe gezicht. 'Ik ook,' zei Hannah. Ze ging naast hem zitten. 'Ik weet niet wat ik moet doen. Hij is gewoon weg. Verdorie ...' Ze stond weer op en begon te ijsberen. 'Soms denk ik weleens dat het gemakkelijker zou zijn als hij gewoon dood was gegaan door een ongeluk op straat. Of desnoods op de berg terwijl jij erbij was. Afschuwelijk, nietwaar?'

'Nee.'

'Nu is er gewoon niets. Ik kan hem niet begraven. Of moet ik dat symbolisch doen? Ik weet niet of ik dat kan.'

'Ik weet het ook niet. Misschien moet je gewoon nog even wachten.'

'Wachten? Ik wacht al weken. Ik weet niet eens waarop ik nog moet wachten. Ze stoppen met zoeken. Ik kan niets afsluiten, Manuel. Zie je dat dan niet in? Ziet niemand dat in?' Ze merkte dat ze haar stem verhief. Het was niet haar bedoeling, maar het gebeurde gewoon. Ze voelde zoveel ellende. Zoveel woede. 'Waarom heb je hem verdomme ook alleen gelaten? Verdomme, Manuel.' Haar bewegingen werden heftiger. 'Je had hem nooit alleen moeten laten. Je had hem moeten zoeken toen je zag dat hij weg was. Hem achterna moeten gaan. Waarom ben je hem niet achternagegaan?'

Manuel gaf geen antwoord. Hij wist dat zij wist waarom hij dat niet had gedaan.

'Het is zo oneerlijk.' Hannah vloekte. Het bloed raasde door haar aderen. Ze voelde zich zo verdraaid opgefokt.

'Heb je iets te drinken?' vroeg Manuel.

'Hoe? Wat?'

'Iets sterks. Ik denk dat we dat allebei wel kunnen gebruiken.'

'Alleen maar wijn. Ik heb alleen maar wijn.'

'Wijn is goed.' Manuel stond op, liep naar de kelderkast – hij wist overal de weg – pakte een fles witte wijn en twee limonadeglazen en liep ermee weer de kamer in.

'Denk je dat dat helpt? Gewoon maar vol laten lopen en alles vergeten? Onzin. Niets helpt.' Ze bleef rondlopen terwijl Manuel de glazen volgoot. Ze had het gevoel dat ze elk moment kon ontploffen. 'Drank is de oplossing niet. Het brengt Carl niet terug. Het geeft geen rust. Helemaal niets. Alleen een kater.'

Manuel duwde het glas in haar handen. Ze staarde er even naar en nam toen een flinke slok. Het smaakte bitter.

'Het smaakt niet eens,' gromde ze. Ze nam een nieuwe slok.

Manuel nam een paar slokken van zijn eigen glas en keek naar Hannah.

'Kijk niet op die manier naar me. Alsof je verwacht dat ik elk moment kan doordraaien. Verdorie. Misschien draai ik ook wel door. Jij je zin.' Ze liet zich eindelijk op de bank zakken en nam een nieuwe, veel te grote slok. 'Ik kan gewoon helemaal niets,' zei ze. 'Ik kan niets afsluiten. Niet opnieuw beginnen. Helemaal niets. Soms ...' Ze twijfelde even. 'Soms denk ik zeker te weten dat hij nog leeft. Dat hij daar nog ergens zit.'

Manuel wilde iets zeggen, maar ze tilde haar hand op om duidelijk te maken dat ze dat niet wilde. 'Ik weet wat jij hebt gezegd. Ik weet wat de instanties hebben gezegd. Ik weet wat iedereen heeft gezegd. Hij had geen schijn van kans. Maar verdorie ... hij kan toch ergens in een kloof zijn gekropen toen het slechter werd. Misschien is hij er wel weer uitgeklommen en afgedaald zonder dat iemand het weet. Misschien heeft iemand hem opgevangen. Iemand die eenzaam in een of andere hut bij de helling woont en hem verzorgt tot hij weer beter is. Misschien heeft hij wel een manier gevonden om te overleven. Ik weet het niet. Het is gewoon ... ik kan mij niet voorstellen dat hij er niet meer is. Ik kan mij niet voorstellen dat hij simpelweg is verdwenen. Niet op deze manier.' Ze nam een nieuwe slok en merkte dat Manuel naast haar kwam zitten.

'Ik wilde alleen maar zeggen dat ik dat ook nog vaak genoeg heb. Ik weet dat je met een sneeuwstorm ieder gevoel voor richting kwijtraakt en ik weet dat het, zelfs onder rustige omstandigheden, levensgevaarlijk is om die klim alleen te maken. Dus alleen, 's nachts en in een sneeuwstorm moeten we ervan uitgaan dat het toen al is misgegaan. Dat er iets is gebeurd. Iets waardoor hij onder de sneeuw werd begraven. Maar toch ...

43

elke nacht denk ik aan hem. Dan denk ik ... wat als hij toch nog leefde toen ik daar nog was? Dan maak ik mij verwijten dat ik niet meteen naar hem op zoek ben gegaan ...'

'Dan was je nu ook verdwenen.'

'Misschien. Maar toch ... misschien had ik toch moeten blijven. Ik weet het niet.' Hij nam ook nog een flinke slok. 'Elke dag denk ik dat hij op een bepaald moment opeens weer voor mij staat. Dat het een van zijn grappen was.'

'Carl kon iemand nogal eens de stuipen op het lijf jagen,' gaf Hannah toe.

'Dat kon hij.'

'Maar zo bont als nu heeft hij het nog niet gemaakt.'

'Nee.'

Ze dronken hun glas leeg en Manuel schonk opnieuw in. Ze zaten dicht bij elkaar. Hun armen raakten elkaar. Hannah had iets op kunnen schuiven, maar ze deed het niet.

'Ik kan niet gewoon weer doorgaan met mijn leven, Manuel. Ik kan niet alles achter me laten. Niet op deze manier. Verdorie ... wat moet ik in vredesnaam doen?' Ze keek Manuel aan alsof ze van hem een antwoord verwachtte.

Manuel beantwoordde haar blik. 'Ik wou dat ik het wist,' zei hij.

'Ik kan niet werken, ik kan niet leven. Ik kan niets. Symbolisch begraven. Er zijn mensen die zeggen dat ik dat moet doen. Roel is er een van. Hij bedoelt het goed. Hij weet dat ik vastzit. Maar ik geloof niet dat het iets zou veranderen. Een symbolische begrafenis is geen begrafenis. Geen afscheid. Geen afscheid van Carl en geen afscheid van de hoop die ik, hoe idioot ook, nog steeds koester. Het is niets. Een vertoning. Ik kan niet tegen loze vertoningen.'

'Ik zou er zelf ook niet voor kiezen. Maar ik weet ook niet wat je dan wel moet doen. Behalve wachten ...'

'Hoelang wachten? Een halfjaar? Een jaar? Tien jaar? Honderd jaar? Totdat het broeikaseffect voor het smelten van alle sneeuw heeft gezorgd?'

'Ik weet het niet,' mompelde Manuel. Hij dronk weer.

'Niemand weet het,' zei Hannah. Ze dronk ook. Het was niet meer zo vies en ze was al wat draaierig. Maar het maakte niet uit. Alles was beter dan de radeloosheid en de kou.

'Hannah, ik ...' Manuel stokte en keek haar recht aan. Ze zaten nog dichter bij elkaar dan voorheen.

'Ik weet gewoon niet wat ik moet doen,' zei Hannah. Ze begon te huilen.

Manuel pakte haar eerst wat aarzelend, toen wat steviger vast. Hij drukte haar tegen zich aan. Het voelde warm en vertrouwd. Hij streelde haar rug en haren. Hannah keek op, naar zijn gezicht. Zo dicht bij dat van haar. Hij boog naar haar toe en kuste haar. Het gebeurde vanzelf en Hannah beantwoordde zijn kus. Ze dacht er niet bij na. Het was gewoon alsof het zo hoorde te zijn.

Zijn kus werd heftiger. Hongerig bijna. Hannah ging erin mee. Ze had behoefte aan zijn warmte, zijn aanwezigheid. Zijn liefde. Ze dacht er niet bij na. Ze wilde er niet bij nadenken. Ze stond toe dat zijn handen over haar lichaam gleden en hun weg onder haar kleding zochten. Zij drukte zich steviger tegen hem aan, beantwoordde zijn kussen en zocht zijn blote huid op.

De vanzelfsprekendheid ervan zorgde ervoor dat ze niet nadacht. Ze bedreven de liefde heftig en zonder woorden, om uiteindelijk in elkaars armen op de bank in slaap te vallen.

Toen Hannah enkele uren later wakker werd, deed haar hele lichaam pijn. De verwrongen houding waarin ze in slaap was gevallen zorgde voor verkrampte spieren in nek, schouders en armen.

Voorzichtig maakte ze zich los van Manuel en keek naar zijn slapende gestalte. Hij was nog steeds knap. Zelfs ongeschoren en slapend zag hij er goed uit.

Hannah huiverde. Ze had Manuel altijd knap gevonden. Misschien was er zelfs meer dan dat geweest. Een onuitgesproken verlangen. En nu ... nu Carl was verdwenen ... Opeens walgde ze van zichzelf. Ze keek naar haar eigen, deels ontblote lichaam en voelde de neiging opkomen om over te geven. Carl was verdwenen. Ze wist niet waar hij was gebleven. Misschien was hij dood. Misschien leed hij ergens pijn, kou en ontbering. En wat deed zij? De misselijkheid nam toe en ze rende naar het toilet om over te geven. Ze haatte zichzelf. Ze haatte zichzelf om datgene wat ze had gedaan, maar ze haatte zichzelf nog meer omdat ze het liefst terug was gekropen in Manuels armen, zijn warmte in zich had opgenomen en voor altijd tegen hem aan bescherming had gezocht. Carl was verdwenen. Misschien wel dood. Een paar uur geleden had ze nog gezegd dat het min of meer het einde voor haar betekende. Om meteen daarna met zijn beste vriend in bed te duiken. Bij wijze van spreken dan.

Ze ging onder de douche staan en liet het hete water over haar lichaam stromen. Ze pakte een borstel en begon haar huid te schrobben. Hard en genadeloos, totdat haar hele huid brandde. Toen ze onder de douche vandaan kwam was ze iets gekalmeerd, maar ze voelde zich nog altijd smerig. Ze geloofde ook niet dat het nog zou verdwijnen. Net zomin als de sproeten die je in de loop van je leven erbij kreeg als bewijs dat je toch nog te veel in de zon had gelegen.

Ze ging niet terug naar de kamer. Nog niet. Ze liep naar de slaapkamer, trok een degelijke lange broek en een trui met col aan en liep toen pas aarzelend terug naar de woonkamer.

Manuel was wakker geworden. Hij staarde Hannah aan.

'Manuel …'

'Zeg niet dat het niet had mogen gebeuren.'

'Het is zo. Het *had* niet mogen gebeuren.'

'Hannah, ik ben …'

'Niets zeggen, Manuel. Alsjeblieft niet. Maak het niet erger dan het is.'

Ze zag aan Manuels gezicht dat ze hem pijn deed en voelde zich nog ellendiger dan voorheen.

'Het spijt me,' mompelde ze. Ze draaide zich om en liep de kamer uit. Ze wist niet waar ze heen moest gaan. Het maakte ook niet uit. Zolang ze maar niet terug hoefde te gaan naar de woonkamer en zijn gezicht niet hoefde te zien. Zolang ze maar niet hoefde te voelen wat ze voelde.

Ze ging uiteindelijk naar haar slaapkamer en een paar minuten lang was ze bang dat hij daar ook heen zou komen. Maar dat deed hij niet. Ze hoorde hem rondlopen en uiteindelijk door de voordeur naar buiten gaan.

Ze wist niet of ze opgelucht was of alleen maar spijt had. Ze bleef nog een halfuur in haar slaapkamer rondhangen, voordat ze uiteindelijk maar weer naar beneden ging. Manuels geur hing nog in de woonkamer en haar kleding lag nog verspreid op de grond. Op de tafel stonden twee halflege glazen met wijn. De fles op de grond was omgevallen.

Op de tafel lag een briefje. Ze wilde het niet lezen, maar toch liep ze erheen en keek erop.

'*Ik hou van je, Hannah. Sorry.*'

Hannah staarde ernaar totdat haar eigen tranen op het papier druppelden. Waarom leefde ze eigenlijk nog? Ze maakte overal een puinhoop van. Van haar eigen leven en dat van anderen.

Ze pakte haar glas op en dronk het leeg. Het smaakte nog steeds nergens naar.

HOOFDSTUK 6

Hannah zat in een lunchroom, vlak bij het laboratorium waar Allison de scepter zwaaide. Ze was er nog nooit geweest en ondanks haar gemoedstoestand moest ze toegeven dat het er gezellig uitzag. Zij was niet de enige die dat inzag, want het was stervensdruk. Allison en zij zaten aan een tafeltje bij het raam. Hannah was nerveus.

'Sorry dat ik je lastigviel op je werk. Ik wilde niet storen, maar ik moest gewoon met iemand praten. Ik vloog tegen de muur op.'

'Je weet dat je mij altijd kunt bellen als dat nodig is,' zei Allison.

'Ja, dat weet ik. Dat is ook erg lief van je. Maar er is iets gebeurd …'

Ze stokte. Een jonge man in een zwarte broek en witte blouse was bij hun tafeltje komen staan en keek hen een voor een vragend aan. Het was nog een leerling en het kostte hem moeite om zijn mond tot een glimlach te vormen, maar onder streng toezicht van een op afstand toekijkende leidinggevende lukte het hem toch. Zijn stem klonk zelfs bijna vriendelijk toen hij vroeg of ze al iets wilden bestellen.

Hannah realiseerde zich dat de menukaart al een heel tijdje voor haar neus lag, dat ze er ook op had gekeken, maar nog niet werkelijk had gelezen wat erop stond. Ze dreigde een beetje in paniek te raken omdat ze nu zo snel een beslissing moest nemen en in feite de laatste week doorlopend het gevoel had in paniek te raken bij alles wat er gebeurde.

Zoals gewoonlijk had Allison het meteen door.

'We nemen allebei toast Hawaï en koffie,' zei ze. Ze keek even naar Hannah. 'Licht verteerbaar en goed te eten,' zei ze met een glimlach. 'Ik denk dat je nog niet toe bent aan zware kost.'

Hannah bedacht dat ze nog aan geen enkele kost toe was, maar niet eten loste niets op en ze knikte. Ze was allang blij dat ze er zelf niet over had hoeven na te denken. Ze geloofde niet dat ze op het moment zelfs maar een beetje in staat was om na te denken.

'Goed ... vertel ...' zei Allison meteen toen de jonge ober wegliep. 'Wat is er gebeurd?'

'Manuel was gisteren bij mij.'

'Hij is regelmatig bij jou. Wat volgens mij ook vrij logisch is gezien de feiten ...'

'Ja. Hij is regelmatig bij mij. We hadden wat gedronken. Misschien te veel gedronken. Nee, onzin. Weer zo'n slap excuus. Ik bedoel ... ik voelde het wel, maar te veel ...'

'Waar wil je heen, Hannah?'

'Ik ben met hem naar bed geweest.'

'Oh.' Allison haalde diep adem en keek Hannah een paar tellen aan.

'Hij was bij me. Ik was van streek. Ik ben eigenlijk al van streek vanaf het moment dat hij kwam vertellen dat Carl vermist was, maar gisteravond was het helemaal erg. Ik had het gevoel te ontploffen. Het was gewoon allemaal te veel en ik weet niet wat ik moet doen. Ik bedoel ... ik kan geen begrafenis regelen. Een symbolische begrafenis zegt mij niets. Roel had het daarover, maar ...'

'Je dwaalt af. Je was dus van streek. Manuel was bij je ... en toen gebeurde het.'

'Ja. Getver ... ik walg zo van mijzelf, Allison. Ik voel mij zo smerig. Carl is pas een week verdwenen. Nou ja, langer eigenlijk, maar ik weet het pas een week. En dan ... bij de eerste de beste ... ik voel mij zo afschuwelijk. Het is afschuwelijk om zoiets te doen. Goedkoop. Smerig.'

'Ho eens even,' zei Allison en ze tilde haar hand op. 'Overdrijf je nu niet een beetje?'

'Hoe bedoel je?'

'Manuel is bepaald niet de eerste de beste. Het is een hele goede vriend van Carl en van jou. Sterker nog ... hij is al heel lang weg van jou. Als je dat niet hebt gezien ben je redelijk stekeblind. Maar dat doet er verder niet toe. Waar het om gaat is dat Manuel niet zomaar een kerel is, maar iemand die je goed kent en die er voor je is. Bovendien maakt hij in zekere zin hetzelfde door als jij. Hij voelt zich net zo goed ellendig. Onder die omstandigheden kan zoiets gebeuren. Jullie zochten troost bij elkaar en van het een kwam het ander. Verdorie, Hannah ... zo erg kan het met hem niet zijn geweest.'

'Dat was het ook niet. Dat was nog het ergste van alles. Het was niet erg, het voelde vertrouwd. Prettig.'

'Dus ...?'

'Ik weet pas een week van Carls dood, Allison. Pas een week! Als hij al dood is ...'

'Je weet dat hij dood is.'

'Ik weet helemaal niets. Niet zolang hij niet is gevonden.'

'Ik denk dat je het best wel weet.' Allison keek Hannah aan met die rustige oogopslag van haar. 'En je moet jezelf geen verwijten maken vanwege Manuel. Het is een heel natuurlijk iets. Zulke dingen gebeuren.'

'Zulke dingen horen niet te gebeuren. Het voelt ... Het voelt alsof ik vreemd ben gegaan.'

'Het heeft niets met vreemdgaan te maken. Alleen met het zoeken van troost. Jeetje, Hannah, maak er geen drama van. Er zijn ergere dingen dan met Manuel naar bed gaan.'

'Niet onder deze omstandigheden.'

'Je had met Roel naar bed kunnen gaan,' mompelde Allison, terwijl ze even huiverde.

'Misschien was dat beter geweest,' gromde Hannah.

'Alsjeblieft zeg ...'

De jonge ober was terug en slaagde erin de borden en koffie zonder al te veel te morsen op tafel te zetten. Zijn mond was nog steeds in de verplichte glimlach bevroren en Allison bedankte hem met een kleine glimlach. Onmiddellijk daarna wendde ze zich weer tot Hannah.

'Maak er geen punt van en duw Manuel niet van je af. Jullie hebben elkaar nog hard nodig.'

'Ik weet het niet ...' mompelde Hannah hoofdschuddend. Maar ze ging er niet op door.

Tegen het avondeten wandelde Roel haar woning binnen. Hij had wat te eten bij cafetaria Verhulst gehaald voor hemzelf en

Hannah. Hij had het niet aan haar gevraagd, maar hij wist dat ze voor zichzelf toch niets zou maken.

'Iemand moet toch voor je zorgen,' zei hij toen Hannah hem wat onhandig bedankte.

De vette geur van friet stroomde haar tegemoet en bluste alles in haar wat nog op eetlust zou kunnen lijken.

'Hoewel het een aardige onderneming is om bij Wim Verhulst friet te halen,' ging Roel verder. 'Je moet er een hoop gezever voor aanhoren. Vooral over zijn eigen ongelooflijke kwaliteiten.'

Roel blies vermoeid wat lucht uit, zette de papieren zakken op tafel en haalde borden en bestek.

Hannah stond er maar wat lusteloos bij.

'Het gaat nog niet veel beter, hè,' merkte Roel op.

'Nee. Het gaat beroerd. Ik ben met Manuel naar bed geweest.'

Roel stokte in zijn bewegingen en keek Hannah aan.

'Wat?'

'Ik ben met ...'

'Laat maar. Ik heb het wel gehoord.' Hij zweeg een paar tellen, terwijl hij de tafel dekte. Daarna keek hij haar opnieuw aan. 'Waarom?'

Hannah haalde haar schouders op. 'Het gebeurde gewoon.'

'Zomaar?' Het klonk ongelovig.

'Hij was gisteren hier. Ik was van streek en we dronken wat en toen ...'

Roel knikte kort en klemde zijn kaken op elkaar.

'Ik walg van mijzelf,' ging Hannah verder. 'Volgens Allison moet ik mij er niet druk om maken, maar het voelt zo ... zo verkeerd.'

Roel ging zitten en opende de papieren zakken, zodat nog meer vette lucht zich door de woonkamer verspreidde. Hannah ging tegenover hem zitten. Ze voelde zich een klein kind dat iets opbiechtte.

'Ik neem aan dat zoiets kan gebeuren onder de omstandigheden,' zei Roel wat afgemeten en begon op te scheppen.

Maar Hannah zag de bittere trek rond zijn mond en wist dat hem iets dwarszat.

'Wat?' vroeg ze eenvoudigweg.

'Nee, niets ...'

'Roel!'

'Het is gewoon … laat maar.'

'Wat is er, Roel?'

'Manuel. Hij is al lang gek op je. Weet je dat niet? Heb je dat nooit gemerkt?'

'We hebben altijd goed met elkaar overweg gekund …'

'Dat is misschien jouw visie. Maar het was wel duidelijk dat hij meer in je zag. Je zag het aan de manier waarop hij naar je keek.'

'Hij heeft nooit iets geprobeerd …'

'Natuurlijk niet. Carl was er altijd.'

'Carl was er niet altijd als Manuel er was.'

'Ergens op de achtergrond wel altijd.'

'Misschien. Maar wat doet dat er eigenlijk toe?'

'Nou …' Roel stak een frietje in zijn mond en begon er verwoed op te kauwen terwijl hij voor zich uit staarde.

Hannah bleef hem strak aankijken. 'Wat nou?'

'Laat maar.'

'Roel … ik haat het als je dit doet.'

'Als ik wat doe?'

'Begint met iets te vertellen en dan gewoon ophoudt. Ik weet dat je iets dwarszit.'

'Het heeft geen zin.'

'Roel!'

'Goed. Jij je zin.' Hij keek haar aan. 'Wat is er precies gebeurd op die berg?'

Hannah keek hem wat verward aan. 'Carl wilde doorklimmen ondanks dat er slecht weer op komst was. Manuel wilde dat niet en kreeg Carl zover een kamp op te slaan. Ze aten, gingen slapen en toen Manuel weer wakker werd was Carl met zijn uitrusting verdwenen en heerste een sneeuwstorm.'

'Hoe weet je dat?'

'Manuel vertelde dat.'

'Precies.'

'Wat bedoel je nu?'

'Manuel heeft je zijn verhaal van het gebeurde verteld. Je kunt het op geen enkele manier controleren. Je hebt alleen zijn woord.'

'Waarom zou hij liegen?'

'Och … of hij meteen liegt …'

'Wat bedoel je? Dat Carl nog leeft? Of wat bedoel je nu eigenlijk?' Hannah verloor de controle over haar stem. Het opgedraaide gevoel dat haar de laatste dagen zo vaak plaagde, kwam in alle hevigheid terug.

'Nee, Ik geloof niet dat Carl nog leeft. Maar ik ... ik kan me voorstellen dat het anders is gegaan. Manuel is gek op je en jij mag hem graag. Maar Carl staat in de weg ...' Roel bleef Hannah aankijken.

'Wil je daarmee soms zeggen dat hij Carl heeft vermoord? Je bent niet goed wijs, Roel! Manuel zou zoiets nooit doen.'

'Ik zeg ook niet dat hij Carl heeft vermoord. Maar misschien was het wel gemakkelijk om Carl aan te moedigen de klim toch te doen, ondanks de weersvoorspellingen. Of misschien ging hij akkoord met de klim, gebeurde er iets en was het gemakkelijk om te doen alsof hij het niet merkte. Om gewoon door te gaan.'

'Manuel zou zoiets nooit doen.'

'Hoe weet je dat zo zeker?'

'Ik ken hem.'

'Hoe goed ken je hem?'

'Goed genoeg.'

'Wanneer ken je iemand goed genoeg? Hij is wel degene die hier kwam om het je te vertellen. Doen instanties dat normaal gesproken niet? Manuel was vanaf dat moment ook heel erg veel hier. En uiteindelijk is het dus verdergegaan. Wiens idee was het?'

'Het gebeurde gewoon. We hadden gedronken en ...'

'Wiens idee was het om te drinken?'

Hannah dacht aan Manuels woorden. 'Iets sterks. Ik denk dat we dat allebei wel kunnen gebruiken'. Ze gaf geen antwoord.

Roel sloeg eindelijk zijn ogen neer en begon te eten. Automatisch begon Hannah ook te eten, maar met haar gedachten was ze ergens anders.

Ze kon zich niet voorstellen dat Roel gelijk had, maar ze kon het gevoel dat datgene wat er was gebeurd tussen haar en Manuel niet klopte, ook niet van zich afschudden.

HOOFDSTUK 7

Hannah liep de gezamenlijke woonkamer van het verpleeghuis binnen en zag Anna aan een tafeltje zitten. Ze frommelde aan een lappenpop.

Hannah bleef even staan en keek naar haar moeder. Anna. Ooit degene die haar vertelde wat ze moest doen en laten, die gesprekken met haar leerkrachten voerde, die op haar mopperde omdat ze haar kamer weer eens niet had opgeruimd, en die een hekel had gehad aan kinderachtig gedrag in het openbaar. Hier zat ze nu en speelde met een pop.

'Ze zag hem in een etalage liggen toen we aan het wandelen waren,' zei Lina. Ze stond opeens naast Hannah. Hannah had haar nog niet eens gezien toen ze was binnengekomen. 'Ze wilde hem zo graag hebben.'

'Het is raar om je moeder met een pop te zien spelen.'

'Ik weet niet of ze er echt mee speelt,' zei Lina. 'Ze frommelt er meer een beetje mee. Misschien vindt ze het een prettig gevoel. Ik weet het niet.'

'Het is toch raar,' zei Hannah.

'Natuurlijk is het raar. Het is de vrouw die jou bij de hand hield, voor je kookte, je hielp met het huiswerk en je vertelde wat je moest doen. En nu opeens is zij het kind.'

'Het is zo oneerlijk.'

'Dat is het altijd.'

'Ja.'

'Hoe is het met je?'

'Beroerd.'

'Nog iets van Argentinië gehoord?'

'Helemaal niets.'

'Ellendig. Je kunt er niets mee.'

'Nee.'

'Kan ik je op z'n minst een kop koffie aanbieden?'

'Graag.'

Terwijl Lina naar de keuken verdween, ging Hannah naar haar moeder.

Haar moeder keek haar verbaasd aan toen ze bij haar aan de tafel ging zitten.

'Wie ben jij?'

'Hannah.'

'Hannah?' Anna keek nadenkend voor zich uit. 'Ik geloof niet dat ik je ken.'

Hannah wilde het liefst schreeuwen dat ze haar bloedeigen dochter was, maar ze deed het niet. Ze zei helemaal niets.

'Kom je spelen?'

'Ja, Anna.'

'Zullen we buiten spelen?'

'Nu niet. Ik krijg dadelijk koffie.'

'Oh. Koffie. Is dat vies?'

'Nee, hoor.'

'Waarom gaan die oude mensen niet weg?'

'Welke oude mensen?'

'Die hier zitten. Ik hu..ho..tr..' Anna keek Hannah verbaasd aan, alsof zij de oorzaak was van haar probleem.

'Ze wonen hier,' zei Hannah maar.

'Reer.'

'Wat?'

'Om die reer.'

'Ik snap er niets van, Anna.'

Lina was inmiddels de keuken weer uit gekomen en zette een kop koffie bij Hannah neer.

'Het wordt erger, hè?' Hannah hoefde niet uit te leggen wat ze bedoelde.

Lina knikte. 'Ja. Alzheimer tast het langetermijngeheugen aan.'

'Ik haat Alzheimer.'

Lina knikte maar even en verdween naar een dametje met wit haar, dat met een hoog stemmetje riep dat ze moest plassen.

Anna pulkte weer aan haar lappenpop.

Vanuit haar ooghoeken zag Hannah in een zithoek hoe een vrouw van haar leeftijd een meningsverschil had met een oude man, die waarschijnlijk haar vader was. Hannah zag dat de oude man erg boos was. Hij schold op de vrouw. De vrouw, een stevig gebouwd mens met kort bruin haar en de uitdrukking van een pitbull, kwam met een ruk overeind en liep met grote passen het vertrek uit.

Het leek de man niets uit te maken. Hij zakte weer met zijn rug tegen de leuning van de bank en keek door het raam naar buiten. Er verscheen een glimlach op zijn mond. Hij was het hele meningsverschil blijkbaar alweer vergeten. Maar zijn dochter zou er de hele nacht over piekeren.

Hannah keek opnieuw naar Anna, die alleen aandacht had voor de pop.

'Wat doe ik hier nog?' vroeg ze zich af. Ze dronk haar koffie op, mompelde een afscheidsgroet en liep weg. Ze geloofde niet dat Anna het in de gaten had.

Toen ze thuiskwam, stond Manuel voor de deur. Ze onderdrukte de neiging om weer weg te lopen en ging naar hem toe. Hij zag er iets beter uit nu en ze onderdrukte een kleine huivering toen ze tegenover hem stond. Zijn ogen keken recht in die van haar. Het liefst had ze hem gewoon vastgepakt en zich tegen hem aangedrukt. Maar het zou niet meer zover komen. Het kon niet en het mocht niet.

'Ik wil met je praten,' begon Manuel.

'Liever niet,' zei Hannah.

'Je voelt je rot over datgene wat eergisteren is gebeurd,' begon Manuel.

'Rot is voorzichtig uitgedrukt. Het had nooit mogen gebeuren.'

'Ik denk niet dat je het zo moet uitdrukken …'

'Dat denk ik wel. Manuel … ik kan dit niet en ik wil dit niet. In elk geval niet nu. Misschien wel nooit.'

Manuel staarde haar een paar tellen aan. Het was duidelijk dat het hem pijn deed. 'Ik zou willen zeggen dat ik het begrijp. Maar dat doe ik niet. Misschien een heel klein beetje. Maar niet helemaal.'

'Je hoeft het niet te begrijpen. Het is gewoon zoals het is. Ik wil afstand nemen, Manuel. Het spijt me.'

'Mij ook,' zei Manuel. 'Is het omdat het te snel is? Ik begrijp het als het dat is. Of heeft het een andere reden?'

'Het is te snel en Carl is vermist. Hij is voor mij nog niet dood. Ongeacht wat iedereen zegt.'

'Is het alleen dat of heeft het ook met vertrouwen te maken? Ik was er tenslotte bij toen het gebeurde. Alleen ik. En je kent alleen mijn verhaal.'

'Carl is vermist. Pas sinds twee weken. Het voelt gewoon verkeerd.'

Ze had geen antwoord gegeven op Manuels laatste vraag en dat hoefde ze ook niet te doen. Manuel keek haar aan, knikte even, draaide zich om en liep toen weg.

Hannah voelde zich ellendig. Ze stak de sleutel in het sleutelgat, opende de deur en ging haar eigen lege, koude huis binnen.

Ze voelde dat iemand naar haar keek. Ongetwijfeld Manuel.

HOOFDSTUK 8

Hannahs telefoon ging over. Ze lag nog in bed en strekte in een gewoontegebaar haar hand ernaar uit en drukte hem tegen haar oor.

'Hannah.'

Ze wachtte even, maar het bleef doodstil aan de andere kant van de lijn.

Hannah noemde nog een keer haar naam. Dit keer duidelijker. Nog steeds kwam er geen antwoord. Toch wist ze zeker dat er iemand aan de andere kant van de lijn was. Ze hoorde zijn, of haar, ademhaling.

'Met wie spreek ik?' vroeg ze.

Nog steeds geen reactie.

Ze herhaalde de vraag, maar de verbinding werd verbroken. Een tijdlang luisterde ze naar de ritmische toon die dat aangaf. Ze was inmiddels klaarwakker en keek naar de wekker. Twee uur.

Heel even voelde ze een vage ongerustheid opkomen. Maar ze drukte het meteen weer weg.

'Een of andere grappenmaker,' mompelde ze. Ze sloot haar ogen en probeerde weer in slaap te vallen. Maar het duurde langer dan een uur voordat haar dat eindelijk lukte.

Toen ze de volgende morgen wakker werd, voelde ze zich gebroken. Eigenlijk voelde ze zich al twee weken gebroken, maar nu was het zelfs in de spiegel goed zichtbaar. Ze slofte naar beneden, richting keuken, om wat theewater op te zetten, toen ze iemand bij haar raam zag staan.

Ze zag het in een flits en voordat het goed tot haar doordrong, was hij weer verdwenen.

Hannah haastte zich naar het raam en keek naar buiten. Er was niemand te zien.

'Ik geloof dat ik gek word,' gromde ze. Ze schudde haar hoofd en liep terug naar het aanrecht om het theewater op te zetten.

Dat ontbreekt er nog maar aan, bedacht ze zich ondertussen. Dat ik dingen ga zien die er niet zijn.

De dag kroop voorbij zoals de laatste dagen steeds voorbijkropen. Er was zoveel wat ze zou moeten doen. Wat ze zou kunnen doen. Maar ze kwam nergens toe. Ze hing een beetje rond, dacht aan haar moeder en aan Carl. En ze onderdrukte iedere gedachte aan Manuel.

Er moet iets veranderen, dacht ze steeds. Maar ze wist zo gauw niet hoe ze dat wilde doen.

Allison kwam meteen na haar werk even langs.

'Even kijken hoe het met je is. Ik moet vanavond naar een receptie, dus dan kan ik geen dagelijkse controle uitvoeren.' Ze glimlachte even naar Hannah, omhelsde haar en gaf haar een knuffel.

'Hoe is het?'

'Hetzelfde.'

'Ja ... Hannah ...'

'Ja?'

'Misschien moet je eens iets gaan doen.'

'Hoe bedoel je?'

'Dingen ondernemen. Het huis uit.'

'Ik ga regelmatig het huis uit.'

'Ja. Boodschappen doen en naar Anna. Daar word je niet vrolijker van, Han.'

'Dat weet ik. Ik ben gisteren nog bij haar geweest. Ik geloof niet dat ik het langer dan een kwartier heb volgehouden. Ik vraag mij af wat ik daar nog doe.'

'Anna is je moeder.'

'Dat weet ze niet.'

'Nee, maar jij weet het.'

'Helaas.'

'Ik weet dat het moeilijk is. Je moeder is niet meer degene die je altijd hebt gekend. Ze zeggen dat Alzheimer iemand van je afpakt, zoals de dood dat doet. Waarschijnlijk is dat ook zo. Maar dan minstens zo moeilijk.'

'Er wordt wat veel van mij afgepakt,' liet Hannah zich ontvallen.

'Ja. Maar je kunt het niet veranderen. En thuis rondsloffen en je ellendig voelen maakt het er niet beter op. Je zult echt iets moeten ondernemen.'

'Het is nog te vroeg. Ik kan het niet afsluiten. Niet zolang Carl nog vermist is. Ik moet er niet aan denken om gewoon weer aan het werk te gaan ...'

'Carl zal voorlopig vermist blijven. Je hebt zelf verteld dat de Rangers bij die berg verwachtten dat het nog lang kan duren voordat ze zijn lichaam vinden. Hij is dood, Hannah. Alleen ligt zijn lichaam begraven onder de sneeuw in plaats van in een graf. Misschien moet je het zo maar zien. En ik heb ook niet gezegd dat je moet gaan werken. Ik heb gezegd dat je eruit moet gaan. Ga wandelen of fietsen of zo. Voer weer wat regelmaat in ...'

'Ik ben wel erg aan het verslonzen, hè,' zei Hannah.

'Ja, nogal. Je hebt een goed excuus, maar je kunt er niet in blijven hangen.'

'Ik kan het ook nog niet opgeven.'

'Dat vraag ik ook niet van jou. Je moet het verwerken en dat heeft tijd nodig. Die tijd moet je jezelf zeker gunnen. Maar het gaat echt niet beter of makkelijker als je jezelf opsluit en alleen confronteert met vervelende dingen.'

'Ik voel er weinig voor om naar een of andere komedie te gaan of eens lekker te gaan stappen.'

'Je zou eens kunnen beginnen met een wandeling door het dorp. Ga eens naar het dorpsplein, kijk bootjes op de Vaart of drink voor mijn part een borrel bij Sjef.'

'Sjef heeft het niet zo op vrouwen in zijn kroeg.'

'Wel als ze een stevige borrel nemen.'

'Oké ... er zijn uitzonderingen.'

'Waarom niet een keer door de Beekweg wandelen? Of naar het bos aan de Klaverweg?'

'Alleen?'

'Je woont in een dorp, Hannah. Je zult niet meteen overvallen en vermoord worden.'

'Het voelt raar om alleen te wandelen.'

'Ik wil best met je meegaan. Maar ik kan overdag niet en ik vind juist dat je dan iets moet doen. Omdat Roel en ik er dan allebei niet zijn.'

'Maar alleen ...' Hannah trok een lang gezicht.

'Koop een hond.'

'Een hond?'

'Waarom niet?'

'Ik weet het niet ... als ik dan weer ga werken?'

'Dan zoek je een babysit voor overdag.'

'Een hond ...'

'Zo'n klein mormel met strikjes die je afschuwelijk verwent.'

'Nee. Een Golden Retriever of een mooie Flatcoat.'

'Wat je maar wilt.'

'Ik weet het nog niet ...'

'Heb je Manuel trouwens nog gesproken?'

'Nee.'

'Waarom niet?'

'Het leek mij beter om wat afstand te nemen.'

'Waarom?'

'Het is gewoon te snel en ik kan mijn gevoelens niet plaatsen. Ik denk dat ik heb gedaan wat ik heb gedaan omdat ik behoefte heb aan troost. Dat is niet de goede reden. We moeten elk ons verdriet op onze eigen manier verwerken om te voorkomen dat ...'

'Wat een psychologische onzin,' onderbrak Allison. 'We hebben het er al eerder over gehad. Als er iemand is die begrijpt waar je doorheen gaat, is hij het. Bovendien ken je hem al net zo lang als Carl. Jullie waren dik bevriend ... Waarom zouden jullie geen troost bij elkaar zoeken? Waarom zouden jullie elkaar niet opzoeken? Bovendien is Manuel een lekker ding. En hij geeft echt om je ...'

'Misschien juist wel daarom niet. Omdat hij om mij geeft.'

Allison keek Hannah verbaasd aan.

'Ik ken alleen zijn verhaal over Carls verdwijning.'

'Je gaat mij toch niet vertellen dat je hem niet gelooft?' Allison keek Hannah verbijsterd aan. 'Je kent Manuel toch! Hij was sinds zijn kindertijd bevriend met Carl. Hij zou je graag hebben ingepikt, maar nooit ten koste van Carl. Als je denkt dat het zo is, ben je toch een beetje arrogant. Of heeft Roel je aan dat belachelijke idee geholpen?'

'Natuurlijk niet.'

'Nee? Nou ja. Dat zal wel. In elk geval is er niets mis met Manuel. Ik kan mij hooguit voorstellen dat je niet wilt dat het te snel gaat. Maar ik zou hem niet helemaal uit het oog verliezen. Jullie kunnen allebei wel wat steun gebruiken.'

Hannah gaf er geen antwoord op. Ze zag Manuel weer voor zich, rook hem weer en hoorde zijn stem weer. En als er iets was wat ze nu niet wilde, was het dat wel.

'Heb je een borrel?' vroeg Allison.

'Wijn en likeur.'

'Likeur. Een kleintje. Ik kan wel iets gebruiken. En jij ook.'

Toen Allison een uur later weer was verdwenen, leek het opeens veel stiller in huis. Roel zou die avond niet komen, want hij had een of andere vergadering en dat betekende dus dat Hannah nog een lange avond voor de boeg had.

Een avond waar ze enorm tegenop zag.

Ze ging achter de computer zitten en surfte een beetje op internet. Zonder er echt bij na te denken, belandde ze op de site met dierenasiels. Ze besloot dat het geen kwaad kon om een paar van die keffers te bekijken en al snel vloog de tijd voorbij.

Het was ongeveer tien uur 's avonds toen de telefoon ging, en net als altijd nam Hannah het telefoontje aan zonder na te denken.

Ze noemde haar naam en wachtte op een reactie – die niet kwam.

Ze noemde nog een keer haar naam.

'Je bent alleen,' zei een mannenstem. De stem had een typisch schor geluid en kwam haar ergens vaag bekend voor. Alsof ze hem ooit eerder had gehoord. Maar ze wist niet waar. Hij klonk ook wat wollig en ver weg. Waarschijnlijk praatte hij ergens doorheen. Misschien had ze meteen moeten opleggen, maar dat deed ze niet.

'Wie ben je?' vroeg ze.

Geen antwoord.

Ze herhaalde de vraag.

'Je bent magerder geworden,' merkte de stem op.

'Ken je mij dan?'

'Het gele truitje dat je nu aanhebt, wordt wat te groot.'

Hannah staarde naar het gele truitje dat ze inderdaad aanhad.

'Wie ben je?' vroeg ze opnieuw.

'Jammer. Want het stond je altijd erg goed. Je figuur kwam goed uit. Misschien moet je dat rode wat meer dragen.'

Hannah wist welk truitje hij bedoelde. In haar kast lag een felrood truitje dat als een tweede huid om haar lichaam zat en een behoorlijk decolleté had. Carl had haar altijd erg sexy gevonden in dat truitje.

'Wie ben je?' Hannah merkte dat ze nu bijna schreeuwde.

Er kwam geen antwoord en de verbinding werd verbroken.

Hannah staarde een tijd naar de telefoon in haar hand alsof ze verwachtte dat er een monster uit zou springen. Maar er gebeurde niets.

Onzeker keek ze om zich heen. Ze had lang achter de computer gezeten en niet gemerkt dat het buiten donker was geworden. Alleen het kleine lampje op het bureau brandde. Voor de rest was haar hele huis donker. Ze meende beneden iets te horen en verstarde. Het geluid verdween weer. Hannah stond op en knipte de grote lamp van de werkkamer aan. Daarna knipte ze de lamp in de gang aan, liep op haar hoede naar beneden en knipte ook daar alle lampen aan. Iedere kamer betrad ze angstig, maar er was nergens iemand te zien.

Achter de ramen brachten lantaarns wat licht in de duisternis, maar er waren vele schaduwen waarin iemand zich met gemak kon verbergen. Hannah trok de gordijnen dicht en ging gespannen op de bank in de kamer zitten.

Een waakhond. Die had ze nodig. Ze had het liefste iemand gebeld. Allison of Roel. Maar die waren allebei niet thuis. Ze dacht nog even aan Manuel, maar besloot dat niet te doen. Er waren natuurlijk nog andere mensen, maar tegenover geen van hen zou ze toe willen geven dat ze bang was. En bang was ze. Haar handen trilden en bij ieder geluid spande zich iedere vezel in haar lichaam. Maar er gebeurde niets meer.

Na bijna een halfuur stijf van de spanning op de bank in de woonkamer te hebben doorgebracht, kon ze zichzelf er eindelijk toe brengen om op te staan en iets te drinken te pakken.

Vroeg of laat zou ze naar bed moeten. Alleen al daarom kon ze een stevige borrel gebruiken.

Om twaalf uur zat Hannah echter nog steeds in de woonkamer. Elke keer als ze zichzelf voornam om naar boven te gaan, hoorde ze ergens in huis iets kraken of meende ze dat er iemand op het raam tikte. Het waaide en regende een beetje en ze probeerde zich doorlopend voor te houden dat dat hetgeen was wat ze hoorde. Maar het lukte haar niet om te relativeren. De angst was te groot. Hoe belachelijk ook.

Uiteindelijk ging ze op de bank liggen en trok een deken over zich heen. Wat maakte het ook uit waar ze sliep?

Het was opnieuw de telefoon die haar wekte en opnieuw nam ze aan zonder na te denken. Ze was ten slotte pas rond twee uur in slaap gevallen en doodmoe.

'Sliep je? Is het niet vervelend om alleen te slapen?'

Het was weer die stem.

'Wie ben je?' riep Hannah tegen de hoorn. Haar stem sloeg over en ze was opeens klaarwakker.

De verbinding werd verbroken en Hannah bleef met haar ogen wijd opengesperd op de bank liggen. Ze luisterde naar ieder geluid in huis. Een licht gekraak, een zacht getik en het doorspoelen van het toilet bij de buren. Ze wilde zo graag haar ogen sluiten en slapen. Zich simpelweg niets aantrekken van de idioot die haar lastigviel, maar het lukte haar niet.

Toen tegen zeven uur opnieuw de telefoon overging, had ze het gevoel dat ze de nacht op een spoorbaan had doorgebracht en dat er minstens drie intercity's over haar heen waren gereden. Ze kreunde en staarde naar het toestel alsof het om een levensgevaarlijke tijdbom ging.

De telefoon ging opnieuw en opnieuw over. Hannah begon op haar nagels te bijten. Ze zat inmiddels rechtop en bleef naar het toestel staren. Het bellen hield op, maar dat was maar voor even. Opnieuw rinkelde het toestel en eindelijk kon Hannah de moed opbrengen om naar de display te kijken. Ze verwachtte de melding 'anoniem' te zien, maar ze keek naar de letters die de naam Roel vormden.

Snel nam Hannah de telefoon aan. 'Heb je net ook gebeld?' vroeg ze, nog voordat Roel de kans kreeg om iets te zeggen.

'Ja, natuurlijk. Ik weet dat ik belachelijk vroeg bel en ik heb je natuurlijk uit bed gehaald ...'

'Oh jee ...'

'Het spijt me. Misschien sliep je net eindelijk eens goed, maar ...'

'Het maakt niet uit. Ik wist niet dat jij het was. Daarom nam ik niet aan.'

'Wie had het anders moeten zijn?' vroeg Roel verbaasd.

'Gewoon ...'

'Je doet een beetje raar,' merkte Roel voorzichtig op. 'Zoals ik al zei weet ik dat ik veel te vroeg bel, maar ik moet zo meteen naar mijn werk en ik wilde weten of alles goed was. Omdat ik gisteren niet de kans zag om even langs te komen en omdat ...' Hij aarzelde.

'Wat?' vroeg Hannah.

'Nee, niets. Het is gewoon stom.'

'Wat?'

'Nou ja ... ik had gewoon zo'n gevoel. Ik weet niet hoe ik het anders moet zeggen. Ik had gewoon het gevoel dat er iets was.'

Onwillekeurig glimlachte Hannah. Roel had haar vaak gebeld omdat hij dacht dat er iets was. Vooral toen ze nog jong waren. Soms was er inderdaad iets aan de hand. Vaak ook niet. Maar ze had het altijd lief gevonden. En in dit geval misschien ook opmerkelijk.

'Ik werd gistermorgen, gisteravond en afgelopen nacht gebeld.'

'Door wie?'

'Een kerel. Hij maakte rare opmerkingen.'

'Een hijger?'

'Nou ... hij hijgde niet.'

'Wat maakte hij dan voor opmerkingen?'

'Hij wist dat ik alleen was.'

'Volgens mij weet het hele dorp dat.'

'Hij wist gisteren zelfs wat ik aanhad. Hij heeft naar mij zitten kijken, Roel. Ik vind het doodeng.'

'Ben je gisteren buiten geweest?'

'Ik ben naar Anna geweest.'

'Dan hebben veel mensen je waarschijnlijk gezien. Eerlijk

65

gezegd denk ik dat het zo'n achterlijk figuur is, die denkt dat hij grappig is.'

'Ik ben bang.'

'Ik denk niet dat daar een reden voor is. Dit soort figuren zijn erg laf. Maar hij treft je wel op een rotmoment. Als ditzelfde je een maand geleden was gebeurd, had je je er niet druk om gemaakt.'

'Ik weet het niet.'

'Maar ik wel. Maar meld het hele gebeuren wel bij de politie. Misschien kunnen ze de telefoontjes natrekken. Voor de rest zou ik mij er niet te druk om maken.'

'Jij hebt makkelijk praten …'

'Dat weet ik. Ik kom vanavond naar je toe. Dan hebben we het er verder over.'

'Ja.'

'Tenminste … denk je dat je je vandaag redt?'

'Overdag zal het wel gaan.'

'Goed. Dan kom ik vanavond. En meld het wel. Als ze weten wie die grappenmaker is …'

'Ik kan het nauwelijks een grap noemen.'

'Dat is het ook niet.'

'Verdorie!'

'Het komt wel goed, Hannah. Ik weet zeker dat het een of andere idioot is die iets met je uithaalt. Je woont in Olme. Hier gebeurt verder niets.'

'Nee. Ik weet het.'

'Weet je zeker dat je je vandaag redt?'

'Ja.'

'Goed. Dan zie ik je vanavond. Als er iets is …' Hij wachtte even. Hannah wist wat hij wilde zeggen: als die kerel haar weer lastigviel … Maar Roel sprak het niet uit. 'Je kunt altijd bellen.'

'Dat weet ik.'

'Goed.' Roel verbrak de verbinding en Hannah bleef een paar tellen zitten met de telefoon in haar handen. Roel had geprobeerd haar ervan te overtuigen dat er niets aan de hand was, maar ze wist zeker dat ze iets van bezorgdheid in zijn stem had gehoord. Blijkbaar was hij er zelf niet helemaal van overtuigd. Heel even dacht Hannah erover om weer te gaan liggen en haar ogen te sluiten. Misschien zou het nu lukken om te slapen. Uiteindelijk was de nacht nu voorbij. Dan was het toch anders. Maar ze voelde een stevige hoofdpijn opkomen en wist dat het alleen maar erger zou worden als ze weer ging liggen. Daarom stond ze toch maar op en slofte naar de keuken om een flinke pot koffie voor zichzelf te zetten.

Ze dacht aan het gesprek dat ze de vorige dag met Allison had gevoerd. Misschien had Allison wel gelijk. Misschien moest ze werkelijk eens naar buiten. Het zou in elk geval voor afleiding zorgen.

Ze kon niet zeggen dat ze bijzonder veel zin had in een wandeling en frisse buitenlucht, maar waarschijnlijk zou dat ook niet vanzelf komen.

Ze dronk koffie, wist zelfs een paar crackers naar binnen te werken en nam daarna een lange, hete douche. Heel even werd ze onder de douche opnieuw door paniek bevangen. Ze meende iets op de benedenverdieping te horen en verstarde, terwijl het hete water over haar huid liep. Onwillekeurig schoten scènes door haar hoofd waarbij vrouwen onder de douche werden vermoord. Een schim achter het gordijn, een plotselinge uitval, bloed dat werd weggespoeld in de afvoer … zelfs de klassieker van Hitchcock, *Psycho*, passeerde de revue. Minutenlang bleef ze doodstil staan en durfde zelfs nauwelijks adem te halen. Maar er gebeurde niets. Geen man die vanuit de mist in de badkamer opdook en een slagersmes in haar nietige lichaam stak, geen vent die met grote handen haar nek omklemde en geen revolver die op haar werd gericht. Helemaal niets.

'Ik kijk te veel films,' mompelde Hannah. Ze dwong zichzelf weer om normaal adem te halen en zich te wassen. Maar ze deed het toch sneller dan gebruikelijk en ze was opgelucht toen ze weer met een handdoek om haar lichaam geslagen de douchecabine uit stapte.

Ze veegde de condens van de spiegel en keek naar haar eigen spiegelbeeld. Haar gezicht was ingevallen. Ze was altijd al aan de smalle kant geweest, maar de laatste twee weken was ze uitgesproken mager geworden. Donkere wallen onder haar ogen maakten duidelijk dat ze te weinig sliep. De grauwe huidskleur verried haar hopeloze conditie. Ze verwaarloosde zichzelf. Ze vond nog steeds dat ze daar alle recht toe had, gezien de situatie, maar Allison had gelijk. Ze moest het niet tot in het oneindige doordrijven. Ze kon rouwen, maar ze hoefde niet te sterven.

Mooi gezegd, dacht ze bij zichzelf. Misschien zou zelf doodgaan nog een goede oplossing zijn. Maar ze wist dat die gedachte niet reëel was. Ze wilde niet echt dood. Ondanks alles. Ze wilde huilen, schreeuwen, schelden, slapen, wegzinken in een depressie en met haar kop tegen de muur slaan. Maar ze wilde niet dood.

Ze haalde een paar keer diep adem, plensde ijskoud water in haar gezicht, bond haar natte haren in een hoge staart en ging naar de slaapkamer om eindelijk eens iets schoons aan te trekken. Geen leuke of mooie kleding. Dat was net een stap te ver. Maar een schone jeans en een lekkere warme trui, die haar de illusie van warmte kon geven. Want meer dan een illusie zou het niet zijn. De kou kwam vanuit haar binnenste en niet van buitenaf. Maar een illusie was altijd beter dan niets.

Het was bewolkt, zag ze toen ze buiten kwam. Grauwe wolken dreigden met regen en er stond een koude wind. Herfstweer, vond ze. Maar in Nederland was het vaak herfstweer. In de herfst, in de winter en als je pech had ook nog in het voorjaar en de zomer. Tenzij het bloedheet was. Ze trok haar jas goed dicht en begon te lopen. Ze had geen idee waar ze naartoe ging en eigenlijk deed het er ook niet toe. Het ging erom dat ze buiten was.

Via de Hyacintstraat liep ze naar de Tulpstraat en vandaar uit volgde ze de Deelstaat en een klein stukje Stationstraat, om dan de Tramsteeg in te lopen en de Oude Weg te volgen. Ze keek naar de Hoeve van Oldenburg, waar eerder een van de rijkste families van het dorp had gewoond. Ze meende dat hier nu mensen werden ondergebracht die na een verslaving hun leven weer op de rit probeerden te krijgen met de nodige begeleiding, maar helemaal zeker wist ze het niet. Ze had zich er nooit in verdiept. Ze wist alleen dat de meeste dorpelingen er niet blij mee waren. Het pand zag er in elk geval goed uit. Het was pas in de verf gezet en in de tuin aan de voorkant liepen een paar geitjes en wat ganzen. Heel even schoot het door haar heen dat een van deze mensen haar misschien lastigviel. Maar die gedachte was nogal absurd. Ze kende hier niemand. Waarom zou een van deze mensen haar dan lastigvallen?

Ze volgde de Oude Weg verder en bleef op de kruising met de Tegelweg even staan. Onwillekeurig wierp ze een blik richting Het Veld. Ze kende de kleine huizen daar. In een ervan woonde Manuel. Ze vroeg zich af hoe het met hem was. Ze wist dat ze erheen zou kunnen gaan en het hem zou kunnen vragen. Als hij tenminste niet kwaad op haar was. En als hij inmiddels niet weer aan het werk was. Heel even overwoog ze om het werkelijk te doen. Maar ze bedacht zich. Het was beter om het niet te doen. Ze haalde nog maar een keer diep adem en liep door richting Hoofdstraat. Ze wist niet waarom ze het deed, maar eenmaal in de Hoofdstraat kon ze het niet laten om door het openstaande hek het oude kerkhof op te lopen en langs de graven te wandelen. Het was hier stil en rustig. De meeste grafstenen waren oud en sommige opschriften waren nog maar nauwelijks te lezen. Maar de graven werden wel regelmatig bezocht. Ze waren goed onderhouden, er lagen bloemen en overal stonden graflichtjes. Nabestaanden konden hierheen komen, hun moeder, echtgenoot of vriend bezoeken. Ze hadden de kans gehad om afscheid te nemen.

Hannah voelde een huilbui opkomen. Ze wilde niet alweer huilen.

Toen een hand op haar schouder werd gelegd, schrok ze. Onwillekeurig slaakte ze een klein gilletje en sprong opzij. Ze keek met een ruk om, recht in het ontstelde gezicht van pastoor Van der Velde.

'Het spijt me. Ik wilde je helemaal niet aan het schrikken maken. Ik zag je hier rondlopen en wilde alleen even vragen hoe het met je ging.'

'Het spijt me. Ik ben wat schrikachtig, geloof ik.'

'Ik begrijp het wel,' zei Van der Velde.

Hannah betwijfelde het, maar het leek haar erg onaardig om dat te zeggen.

'Ik ben bang dat het nog niet zo goed gaat,' zei ze daarom maar.

'Ik begrijp het,' zei Van der Velde weer. 'Ik heb gehoord wat er is gebeurd. En dat Carl nog altijd vermist is.'

'Ja. Dat maakt het allemaal extra moeilijk. Ik kan geen afscheid nemen, ziet u.'

'Ik zou een speciale dienst voor je kunnen regelen. Een symbolisch afscheid.'

Hannah schudde haar hoofd. 'Dat kan ik niet. Dat is niets voor mij. Het spijt me.'

'Het zou kunnen helpen bij de verwerking.'

'Misschien later.'

'Je kunt altijd erover komen praten,' zei Van der Velde vriendelijk.

'Ja. Dank u.'

'Het is het minste wat ik voor je kan doen.'

Hannah knikte even. Ze wilde opeens weg hier. Weg van al die graven. Weg van de dood.

'Ik ga maar weer,' mompelde ze.

Van der Velde knikte. 'Sterkte,' wenste hij haar toe. 'En als je wilt praten … je kunt altijd hierheen komen. Ik kan zelfs naar jou toe komen.'

Hannah wist een glimlach te produceren. 'Dank u.'

Ze liep haastig het kerkhof weer af. Heel even had ze met het idee gespeeld om Van der Velde te vragen echt te komen, maar ze had het niet uitgesproken. Het kwam haar nogal absurd voor. Ze kwam bijna nooit in de kerk en ze had de kleine, kalende pastoor zelden gesproken. Het leek haar hypocriet om nu opeens zijn hulp te zoeken. Al geloofde ze niet dat de pastoor er iets op tegen zou hebben.

Hannah liep de Brugstraat in, keek even naar het hoge witte gebouw waarin Allison haar appartement had en liep toen door naar het Dorpsplein.

Het lag er verlaten bij. Toeristen wandelden met dit weer niet over het oude plein, schooljeugd zat te blokken en de rest van de mensheid was aan het werk.

De Vaart zag er eenzaam, donker en koud uit. Een klein groepje eenden keek haar hoopvol aan, maar begreep al snel dat ze hun niets te bieden had.

Het begon te regenen en Hannah twijfelde maar heel even voordat ze haar toevlucht zocht in het café van Sjef.

Er zaten een paar mannen aan de toog onder een dak van rook. Hun gesprek verstomde even toen Hannah binnenkwam en ze omkeken. Maar Hannah was voor hen niet interessant, dus draaiden ze zich weer om en gingen verder met hun gedempte conversatie over de zin en onzin van vrouwen in het algemeen. Ze lieten zich niet storen door het exemplaar dat zojuist hun domein was binnengetreden.

Sjef stond, zoals gewoonlijk, achter de bar en volgde het gesprek met interesse. Hier en daar leverde hij commentaar in de vorm van een ernstig verkracht spreekwoord of gezegde en daarmee vond hij zijn aandeel groot genoeg. Uiteindelijk zorgde hij voor het belangrijkste onderdeel van een goed gesprek: drank.

Hij keek even naar Hannah, die aan een tafeltje bij het raam ging zitten en ze zag hem bijna nadenken. Het was duidelijk dat een vrouw in de kroeg extra werk met zich meebracht en Sjefke was geen voorstander van extra werk. Maar omdat hij eventjes geen spreekwoord voorhanden had, ging hij uiteindelijk toch maar naar haar toe.

Pas toen hij dicht bij haar stond, leek het hem duidelijk te worden wie ze was. Hannah nam het hem niet kwalijk. Ze was slechts twee keer eerder in de kroeg geweest en beide keren waren Manuel en Carl bij haar geweest.

'Ben jij niet dat vrouwke van Carl?' vroeg Sjef, terwijl hij haar spiedend aankeek. Zijn rode neus leek bijna licht te geven in het schemerdonker van de kroeg. Blijkbaar had hij al de nodige borrels achter de kiezen. Carl zei altijd dat je de hoeveelheid borrels kon aflezen aan de intensiteit van de kleur. Hij had de kroeg al heel wat vaker bezocht.

Hannah knikte.

'Hij is dood, hè?'

'Vermist.'

'Onder de sneeuw, ja.'

'Ja.'

'Dood dus.'

Hannah wilde dat het voor haar zo gemakkelijk was. Wat voor haar nog niet te accepteren viel, was voor Sjef een vaststaand feit.

'Jammer. Hij was wel een goeie. Beetje wild in zijn kop en wat veel praatjes, maar een goeie. Je kon met hem lachen.'

Hannah knikte maar.

'Zijn vriend komt hier nog af en toe binnen,' zei Sjefke. 'Dat is ook ene goeie. Maar triest nu, hè. Begrijpelijk.'

'Ja.'

'Niks voor jou?'

Hannah keek hem verbijsterd aan.

'Nou ja … nog een beetje vroeg misschien. Ik neem aan dat je koffie wilt?'

'Als dat kan.'

'Nou … ik moet hem nog zetten.' Hannah merkte wel dat alleen het idee hem al vermoeide. Ze voelde zich schuldig.

'Maar ach … voor de meid van Carl doe ik dat wel,' zei Sjefke goedmoedig. Hij draaide zich om en slofte weg, 'Bovendien komt dadelijk die dikke van Muldijk weer en die moet ook altijd koffie,' mompelde hij erachteraan.

Hannah keek hem even na en bedacht dat ze het waarschijnlijk grappig zou vinden als ze zich niet zo verschrikkelijk triest had gevoeld.

Ze richtte haar aandacht weer op de buitenwereld en staarde naar het lege plein. Een oud echtpaar kwam in zicht. Zij liep met een rollator en hij sjokte er zo'n beetje achteraan. Hij droeg een boodschappentas met zich mee, maar er leek nog niet veel in te zitten.

Hannahs mobieltje ging over en Hannah nam het aan. Natuurlijk weer zonder na te denken.

'Alleen in de kroeg?' vroeg een stem.

Hannah verstarde. Ze herkende de stem onmiddellijk.

'Wie ben je toch?' siste ze. 'Waarom laat je mij niet met rust?'

'Ik kan naar je toekomen.'

Hannah gaf geen antwoord. Haar keel voelde droog aan.

'Maar ik kan je ook thuis bezoeken.'

'Laat me met rust,' wist Hannah er uiteindelijk uit te brengen.

'Ik hou van je, Hannah.'

'Laat me …' Ze maakte haar zin niet af. De verbinding werd verbroken.

Sjefke stond weer bij haar met een kop koffie in zijn handen.

'Slecht nieuws?' informeerde hij. 'Je kijkt alsof je net een spook door de telefoon naar buiten hebt zien kruipen.'

'Gewoon een vervelend persoon aan de lijn,' zei Hannah. Haar stem trilde.

'Tja,' zei Sjef, terwijl hij de koffie voor haar neerzette. 'Dat heb je met die gekke dingen.' Hij wees naar haar mobieltje. 'Iedereen sleept zo'n ding de hele dag met zich mee, zodat elke gek je op elk moment van de dag kan lastigvallen. Vroeger hadden we alleen een gewone telefoon in de huiskamer en daar trokken we de stekker de helft van de tijd nog uit omdat we geen zin hadden in dat geouwehoer door die hoorn. Nu gunt zich niemand meer die rust. Nou ja … ik wel.' Hij grijnsde even. 'Ik wil zo'n meeneemding nog niet voor niks. Laat mij maar af en toe de stekker eruit trekken.' Hij draaide zich om en liep weer terug naar de bar. Hannah staarde naar haar koffiekopje, dat met de onderkant in een aanzienlijk bruin badje stond. Het suikerzakje zag er wat doorweekt uit. Hannah werd er alleen nog maar triester van. Ze keek door het raam naar buiten en zag dat het oude echtpaar alweer was verdwenen. Waar was de man die haar belde?

Ze schudde haar hoofd en deed suiker en melk in haar koffie. Buiten begon het weer te regenen. Ze staarde naar het plein en dronk haar koffie. Ze vroeg zich af wat ze hierna moest doen. Ze huiverde als ze aan haar grote, lege huis dacht. Ze wist niet zeker of het alleen de eenzaamheid was die het zo onaantrekkelijk maakte om weer naar huis te gaan, of de angst. Want onwillekeurig was ze toch bang. Iemand hield haar in de gaten en ze wist niet wie het was.

Ze overwoog even om Roel of Allison te bellen, maar besloot dat ze niet doorlopend op hen wilde leunen.

Haar nieuwe plan kwam plotseling op. Heel even glimlachte ze zelfs.

Ze dronk haar koffie snel op, rekende af en liep met haastige passen naar het busstation. Ze hoefde niet al te lang te wachten op een volgende bus richting grensstreek, en slechts twintig minuten later zat ze in het goed verwarmde vervoermiddel en keek door het raampje naar het landschap dat aan haar voorbijgleed.

Ongeveer een halfuur duurde de reis, voordat de bus bij de goede halte in de grensstreek stopte, en vandaar moest ze nog bijna een halfuur lopen. Maar het maakte niet uit. Voor het eerst sinds lang had ze in elk geval een doel voor ogen. De regen was alweer verdwenen en Hannah stapte met stevige passen over de smalle landweggetjes en later over het bospad. Heel even dacht ze aan de man die haar steeds belde en voelde ze een rilling langs haar ruggengraat glijden. Wat als hij wist dat ze hier heel alleen liep? Ze versnelde haar pas en keek strak voor zich uit. Ze wilde zich niet bang laten maken. Ze wilde in elk geval de illusie dat ze zich niet bang liet maken.

Ze strekte haar rug nog een beetje en probeerde te ontspannen. Het lukte niet helemaal, totdat ze haar bestemming zag en de vele honden hoorde blaffen.

Opgelucht liep ze door de hoge ijzeren poort het terrein van het asiel op, regelrecht naar de deur waar 'Receptie' boven stond.

Ze drukte tegen de deur, maar de deur gaf niet mee. Ze rammelde er een paar keer aan, maar er gebeurde niets. Toen pas zag ze het bordje, dat vermeldde dat het asiel alleen 's morgens tot elf uur en op zaterdag de hele dag was geopend.

Ze had er geen moment bij stilgestaan dat een dergelijke instelling sluitingstijden had. Ze kon zich natuurlijk omdraaien en later een keer terugkomen. Het hoefde tenslotte niet allemaal nu te gebeuren. Maar het lukte haar niet om dat te doen. In plaats daarvan zakte ze neer op de grond, met haar billen op het koude beton en haar rug tegen de deur, en begon te huilen. God ... wat haatte ze dat eeuwige gehuil van haarzelf. Het leek wel of ze niets anders meer kon doen.

Ze probeerde het onder controle te krijgen door een paar keer diep adem te halen en te slikken, maar de tranen bleven komen. Totdat ze een hand op haar schouder voelde.

Ze schrok, week opzij en keek naar boven, recht in het gezicht van een potige vrouw met lang, iets vet haar en een kleurig petje op. Haar gezicht was verweerd, maar vriendelijk.

'Wat is er aan de hand?' informeerde ze.

'Ik wist niet dat jullie niet open waren,' snikte Hannah.

De vrouw hurkte naast haar neer. 'Ik heb weleens gehoord dat mensen mopperen omdat we maar beperkt open zijn, maar

jij bent de eerste die in tranen uitbarst.'
'Ja maar ... Het is gewoon ... ik had opeens besloten om een hond te halen. Ik had er niet over nagedacht. Ik had natuurlijk kunnen weten dat jullie niet altijd open zijn, maar ik had er niet over nagedacht. En toen ben ik hierheen gekomen en ik was zo blij hier te zijn en toen ...'
'Rustig maar ... is het werkelijk alleen omdat we gesloten zijn?'
'Mijn man is vermist. Al twee weken. Hij ligt onder de sneeuw op de Aconcagua, zeggen ze, maar ik weet het verder niet. Hij is gewoon weg. En nu word ik lastiggevallen door een engerd en zit ik helemaal alleen in een leeg, koud huis.'
'En nu zit je alleen op de koude tegels. Kom, sta maar op, dan gaan we naar binnen. Ik zal een kop thee voor je maken.'
'Maar jullie zijn gesloten.'
'Alleen voor bezoekers, omdat de verzorging van de dieren veel tijd in beslag neemt. Maar als we vierentwintig uur per dag rondzwervende honden en katten opvangen, kunnen we ook wel een keer een rondzwervende vrouw opvangen, nietwaar?'
Ze glimlachte naar Hannah en hielp haar overeind.
Bij Hannah kon er eindelijk ook een glimlachje vanaf.
Ze ging met de vrouw naar binnen, liep langs de receptie, regelrecht naar het verwarmde kantoortje. In het kantoor liepen twee poezen rond, die onmiddellijk de binnenkomers overvielen met kopjes en vrolijk gespin.
De vrouw mopperde dat ze eens niet zo voor de voeten moesten lopen, terwijl ze hen wel aaide, en zette de waterkoker aan. Daarna wendde ze zich weer tot Hannah.
'Ik ben trouwens Mieke en ik run deze tent. Vertel mij maar eens wat je zoekt.'
'Hannah,' stelde Hannah zich voor. 'Ik zoek eigenlijk een hond om mij veilig bij te voelen. Want dat is het probleem namelijk. Ik voel mij niet veilig. Sinds mijn man verdwenen is, word ik lastiggevallen door een of andere engerd. Alsof het zo nog niet erg genoeg is ...'
'Is je man verongelukt tijdens het klimmen?' informeerde Mieke. 'Je vertelde daarnet dat hij waarschijnlijk onder de sneeuw ligt op de Aconcagua. Was hij die berg aan het beklimmen?'

'Carl beklom de Aconcagua met een vriend, Manuel, toen het weer omsloeg. Ze zagen het aankomen en Manuel wilde niet verder klimmen, maar Carl wel. Hij is altijd al erg eigenzinnig geweest. Dus toen Manuel sliep, pakte Carl zijn uitrusting en vertrok. Midden in de nacht. Hij was alleen, de helling was bij daglicht al gevaarlijk en er stak een sneeuwstorm op. Gekkenwerk dus.

Toen Manuel het de volgende morgen ontdekte, was het noodweer op volle kracht en kon hij niets doen. Hij en een paar reddingswerkers hebben nog naar hem gezocht toen het even wat rustiger was, maar ze hebben hem niet gevonden. Ze zeggen dat het jaren kan duren voordat dat gebeurt. Mijn man is dus vermist en ik zit alleen in een leeg, koud huis en kan niet wennen aan het idee dat hij nooit meer terugkomt. En nu is er dus ook nog die beller. Een of andere kerel die blijkbaar precies weet wat ik doe en mij regelmatig lastigvalt. Nu ben ik, naast ellendig, ook nog bang.'

'Ben je daar al voor naar de politie gegaan?'

'Nog niet. Ik geloof niet dat die iets doen. Hij dreigt niet of zo. Maar toch ...'

'Ik zou het toch maar melden.'

'Misschien wel. Maar meestal kunnen ze pas iets doen als je in stukjes gezaagd bent.'

Mieke glimlachte even. 'Dat zal zo snel niet gebeuren. Meestal gaat het dat soort zieke figuren alleen om de kick van het bang maken. Maar je zoekt dus een hond?'

De waterkoker begon te pruttelen en Mieke maakte twee mokken thee. Ze zette de mokken op tafel en keek Hannah onderzoekend aan. 'Wat voor een hond? Groot, Klein? Bepaald ras?'

'Waakhond. Groot, maar niet te groot, en gevaarlijk.'

'Gevaarlijk?'

'Niet voor mij, natuurlijk.'

'Natuurlijk niet.'

'Type herder of zo?'

'Zoiets, ja.'

'Nou ja ... ik heb wel een paar honden zitten die aan die omschrijving voldoen. Ik heb er nog eentje ... Lijkt mij echt iets voor jou. Maar dat is niet wat je zoekt.' Mieke staarde een paar tellen nadenkend voor zich uit. 'Nou ja … we kunnen dadelijk eens kijken.'

Hannah knikte en nipte aan haar thee. Hij was nog erg heet.

'Vertel maar iets van jezelf,' nodigde Mieke haar uit. 'Dan kan ik helpen met de keuze.'

'Ik ben achtentwintig jaar en werk op een helpdesk. Nou ja … niet op dit moment en als ik niet snel weer aan het werk ga, zal ik wel op straat staan. Maar dat deed ik dus. Op een helpdesk werken. Ik ben dus getrouwd, zoals ik al vertelde. Ik was getrouwd. Nee … ben getrouwd. Want ondanks alles heb ik steeds het gevoel dat Carl vandaag of morgen opeens weer voor mij staat. Niemand die dat gelooft, maar ja … Je leest toch weleens over mensen die de meest vreemde dingen overleven en zo. Dus ik weet het niet. Maar ja … dan is er natuurlijk nog die vent aan de telefoon en ik weet niet wat hij van mij moet …'

'Wacht even,' kwam Mieke ertussen. Ze keek Hannah aan. 'Ik bedoelde eigenlijk dat ik iets over jouzelf wilde weten. Je karakter … je ervaring met honden.'

'Oh, sorry,' Hannah voelde dat ze rood werd.

'Niet erg,' zei Mieke. 'Ik begrijp het allemaal wel. Je maakt gewoon een rotperiode door.'

'Ja.'

'Heb je weleens een hond gehad?'

'We hadden vroeger thuis een teckel.'

'Werd daar iets mee gedaan? Cursus, training, jacht?'

'Nee. Hij luisterde voor geen moer.'

'Oké. Wil jij iets met je hond gaan doen?'

'Uh … ik weet het niet. Veel knuffelen en de oren van zijn kop praten, vrees ik. Dan krijgen mijn vrienden rust.'

Mieke knikte langzaam. 'Goed,' zei ze toen. 'Als je je thee op hebt, zullen we eens gaan kijken.'

Hannah knikte. Ze warmde haar handen aan de mok. Ze mocht Mieke. Misschien kon ze Mieke wel mee naar huis nemen. Bijna lachte ze een beetje bij die gedachte.

Toen ze kort daarna het asiel binnenliepen, schrok ze van het geblaf en het gedrag van sommige honden die bezoek minder op prijs stelden.

Kleine hondjes keken haar zielig met grote ogen aan, grote loebassen sprongen tegen het hekwerk of gromden gevaarlijk. Middenslag hondenbeesten deden alles daartussenin.

Ze zag vooral veel honden en het geblaf schetterde in haar oren en kwelde haar toch al pijnlijke hoofd.

'Het zijn er zo veel,' merkte ze op.

'Dertien,' zei Mieke. 'Eigenlijk valt het wel mee. De meeste worden vrij snel geplaatst.'

'Ik wil eigenlijk een grote, gevaarlijke hond, maar die kleintjes kijken zo zielig. Alsof ze zeggen: neem mij mee.'

'Als je geen kleintje wilt, moet je er geen nemen. Die worden altijd het snelste geplaatst, dus strikt gezien hebben ze helemaal geen reden om zo zielig te kijken.'

'Dat zeg jij. Volgens mij denken die hondjes daar anders over.'

Mieke glimlachte even. Ze wees op twee hokken naast elkaar. In een ervan zat een drukke Mechelse herder, die opgewonden blafte.

In de ander zat een Duitse herder, die Hannah argwanend bekeek.

'De Mechelse herder heeft een tijd politietraining gedaan, maar zijn baas kreeg een beroerte en kan niet meer heel erg veel. Omdat zijn vrouw haar handen vol heeft aan haar echtgenoot, heeft ze de hond hierheen gebracht. Het is een aardige hond. Vrij druk, maar vriendelijk. En heel geschikt als waakhond. De Duitse herder was door een stel als waakhond gekocht, maar die wisten totaal niet hoe ze met honden om moesten gaan. De hond luisterde niet meer naar hen, poepte alles vol en beet de Pradaschoenen van zijn bazin stuk. Daarop zijn ze overgegaan op een elektronisch beveiligingssysteem dat voor hen meer geschikt was. Deze hond is terughoudend en heeft tijd nodig voordat hij iemand vertrouwt. Maar je kunt een hele goede hond aan hem hebben.'

Hannah knikte. Een herder was zeker afschrikwekkend genoeg, meende ze. Geen van beide honden raakte iets in haar, maar ze vermoedde dat het ook niet nodig was. De band zou er vanzelf wel komen. Ze kon ermee naar de cursus gaan, boeken aanschaffen ... alles doen wat haar kon helpen zo'n beest beter te begrijpen. Ze zou dan in elk geval niet bang hoeven te zijn voor inbrekers, nam ze aan.

Ze wendde zich tot Mieke. 'Welke zou het meest geschikt zijn voor mij?'

'Moeilijk te zeggen,' zei Mieke. 'In beide honden zul je de nodige tijd moeten steken. Ik weet niet zeker of je dat op dit moment op kunt brengen ...'

'Het zal een goede afleiding voor mij zijn. Allison, mijn vriendin, vond toch al dat ik dat nodig had.'

'Misschien ...' Mieke aarzelde nog een beetje.

'Zijn deze honden moeilijk te plaatsen?' vroeg Hannah.

Mieke schudde haar hoofd. 'Deze twee niet. Maar ik heb er eentje ...'

Hannah keek Mieke vragend aan.

'Ik heb er eentje zitten die wel moeilijk te plaatsen is en eerlijk gezegd denk ik dat hij beter bij je past. Maar ... Nou ja ... het is niet helemaal wat je zoekt, denk ik.'

'Is het dan een kleine hond?'

'Nee, dat niet.'

'Vals? Bang?'

'Nee ... ook niet. Kom maar eens mee kijken. Hij zit buiten.'

Hannah kon niet ontkennen dat haar nieuwsgierigheid gewekt was en wat gespannen volgde ze Mieke.

Ze liepen door een achterdeur naar buiten en kwamen op een groot terrein uit, waar enkele speelveldjes waren afgebakend.

Hannah zag hem onmiddellijk en schrok zich rot. Op het terrein liep een enorme hond, groot, breed en een dikke kop met rimpels die hem een bedenkelijk uiterlijk gaven. Hij was roodbruin, kortharig en had grote flappen van lippen met wat kwijl eraan.

Nieuwsgierig keek de hond naar de nieuwkomers.

'Wat is dat?' vroeg Hannah verbijsterd.

'Een Bordeaux dog. Althans voor een groot gedeelte. Ik geloof dat er ook nog iets anders in zit, maar ik weet niet wat het is.'

Mieke keek peinzend naar de hond, alsof ze het antwoord daar ergens zou vinden.

'Hij is wel erg groot,' zei Hannah voorzichtig.

'Dat is niet zijn enige probleem,' zei Mieke. 'Kom.' Ze liep voor Hannah uit de ren in. Hannah liep er aarzelend achteraan. Ze voelde zich niet erg op haar gemak. De hond hief zijn enorme kop verder op om zijn bezoekers goed in ogenschouw te kunnen nemen. Direct daarna zette hij zich af en sprintte naar Mieke en Hannah toe.

'Ho ... ho nu!' riep Mieke. Maar de hond liet zich niet afremmen, ging regelrecht naar Hannah toe en sprong tegen haar op. Hannah gilde verschrikt, kneep haar ogen dicht, wankelde een paar tellen en viel toen min of meer achterover op haar bips. De hond drukte zich onmiddellijk liefdevol tegen haar aan en liet zijn tong in één slag over haar hele gezicht gaan. Hij kwijlde er een beetje bij en zijn adem was niet al te fris.

'Hij vindt je aardig,' merkte Mieke wat verontschuldigend op. Hannah opende voorzichtig weer haar ogen en keek recht in de lodderige bruine ogen van de blije hond. Ze kreeg opnieuw een natte zoen van het beest.

'Ik dacht ... ik dacht ... hij is zo groot. Ik dacht echt ...' hakkelde ze.

'Je dacht toch niet dat hij je zou aanvallen?' vroeg Mieke ongelovig.

'Als ik ook maar het minste idee had gehad dat zoiets kon gebeuren, had ik je niet mee de ren in genomen.'

'Nee. Waarschijnlijk niet. Maar hij is zo groot. Hij ziet er zo gevaarlijk uit.'

'Ja, dat wel.'

'Maar hij is niet gevaarlijk?'

'Zelfs niet een heel klein beetje.'

'Maar waarom kun je hem dan niet plaatsen?'

'Niemand wil zo'n kalf in huis. Daarbij is hij ontzettend lomp. Je kunt nauwelijks beweren dat je dat nog niet hebt gemerkt.'

'Eh, nee.'

'Daarom dus.'

Hannah krabbelde overeind en bekeek het enorme monster. Aan zijn lippen hingen kleine sliertjes kwijl en hij kwispelde vrolijk.

'Hij kwijlt ook,' zei Hannah.

'Ja ... ook dat. En nog niet zo zuinig.'

'Tja ...'

'Waken doet hij trouwens ook niet.'

'Doen honden dat niet altijd?'

'Absoluut niet. Maar normaal gesproken waakt een Bordeaux dog wel. Maar hij niet.'

'Waarom niet?'

'Geen idee. Nooit gevraagd.'

Hannah veegde haar gezicht droog en bekeek de hond nog een keer goed. Mieke kon toch niet werkelijk hebben gedacht dat zij die hond wilde? Met dat brede lijf van hem zou geen enkel meubelstuk in de woonkamer blijven staan. Hij zou alles onderkwijlen en met zijn modderpoten haar hele vloer naar de maan helpen. En dan waakte hij ook nog niet eens ...'

'Ik neem aan dat het niets voor je is,' merkte Mieke voorzichtig op.

'Niet echt,' gaf Hannah toe.

'Nee ... ik dacht het al. Hoewel ... nou ja ... laat maar.' Ze keek even naar de hond. 'Sorry, makker.' Daarna draaide ze zich om en liep naar de uitgang van de ren. Hannah liep haastig achter haar aan, bang dat de hond haar nog een keer onder zijn liefdesuitingen zou bedelven.

Vlak voordat ze de ren uit ging, hoorde ze een zacht gorgelend geluid en keek ze om.

De hond was gaan zitten en keek naar haar. Ze las een diepe teleurstelling in zijn ogen en hij zag eruit alsof hij elk moment in tranen kon uitbarsten.

Op dat moment was Hannah verkocht.

'Ik neem hem,' zei ze.

Mieke draaide zich verbaasd en verrast om.

'Hij keek mij zo aan ...' probeerde Hannah te verklaren.

Mieke grijnsde. 'Hij heeft inderdaad die manier van kijken ... Daarom had ik zo'n medelijden met hem. Ik bedoel ... hij is veel te groot, veel te breed en veel te lomp, hij kwijlt en loopt in huis waarschijnlijk alles om en bovendien heb je helemaal niets aan hem. Maar het is zo'n lieve sul, hè. Ik vond het zo triest dat hij geen kans maakte. Hij is zo eenzaam. Zijn baas is gestorven en hij bleef achter. Hij deed mij een beetje aan jou denken. Niet zijn grootte en lompheid, natuurlijk, maar zijn uitstraling.'

'Ik neem hem,' zei Hannah nog een keer. Alsof de hond het nu werkelijk begreep, vloog hij opnieuw op Hannah aan, wist haar nog een keer omver te krijgen en bedolf haar onder zijn goedbedoelde kwijl.

Mieke probeerde hem van Hannah af te trekken en putte zich uit in excuses. 'Laat dat nu toch. Moet je nu meteen al je kansen verspelen? Sukkel dat je bent,' mompelde ze tegen de hond. Maar Hannah lachte. Voor het eerst sinds lang, lachte ze. 'Het maakt niet uit,' zei ze tegen Mieke. 'Hij is gewoon blij.'

'Dat kun je wel zeggen. Kom, Lobbes. Je bent vrij,' zei Mieke tegen de hond. De hond sprong over Hannah heen en rende vrolijk de ren uit.

'Loopt hij niet weg?' vroeg Hannah verbaasd.

Mieke lachte. 'Ben je gek … Hij vindt de grote wereld veel te eng om alleen in te trekken.'

'En hij heet Lobbes?'

'Past wel bij hem, nietwaar?'

Hannah volgde Mieke naar het kantoor. Lobbes was bij haar komen lopen en keek haar af en toe met zijn trouwe hondenogen aan alsof hij wilde zeggen: dat hebben we goed voor elkaar. Hannah aaide even over zijn grote kop en liep het kantoor binnen. Het kantoor was meteen gevuld met hond. De katten vonden het geen geslaagd idee en sprongen op de kast om blazend en grommend duidelijk te maken dat hij niet welkom was.

De hond dook beschaamd een beetje ineen.

'Hij heeft het er niet op,' zei Mieke lachend.

Ze pakte de papieren en vulde die samen met Hannah in. Vanaf dat moment was Lobbes van Hannah.

Met Lobbes aan de riem liep Hannah door de grote poort van het asiel weer naar buiten. Ze voelde zich groot en dapper met de enorme hond aan haar zij. Niemand kon aan hem zien dat hij een schoothond was en geen waakhond. En ze was niet meer alleen.

Ze liep samen met de hond richting busstation. De hond trok niet aan de riem, waar Hannah erg blij om was. Ze had hem met geen mogelijkheid kunnen houden. Maar hij bleef keurig bij haar, keek wat ongerust om zich heen en liep af en toe zelfs tegen haar aan. Maar het was een stuk gezelliger lopen dan de heenweg en ze had iemand om tegen te praten. Lobbes zei niets terug, maar hij klaagde ook niet over haar geklets.

Heel even kwam het bij Hannah op dat Carl een hartaanval zou krijgen als hij toch nog thuiskwam. Want nog steeds had ze zich er niet toe kunnen zetten om dat definitief uit haar hoofd te zetten. Carl had toch al niets met honden. Hij had er geen problemen mee, maar hij was er ook niet gek op. En een monster als Lobbes zou hem waarschijnlijk een acute zenuwaanval bezorgen.

Maar Carl kwam niet naar huis. Ze moest dat eindelijk eens goed tot zich laten doordringen. Ze zette er steviger de pas in en liep het laatste stuk naar de bushalte. Heel even dreigde daar een nieuw probleem te ontstaan, toen de buschauffeur zijn deur opende, de hond zag en zijn deur weer wilde sluiten.

Hannah hield de deur echter met haar hand tegen en keek de chauffeur aan.

'Honden mogen in de bus tegen betaling van een kinderkaartje,' zei ze scherp.

'Dat is geen hond, dat is een monster.'

'Het is een rashond.'

'Uit de oertijd zeker.'

'Leuk.' Ze stapte in. De hond liep langs haar door en het lukte haar maar net om te blijven staan. 'Een volwassene en een kinderkaartje naar Olme.'

'Een kinderkaartje voor dat mormel?'

'Dat mormel is een hond en volgens de regels moet ik daar een kinderkaartje voor kopen.'

'Als hij de bus onderkwijlt, moet je de schoonmaak betalen.'

'Als jij nog lang doorzeurt, mag je een schadevergoeding betalen omdat ik dan te laat in Olme kom,' diende Hannah hem van repliek.

Ze betaalde de kaartjes en liep met opgeheven hoofd en de hond op de hielen de bus door, om achteraan een plaats te vinden.

Het drong tot haar door dat ze voor het eerst weer een glimp van de oude Hannah had laten zien. De zelfverzekerde Hannah die niet over zich liet lopen. Het deed haar goed te beseffen dat die ergens in haar nog aanwezig was.

Het leek zelfs alsof ze het een klein beetje minder koud had.

Hannah maakte het zich gemakkelijk op haar stoel en legde haar hand op de kop van de hond. De hond legde zijn kop in haar schoot en ze voelde haar bovenbenen een beetje nat worden van zijn kwijl. Het maakte niet uit. Ze had een vriend.

Trots liep ze een halfuur later met het bakbeest door Olme, nagestaard door mensen die ze niet of slechts vaag kende. Lobbes hoefde geen waakhond te zijn. Ze besloot dat de hond dat niet nodig vond omdat iedereen zo al bang genoeg voor hem was. In elk geval totdat ze mevrouw Kruisinga van de Hyacintstraat met haar poedeltje tegenkwamen en Lobbes geschrokken achter Hannah wegdook toen het kleine ding begon te keffen. Mevrouw glimlachte minachtend. Hannah wierp haar een dodelijke blik toe. Kruisinga had een hekel aan Hannah en aan Carl. Waarschijnlijk aan alle jonge mensen die lol hadden in hun leven. Nou ja … zij had niet meer zo veel lol in haar leven en Carl …

Hannah liep haastig door naar huis, opende de deur en liet Lobbes binnen.

'Je nieuwe thuis,' verkondigde ze. Lobbes draafde haar voorbij en ging wat aarzelend op onderzoek uit, waarbij de meubelstukken hier en daar een beetje werden verplaatst. Misschien moest ze maar wat dingetjes wegdoen. De kamer stond eigenlijk toch veel te vol. Hannah liet de hond de boel verkennen, terwijl ze koffie maakte.

'Doe maar alsof je thuis bent,' riep ze tegen hem vanuit de keuken. 'Maar plas nergens tegenaan en probeer het bankstel niet al te veel onder te kwijlen. Drup niet op de afstandsbediening, want dan doet hij het niet meer, en laat af en toe maar je kop bij het raam zien. Ik denk dat dat wel helpt.' Ze grinnikte even en goot alvast koffiemelk en suiker in een mok. De keuken vulde zich met de geur van verse koffie.

Toen ze eindelijk in de woonkamer zat en toekeek hoe Lobbes alles zorgvuldig inspecteerde, glimlachte ze. Haar huis voelde niet meer zo leeg en koud aan. Meteen voelde ze zich ook schuldig bij die gedachte. Schoof ze Carl nu al naar de achtergrond? Terwijl het nog niet eens zeker was dat hij dood was. Waarschijnlijk was hij wel dood. Maar het was niet helemaal zeker.

De voordeurbel trok haar uit haar gedachtewereld. Onwillekeurig schrok ze. Ze had het idee dat Lobbes ook schrok. Hij
tilde zijn kop verbaasd op en staarde in de richting van de
voordeur.

De bel ging opnieuw. Lang en ongeduldig. Hannah keek op de
klok. Kwart over vijf. Roel natuurlijk. Hij had gezegd dat hij
zou komen.

Hannah sprong overeind en liep naar de voordeur. Ze zag zijn
magere gestalte achter het glas en opende de deur. Nog voordat
ze iets kon zeggen, drong Lobbes zich langs haar, ging voor
Roel staan en besnuffelde hem intensief. Roel verstijfde.

'Hij doet niets,' zei Hannah meteen.

'Wat is dat voor een monster?' De hond keek Roel aan alsof hij
snapte dat hij werd beledigd.

'Dat is mijn hond.'

'Jouw hond?'

'Ik heb hem vanmiddag uit het asiel gehaald.'

'Hem? Tjee, Hannah ... had je geen kleiner exemplaar kunnen
uitkiezen?'

'Natuurlijk. Maar ik had een waakhond nodig.'

'En dit is een waakhond?' Roel ontspande alweer en keek wat
meewarig in de lodderige ogen van de hond, die hem aanstaar-
den.

'Nou ja ... hij heeft zijn afmetingen mee.'

'Dat valt niet te ontkennen.' Roel wrong zich naar binnen. De
hond zette geen stap opzij, maar Roel was gelukkig niet al te
breed.

'Hij kwijlt,' merkte Roel op.

'Nou ja ... daar kan hij ook niets aan doen.'

'En hij is lomp.'

'Dat heeft met zijn afmetingen te maken. Koffie?'

'Graag.' Roel wierp nog een laatste twijfelachtige blik op de
hond en volgde Hannah naar de woonkamer.

'Ga zitten,' riep Hannah, terwijl ze doorliep naar de keuken om
koffie voor Roel te halen.

Roel liet zich op de bank zakken en de hond ging onmiddellijk
bij hem staan. Zijn bedoelingen daarbij waren niet helemaal
duidelijk, maar voor de zekerheid liet Roel zijn hand maar een

keer over Lobbes' dikke kop glijden. Het leek hem maar beter om een redelijke verstandhouding met het mormel op te bouwen.

Toen Hannah terugkwam in de woonkamer, keek Roel haar onderzoekend aan.

'Wat?' vroeg Hannah.

'Weet je dat dit de eerste keer is, sinds Carl verdween, dat je zelf koffiezet als ik er ben? Tot vandaag deed ik het iedere keer. En Allison misschien.'

Hannah realiseerde zich dat Roel gelijk had. 'Misschien verandert er toch iets,' zei ze nadenkend toen ze ging zitten. 'Weet je ... Allison zei gisteren dat ik eruit moest. Niet naar Anna of de winkel, maar echt eruit. Wandelen, iets leuks doen ... Ze vond dat ik verslonsde. Ze zei het niet op die manier, maar dat was wel wat ze bedoelde.'

'Ze had gelijk.'

'Dat ik verslonsde?'

'Dat je eruit moest.'

'Misschien. Toch voelt het raar. Alsof ik Carl al wil vergeten, terwijl ik nog niet eens zeker weet wat er met hem is gebeurd.'

'Je vergeet Carl niet. En je zult hem zeker nog een hele tijd missen. Maar dat wil niet zeggen dat je niet weer moet proberen om andere dingen te doen. Niet omdat je niet meer mag rouwen, want het is tenslotte allemaal nog maar pas geleden, maar omdat je anders te diep wegzinkt en daar los je niets mee op.'

'Allison zei ook iets in die richting. Andere woorden en zo, maar toch ...'

'Het is zo. Maar om nu meteen een olifant in huis te halen ...' Roel keek nog een keer naar de hond, die nu was gaan liggen en Roels benen dreigde te verpletteren.

'Ach ... de ene gaat winkelen, de ander stopt zich vol met zoetigheid en weer een ander koopt een hond,' merkte Hannah op. Ze wilde nog iets zeggen, maar stokte en staarde door het woonkamerraam naar buiten.

'Wat is er?' vroeg Roel. Hij volgde haar blik, maar zag niets.

'Ik dacht dat ik Manuel zag.'

'Heb je nog contact met hem?'

'Nee. Niet echt. Dat van laatst ...'

'Ik begrijp het.'

'En toch … soms zou ik toch nog wel een keer met hem willen praten. Ik weet wat je hebt gezegd. Ik weet dat je gelijk kunt hebben. Maar toch … hoe langer ik erover nadenk, hoe meer ik het gevoel krijg dat het niet klopt. Niet Manuel. Hij gaf om Carl. Misschien zou het toch beter zijn om nog een keer met hem te praten. Geloof ik. Misschien ook niet. Ik weet het niet.'

'Als je je daarbij beter voelt, moet je met hem praten,' meende Roel.

'Maar je zei …'

'Ik weet wat ik heb gezegd. En ik heb nog steeds mijn vraagtekens bij het hele gebeuren. Maar ik kan het mis hebben.'

'Dus je vindt dat ik met hem moet praten?'

'Als je daar behoefte aan hebt …'

'Ik weet het eigenlijk niet. Er is natuurlijk wel iets tussen ons gebeurd en dat maakt alles anders. Moeilijker.'

'De keuze is aan jou.'

'Ik snap alleen niet wat hij hier in de straat doet.'

'Weet je zeker dat hij het was?'

'Ja.'

'Misschien wil hij met je praten.'

'Waarom belt hij dan niet aan?'

Roel haalde zijn schouders op. 'Heb je trouwens nog telefoontjes gehad?'

'Telefoontjes?'

'Van die kerel?'

'Oh, die. Nee. Ja, vanmorgen toen ik bij Sjef van ''t Dorp' zat.'

'Zat jij vanmorgen bij ''t Dorp'?'

'Nadat ik had gewandeld. Het begon te regenen en ik was toen net op het plein. Vandaar.'

'Jij durft.'

'Ach … hij heeft zelfs koffie voor mij gemaakt.'

'Valt alweer mee.'

'Kom jij er ooit?' vroeg Hannah aan Roel. Ze wist het eigenlijk helemaal niet. Terwijl ze toch eigenlijk bijna alles van Roel af wist. Dat dacht ze tenminste.

Maar Roel schudde zijn hoofd. 'Het is meer een oude-mannenkroeg.'

'Ach ... er komen ook jonge kerels.'

'Misschien. Maar die gedragen zich dan als oude mannen.'

Roel grijnsde even en nam een slok koffie.

'Carl en Manuel kwamen er ook.'

'Oh ... nou ja ...'

'Eet je hier dadelijk mee?' vroeg Hannah.

'Daar heb ik eigenlijk nog niet over nagedacht.'

'Ik kan iets maken.'

'Jij?'

'Het wordt tijd dat ik weer zelf kook. Maar voor mij alleen heb ik daar geen zin in.'

'Heb je dan iets in huis?'

'Niet veel. Maar ik kan pannenkoeken maken ...'

'Pannenkoeken zijn prima.'

'Goed. Dan maak ik pannenkoeken. Volgens mij is het al jaren geleden dat ik die voor de laatste keer heb gehad.'

'Dan wordt het hoog tijd.'

Roel bleef tot ongeveer zeven uur bij haar. Wat haar betrof had hij nog wat langer mogen blijven, maar ze vermoedde dat hij vertrok omdat hij wist dat Allison rond acht uur zou komen. Hij had geen hekel aan Allison, maar hij wist goed dat Allison hem niet bijzonder mocht.

Allison kreeg een nog intensiever welkom dan Roel toen ze aan Hannahs deur stond. Ook nu drong Lobbes voorbij Hannah om haar voor te zijn met het begroeten, alleen sprong hij nu tegen de bezoekster op en overlaadde haar met enkele zeer slobberige kussen.

Allison kon zich maar net staande houden en het duurde een paar tellen voordat ze de kans kreeg om iets te zeggen.

'Wat is dit?' wist ze er uiteindelijk verbijsterd uit te brengen.

'Lobbes. Hij komt uit het asiel.'

'Lobbes? Uit het asiel? Ga je mij nu vertellen dat je deze hond hebt aangeschaft?'

'Eh, ja.'

Allison zag eindelijk de kans om de gang binnen te komen en bekeek de hond even fronsend. 'Dat is wel heel veel hond,' besloot ze.

'Ja ... hij is een beetje groot.'

'Nou ja, hij is wel hartelijk. Wat een welkom ...'

'Eh, ja ... daar is hij nogal goed in.'

'Volgens mij is het een goeierd en ik heb het idee dat je er nu al beter uitziet.'

'Het is wel prettig om niet alleen te zijn. Al is het maar een hond ...'

'Niet zo denigrerend over honden. Ze vormen vaak prettiger gezelschap dan mannen. Ze luisteren tenminste.' Ze keek even naar Lobbes. 'Nou ja, meestal dan. Als ik niet zo vaak van huis was, zou ik er ook eentje aanschaffen.'

'Tja ... hoe het straks met het werk moet ...'

'Dat is een zorg voor dan.'

Hannah liep met Allison de kamer binnen, op de voet gevolgd door Lobbes.

'Iets drinken?'

'Heb je nog van die lekkere kersenlikeur?'

'Ja.'

'Die lust ik wel. Eentje. Ik heb niet zoveel tijd.' Ze keek nog een keer naar Lobbes. 'Ik had niet verwacht dat je zo snel een hond zou aanschaffen. En dan zoiets ...'

'Ik word lastiggevallen.'

Allison keek Hannah geschrokken aan. 'Door wie?'

'Een of andere kerel. Hij belt steeds.'

'Wat zegt hij? Bedreigt hij je?'

'Hij bedreigt mij niet echt, maar hij weet steeds waar ik ben en wat ik aanheb en zo. Alsof hij mij doorlopend in de gaten houdt.'

'Jee, Hannah ... en je hebt geen idee wie het is?'

'Nee.'

'Misschien was het een eenmalig iets.'

Hannah schudde haar hoofd. 'Hij belde gistermorgen. Hij zei niets, maar ik weet zeker dat hij het was. Hij belde daarna gisteravond, afgelopen nacht en vanmorgen nog een keer.'

'Dat klinkt redelijk ziek. Belt hij steeds op de gewone huistelefoon?'

'De eerste paar keer wel, maar vanmorgen belde hij op mijn mobieltje. Ik zat in ''t Dorp'.'

''s Morgens vroeg? Dan gaat het toch slechter met je dan ik dacht.'

'Ik dronk koffie.'

'Zette Sjef koffie voor je?'

'Ja. Hij was niet laaiend enthousiast toen ik naar koffie vroeg, maar hij gromde dat hij voor die van Muldijk ook koffie moest zetten.'

Allison lachte. 'Die Sjef ...'

'Maar goed ... die kerel belde daar dus op mijn mobieltje. Hij wist waar ik was.'

'En daarop besloot je dit ... uh ... deze hond te halen?'

'Min of meer.'

'Goed idee. Heb je al een melding bij de politie gedaan?'

'Nog niet.'

'Ik zou het toch maar doen. Ik weet het niet ...'

'Ik denk niet dat ze iets doen.'

'Weet ik niet. Ik zou het toch melden.'

'Ik zag daarstraks Manuel nog.'

'Heb je met hem gepraat?'

'Nee. Ik zag hem maar heel even. Ik keek door het raam naar buiten en toen stond hij daar. Maar een paar tellen later was hij weer weg.'

'Misschien wilde hij met je praten.'

'Misschien.'

Hannah schonk likeur in twee glaasjes, gaf er eentje aan Allison en nipte aan haar eigen glas. Ze dronk nooit zoveel van het spul, maar ze genoot van de smaak en de warmte die het verspreidde.

Allison bleef niet al te lang en uiteindelijk bleef Hannah alleen achter. Nou ja ... dit keer dus niet helemaal alleen. Ze schonk zichzelf nog een tweede likeurtje in en zette de televisie aan. Lobbes nestelde zich gezellig tegen haar benen zodat ze zich nauwelijks meer kon bewegen. Blijkbaar voelde hij zich helemaal thuis. Voor het eerst sinds lang voelde Hannah zich wat rustiger. Het lukte haar zelfs om een kort programma over een weeshuis in Polen te volgen, en totdat ze werd overmand door een prettige loomheid.

Ze liet haar nieuwe vriend even uit in het perkje voor in de straat, om daarna weer de aangename warmte van haar huis op te zoeken.

Ze lag net in bed toen de telefoon overging. Ze was meteen gespannen en op haar hoede. Ze keek naar de display, die het nummer niet weergaf, en overwoog om de telefoon niet aan te nemen. Ze staarde een paar tellen naar het toestel en voelde hoe haar angst plaatsmaakte voor woede. Waarom dacht die idioot dat hij haar kon terroriseren? Als het tenminste die idioot was.

Ze nam het telefoontje aan en noemde haar naam. Ze klonk kortaf, wist ze, en als het iemand anders was zou ze zich daarvoor verontschuldigen.

'Ik zag dat je een hond hebt genomen,' zei de inmiddels bekende stem. Het was hem.

'Ja. Dus ik zou maar uit de buurt blijven.'

'Hij lijkt mij niet erg gevaarlijk.'

'Schijn bedriegt.'

'En dat kereltje was weer bij je op bezoek. Wat moet je toch met hem?'

'Waar bemoei je je mee?'

'Met jou, Hannah. Je weet dat ik gek op je ben.'

'Je bent een lafaard. Als je een klein beetje kerel was, zou je zeggen wie je was.'

'Misschien doe ik dat wel een keer.'

'Waarom niet nu?' daagde ze hem uit.

'Waarom wel?'

'Wie ben je?'

'Een bewonderaar.'

'Cliché.'

'Maar waar.'

Ze hoorde een droge klik en de verbinding was verbroken. Ze rilde, maar ze wist niet zeker of het angst of woede was.

Haar slaap was verdwenen en onrustig rolde ze een poos in bed van de ene zij op de andere. Steeds meende ze beneden iets te horen. Uiteindelijk pakte ze haar dekbed en kussen en ging naar beneden. Lobbes begroette haar enthousiast en waste maar meteen haar gezicht. Toen het Hannah lukte om onder zijn liefkozingen uit te komen, ging ze op de bank liggen met het dekbed over zich heen.

'Ik hoop dat je er niets op tegen hebt dat ik bij jou kom liggen,' zei ze. De hond nestelde zich tegen de bank aan.

'Fijn.'

Hannah draaide zich op haar zij en viel vrij snel in slaap.

HOOFDSTUK 9

Hannah liep, met Lobbes aan de lijn, wat onwennig het kleine politiebureau van het dorp binnen. Veel meer dan een noodpost was het niet en de openingstijden waren beperkt. Maar het was nu negen uur in de ochtend en dan was zelfs deze post geopend.

Achter de balie zat een nuffige juffrouw met korte blonde krullen, degelijke bril en stijf gesteven uniform. Hannah had haar vaker gezien. Waarschijnlijk woonde ze in het dorp. Maar ze wist niet hoe ze heette. Hannah liep naar haar toe en stelde zich voor. 'Ik ben Hannah Olsson. Ik wil een aanklacht indienen.'

'Een aanklacht?' De politiejuffrouw keek haar wat verbaasd aan door haar dikke brillenglazen. Alsof ze niet helemaal wist of ze dit nu moest geloven.

'Een aanklacht, ja.'

'Waar gaat het over?' informeerde de juffrouw.

'Ik word lastiggevallen.'

'Oh …' Ze duwde de bril recht op haar neus, grabbelde even tussen de papieren op haar bureau achter de balie en haalde, niet zonder trots, het papier ertussenuit dat ze blijkbaar nodig had.

Met een professionele uitdrukking van medegevoel, bood ze Hannah een stoel aan bij haar bureau, achter de balie.

'Kunt u mij precies vertellen wat er aan de hand is?' vroeg ze, haar zorgzame uitdrukking handhavend.

'Ik word telefonisch lastiggevallen door een man. Hij belt op de meest ongelukkige tijden, zowel op mijn vaste nummer als mijn gsm. Hij weet wie ik ben, waar ik ben, wat ik doe … noem maar op. Hij bespiedt mij.'

De politiedame keek Hannah een paar tellen aan. Haar rechterhand, die eerst strijdvaardig boven het papier had gehangen, zakte teleurgesteld.

'Telefoontjes?'

'Hij weet wie ik ben, wat ik doe, wat ik aanheb ... noem maar op. Hij bespiedt mij dus.'

'Weet u wie het is?'

'Natuurlijk niet.'

'Het kan om een grap gaan.'

'Dat zou dan knap knullig zijn. Mijn man is sinds twee weken vermist. Hij is waarschijnlijk ergens onder de sneeuw op de Aconcagua terechtgekomen. Niemand weet het precies. Ik zit dus bepaald niet in de prettigste periode van mijn leven.'

'Het spijt me dat te horen. Is het daarna begonnen?'

'Ja.'

'Triest. Maar zulke mensen bestaan. Ze weten dat iemand alleen is en maken van de gelegenheid gebruik ...'

'Hij zegt dat hij naar mij toe wil komen.'

'Mensen die zoiets doen, andere mensen op deze manier benaderen, zeggen veel meer dan ze doen.'

'Misschien is deze anders.'

'Ik betwijfel het. Het is trouwens vaak een bekende van het slachtoffer.'

'Ik ken niemand die zo gestoord is.'

De politieagente haalde even haar schouders op. 'Er is in elk geval niet zo heel veel wat we kunnen doen.'

'U kunt de telefoontjes natrekken.'

'Dat zullen we ook doen. Maar daar moet u zich niet te veel van voorstellen. Vaak gebeuren deze telefoontjes vanuit een neutrale plaats. Een telefooncel, een telefoon in een bar ...'

'Maar er moet toch meer aan te doen zijn?'

'We maken er een melding van ...'

'Maar u gaat er niet meteen achteraan?'

'Nee, dat niet. Er is in feite niets gebeurd. U wordt telefonisch lastiggevallen, maar hij is niet daadwerkelijk agressief tegen u geweest. Als ik het goed begrijp heeft hij u zelfs niet bedreigd.'

'Niet expliciet. Maar als iemand zegt dat hij weet waar je bent, wat je doet en wat je aanhebt, kan dat behoorlijk bedreigend zijn.'

'Maar hij heeft u niet bedreigd.'

'Nee, dat niet. Weet u wat ...' zei Hannah. Het gesprek begon haar behoorlijk te irriteren. 'Ik neem wel contact met u op zodra hij heeft ingebroken, mij heeft verkracht, in stukken gezaagd, in olie gebakken en met mayonaise heeft opgegeten. Goed?' Ze wendde zich tot haar hond. 'Kom, Lobbes. Aan jou heb ik meer vriend dan aan de politie.' Met grote passen liep ze de hal weer uit en naar buiten. Het was bewolkt, maar het regende nog net niet.

Hannah besloot met Lobbes even langs de Vaart te wandelen voordat ze naar huis ging. Ze voelde zich weer zo verschrikkelijk opgelaten en de frisse wind deed haar goed.

Het deed Lobbes in elk geval goed. Het beest genoot van de wandeling en zette een geurspoor bij zo'n beetje elke boom, paaltje, recht opstaande tegel en ieder ander voorwerp wat ze tegenkwamen.

Toen ze een bekende stem achter zich haar naam hoorde uitspreken, schrok ze. Met een ruk draaide ze zich om en keek recht in het gezicht van Manuel. Hij zag er beter uit dan de laatste keer dat ze hem had gesproken. Zijn huid was minder grauw en blijkbaar schoor hij zich weer.

'Manuel,' reageerde Hannah verrast en verward. Ze kon niet zeggen dat het haar niets deed om de man weer te zien. Onmiddellijk kwamen de herinneringen aan de laatste avond samen weer terug.

'Ik wil alleen even weten hoe het met je gaat.'

'Goed. Nou ja … naar omstandigheden. Meestal eigenlijk nog steeds beroerd, maar af en toe zijn er momenten … nou ja, dan gaat het wel.' Ze merkte dat ze stotterde.

'Nieuwe huisgenoot?' vroeg Manuel met een knikje richting hond. De hond in kwestie had genoeg van de struik die hij uitvoerig had bekeken en richtte zijn aandacht op Manuel. Terwijl hij hem besnuffelde, verscheen er een klein kwijlspoor op de broek van Manuel.

Hannah keek ernaar en knikte. 'Hij is wat groot en lomp …'

'Hij lijkt wel aardig.' Manuel aaide even over zijn kop.

'Hij is heel aardig.'

'En je bent niet alleen.'

'Nee. Ook dat niet. Eerlijk gezegd …' Hannah aarzelde even. 'Ik word lastiggevallen.'

'Lastiggevallen?'

'Een of andere kerel. Hij belt steeds. Dat is eigenlijk de eerste reden dat ik de hond heb aangeschaft.'

'Om je te beschermen?' Manuel keek even met opgetrokken wenkbrauwen naar Lobbes, die nu zijn schoenen onderkwijlde. 'Nou ...'

'Nou ja ... hij heeft in elk geval zijn uiterlijk mee,' besloot Manuel. 'Maar wat is dat dan voor iemand? Wat doet hij? Bedreigt hij je?'

'Ik weet niet wie het is en hij bedreigt mij niet echt. Maar hij weet precies wat ik doe, waar ik ben, wat ik aanheb ... nogal griezelig.'

'En je weet zeker dat je hem niet kent?'

'Ik herken hem in elk geval niet. Zijn stem klinkt vreemd. Verdraaid.'

'Misschien kan ik bij je in huis komen. Voor als hij belt of als hij ...'

'Je kunt moeilijk bij mij in de kamer gaan zitten wachten voor het geval dat ...'

'Mij maakt het niet uit.'

'Ben je nog niet aan het werk?'

'Nee. Nog niet. Dus het kan wel ... en wat die avond betreft ...'

'Daar heb ik het liever nog niet over. Ik weet ook niet of het een goed idee is als je de hele tijd in mijn huis bent.' De waarheid was dat het idee Hannah wel aantrok en dat dat iets was waar ze zich schuldig over voelde.

'Je kunt mij bellen als hij belt.'

'Dat zou ik kunnen doen.'

'Doe dat maar. Ik kan binnen een paar tellen bij je zijn. Of als je bang bent of zo ...'

'Ik heb Lobbes.'

'Eh, ja ...' Manuel krabde even achter zijn oor.

'Maar het is een lief aanbod. Misschien maak ik er ooit wel gebruik van.'

'Doe dat.'

Hannah knikte. Opeens wilde ze weg hier. Ze werd onrustig zonder precies te weten waarom.

'Ik moet gaan,' begon ze.

'Hannah … ik … het spijt me dat ik niets kon doen. Voor Carl, bedoel ik. Dat het zo gelopen is.'

'Mij ook.' Hannah haalde diep adem en stapte weg. Lobbes volgde met lichte tegenzin. Hij mocht Manuel blijkbaar wel.

Direct na de middag liep Hannah 'De Vennen' weer binnen. Zoals altijd trof ze Anna aan in de gemeenschappelijke woonkamer. Het leek wel of Anna nooit meer ergens anders kwam. Ze zat voor de televisie en staarde naar het scherm. Hannah geloofde niet dat ze werkelijk zag wat er op de televisie was. Ze leek volledig in zichzelf gekeerd.

Hannah liep naar haar toe en legde haar hand op die van haar moeder.

'Anna …'

Anna keek wat verbaasd opzij, maar trok haar hand niet terug.

'Ken ik je?'

'Ik ben Hannah. Je dochter.'

'Heb ik een dochter?'

'Ja.'

'Dat kan niet. Waar is mama?'

'Mama is er niet, Anna.'

'Waarom niet? Ze is altijd naar school.'

'Ze is *er* altijd *na* school,' verbeterde Hannah haar zonder na te denken.

'Zeg ik. Nu niet. Waar is ze?'

Ze keek Hannah aan met haar ogen die zo jeugdig leken in dat ouder wordende gezicht. Heel even leek het zelfs alsof ze in de ogen van een kind keek.

'Anna …'

'Is niet?'

'Mama is er niet.' *Hoe waar was dat?*

'Mammm mammmmm mamama.'

Hannah kneep even in de hand van haar moeder. Ze voelde een pijnlijke steek in haar borst. Het was geen pijn die door een of ander deel van haar lichaam werd veroorzaakt. Het was het soort pijn die uit het niets kwam. Omdat het de enige uiting was van datgene wat ze vanbinnen voelde. Pijn zonder lichamelijke oorzaak, maar met een veel diepere oorsprong.

Zoals altijd was Lina er ook weer. Ze kwam naar Hannah toe en ging even naast haar zitten.

'Hoe gaat het nu?'

'Nog niet geweldig. Maar het gaat. Ik heb een hond gekocht.'

'Goed idee. Het is prettig om niet alleen te zijn.'

'Het is een groot, log, lomp beest dat alles onderkwijlt.'

'Volgens mij ben je nu al gek op hem.'

'Ik geloof van wel.'

'Goed.' Lina keek even peinzend naar Anna.

'Ze gaat achteruit,' merkte Hannah op,

'Helaas.'

'Iedere keer als ik hier kom, denk ik dat het weer goed gaat, Dan praat ze gewoon. Nou ja ... dan gebruikt ze normale zinnen. Woorden. Maar het duurt maar even.'

'Ja. Dat is mij ook opgevallen. Net alsof ze in het begin van een gesprekje de woorden nog weet, maar ze dan vergeet. Misschien kost het gewoon te veel inspanning om zich de woorden te herinneren.'

Hannah knikte.

Ze dacht even na. 'Heeft het wel zin dat ik hier kom?' vroeg ze toen. Ze keek Lina recht aan. Op datzelfde moment greep haar moeder haar hand vast, terwijl ze op het scherm wees. Er was een reclame van shampoo op. Een vrij saaie reclame. Hannah had geen flauw idee waarom het haar moeder had opgewonden. In elk geval was ze nu weer rustig.

'Ja,' zei Lina.

'Wat ja?' vroeg Hannah wat verward.

'Het heeft zin. In de eerste plaats voor jezelf. Anna is je moeder. Ongeacht hoe ze nu is of zich gedraagt. Het is je moeder en je hebt het nodig om af en toe bij haar te zijn.'

Hannah dacht erover na. Ze dacht aan de vele verhalen die ze haar moeder had verteld, wetend dat zij het onmiddellijk weer zou vergeten. Als het al was doorgedrongen. Ja ... Lina had gelijk. Ze had het nodig om hier te komen.

'Bovendien heb ik altijd het gevoel dat er ergens een deel van iemand met Alzheimer is, dat weet dat er iemand is die om hen geeft. Daar is geen enkel wetenschappelijk bewijs voor en een arts zal vriendelijk doch beslist ontkennen dat daar sprake van is, maar voor mij ligt het anders. Ik kan dat idee gewoon niet van mij afzetten. En dat wil ik ook niet. Dan lijkt alles wat ik en alle anderen voor deze mensen doen zo nutteloos.' Lina schudde haar hoofd. 'Nee ... dat wil ik en kan ik niet geloven. Iedereen heeft aandacht en liefde nodig. De mensen die hier zitten misschien nog meer dan anderen. Omdat ze alles verliezen. Zelfs als ze dat niet altijd helemaal beseffen.'

'Ik vind het in elk geval een mooie gedachte,' zei Hannah. 'Het geeft mij het gevoel minder nutteloos te zijn.'

Lina kneep even vriendelijk in Hannahs arm. 'Ik ga een kopje koffie voor je halen.'

Zoals zo vaak de laatste tijd stond Roel na zijn werk weer bij Hannah op de stoep.

'Ik heb vanavond een vergadering. Een of andere saaie bijeenkomst van kantoorpiefen die het allemaal beter weten.' Hij zuchtte diep. 'In elk geval kan ik niet naar je toe komen en ik wilde toch weten hoe het was.'

Hij ontweek behendig de hond, die regelrecht op hem afstormde.

'Ik geloof redelijk. Naar omstandigheden dan. Kom binnen.'

'Ik heb niet veel tijd ...'

'Stel je niet aan. We kunnen samen iets eten.'

'Ik heb hier gisteren ook al gegeten.'

'Ja. Gelukkig wel. Ik eet niet graag alleen en om nu de hond aan tafel te laten zitten ...'

'Ik denk dat je niets overhoudt,' meende Roel. Lobbes liep hem opnieuw bijna omver.

'Hij is echt lomp,' mompelde Hannah. 'Kom mee naar binnen. Even zitten. Dan kun je tenminste niet omvallen.'

Roel knikte maar. Er zat natuurlijk wel wat in. Zijn kleding enigszins beschermend tegen de natte snuit van de hond, wist hij zich naar binnen te wurmen en hij ging op de bank zitten.

'Ik heb zo'n pak waar alles kant-en-klaar in zit,' zei Hannah. 'Je hoeft er alleen kip bij te doen en die ligt nog in de diepvries.'

'Ga je weer koken?'

'Min of meer.'

'Ik kom je helpen.' Roel wachtte niet op een reactie, maar liep achter Hannah aan de keuken in. Hij werd op de voet gevolgd door de hond.

'Ik heb een stalker,' meldde hij.

Hannah keek wat verbaasd om.

'De hond,' verklaarde Roel.

'Oh. Hij heeft trouwens nog gebeld.'

'De hond?'

'Die vent.'

'Waarom ben je niet naar de politie geweest?'

'Dat heb ik gedaan. Ze konden niets doen. Ze zouden wel wat formulieren invullen en misschien konden ze de telefoontjes natrekken, maar daar verwachtten ze niets van. Maar het was het enige wat ze konden doen, aangezien ik nog leef. Ik heb gezegd dat ik zou bellen als ik dood was.'

'Belachelijk.'

'Nogal.'

'Wat zei die vent toen hij belde?'

'Hij wist dat ik een hond had en zo ...'

'Ik snap er niets van. Misschien moet ik gewoon eens een paar dagen in huis komen. Misschien houdt het op als een vent de telefoon opneemt.'

Onwillekeurig moest Hannah denken aan Carls opmerking aan de telefoon toen ze had gezegd dat Roel er was. Aan zijn plagende spot toen ze hem een kerel had genoemd. Ze grinnikte.

'Wat?' vroeg Roel.

Hannah pakte het kant-en-klaarpak. 'Wat wat?'

'Je grinnikte.'

'Oh.'

'Waarom?'

'Gewoon.'

'Was het omdat ik zei dat ik in huis zou komen? Omdat je denkt dat ik zo iemand niet aankan?' Hij nam de houding aan van een bodybuilder, wat absoluut geen gezicht was.

'Tuurlijk niet,' antwoordde Hannah met een lachje.

'Trouwens ... Manuel bood dat ook al aan.'

'Manuel?'

'Ik kwam hem tegen toen ik de hond uitliet.'

'Wat zei hij nog?'

'Niet zo veel. Maar hij wilde wel op mij komen passen.'

'Ja, dat zal wel …' Het klonk spottend.

'Hij bedoelt het goed.'

'Dat neem ik aan.' Er klonk weer die aarzeling in zijn stem.

'Wat nu?'

'Gewoon …' Roel nam de kipfilets van Hannah over, die ze uit de diepvries had gepakt en legde ze in de magnetron om ze te ontdooien.

'Heb je nog iets met hem afgesproken?' vroeg Roel.

'Nee. Het leek mij geen goed idee. Na wat er is gebeurd …'

'Ik snap het. Die kip is ontdooid. Wat nu?'

'Knip de filet maar in stukjes en braad ze maar. Dan maak ik de rest.'

'Hoe is het trouwens met Anna?'

'Ze gaat achteruit.'

'Het spijt me.'

'Ja. Mij ook.' Ze zette een pan op het vuur en keek naar Roel. 'Weet je … het is zo oneerlijk. Anna is een vreemde voor mij geworden. Een oude vrouw die met poppen en lapjes speelt. Het klopt gewoon niet. Het is mijn moeder. Ze zou niet met poppen en doekjes moeten spelen. Verdorie.'

'Ze is ziek …' merkte Roel wat hulpeloos op.

'Alzheimer is een gemene rotziekte. Ik haat het. Het pakt alles van mij af. Mijn moeder … gewoon alles.'

'Je moeder is er toch nog.'

'Nee, dat is niet waar. Mijn moeder is er niet meer. Net zomin als Carl. Ik kan hen allebei niet begraven. Mijn moeder niet omdat haar lichaam nog leeft en met poppen speelt en Carl niet omdat hij in het niets is verdwenen. Ik moet afscheid nemen terwijl er niemand is om afscheid van te nemen.' Ze had een pollepel in haar hand gepakt en gooide die nu met kracht door de keuken.

Roel leek te schrikken. De hond niet. Hij wist waarschijnlijk niet eens wat schrikken betekende. Al was hij verder geen held …

'Sorry,' mompelde Hannah.

'Ik had niet over Anna moeten beginnen,' zei Roel op verontschuldigende toon.

'Onzin. Je vroeg alleen hoe het met haar ging en dan ga ik met pollepels gooien. Het is gewoon ... nou ja, soms lijkt het even te gaan en dan opeens word ik weer heel verdrietig of kwaad.'

'Het heeft tijd nodig.'

'Ja, dat zal wel,' antwoordde Hannah zonder veel overtuiging. Ze raapte de lepel weer op en ging verder met koken. Ze zeiden niet veel meer tegen elkaar, maar de sfeer was rustig, zoals altijd met Roel.

Hannah vond het prettig dat hij er was. Ze hoefde dat niet tegen hem te zeggen. Hij wist dat het zo was.

Allison kwam later op de avond even langs en begroette eerst de hond, voordat ze de kans zag Hannah wat aandacht te geven.

'Vraag maar niet naar Anna,' zei Hannah meteen. 'Dan ga ik met dingen gooien en zo.'

'Oh.' Allison trok even de wenkbrauwen op. 'Hoe is het met jou?'

'Wisselend. Soms goed, soms gewelddadig.'

'Bewaar dat laatste maar voor als die hufter weer belt. Heeft hij dat trouwens nog gedaan?'

'Afgelopen nacht.'

'Heb je de politie gewaarschuwd?'

'Ja. Zodra ik dood ben, komen ze.'

'Van je vrienden moet je het maar hebben ...'

'Vrienden?'

'De politie, je beste vriend?'

'Oh, dat vergrijsde spotje. Ja ... daar dacht ik ook al aan toen ik daar was.' Hannah vroeg niets, maar schonk een kersenlikeur in voor haar en Allison. Allison maakte een smakkend geluid, nam hem aan en staarde verliefd naar het glaasje.

'Nog iets van Argentinië gehoord?'

'Nee. Volgens mij kan dat nog wel even duren. Ik heb trouwens wel Manuel nog gesproken.'

'En?'

'Hij zag er redelijk uit. Hij vroeg hoe het was en zo.'

'Heb je gezegd dat je werd lastiggevallen?'

'Ja. Hij wilde al komen babysitten.'

'Ik kan mij een ergere babysit voorstellen.'

'Kom op, Allison.'

'Nou ja, grapje. Maar ik vind nog steeds dat jullie met elkaar moeten praten. Echt praten. Ik neem aan dat je dat vanmorgen niet hebt gedaan.'

'Nee. Ik ben er niet aan toe.'

'Onzin.'

'Het is zo. Als ik hem zie, denk ik aan die avond en dan voel ik mij smerig. Goedkoop.'

'Wat een onzin. Het was gewoon …'

Hannah tilde haar hand op en liet haar niet uitspreken. 'Ik wil het niet weten. Laat me nu maar even.'

'Goed.' Allison ging zitten en nipte aan het glas. 'Heerlijk,' murmelde ze. 'Ik heb trouwens een kanjer ontmoet.'

Hannah ging tegenover haar zitten. 'Op je werk?'

'Ja. Een arts. Lekker ding om te zien. Intelligent. Geweldige lach.'

'Ik neem aan dat je hem geen kans hebt gegeven om te ontsnappen?'

'Tuurlijk niet. We zijn wezen lunchen.'

'En?'

'Morgenavond komt hij bij mij eten.'

'Goed geregeld. Pas wel een beetje op …'

'Je laat je te veel beïnvloeden door die engerd aan de telefoon. Mannen zijn niet per definitie gevaarlijk.'

'Nee, maar …'

'Ik daarentegen …' Allison begon te lachen.

Onwillekeurig lachte Hannah mee.

'Hej, dat is lang geleden,' zei Allison.

'Wat?'

'Dat je lachte.'

'Ik oefende.'

'Blijven doen.'

Allison bleef niet lang.

Ze liet een stilte achter toen ze vertrok, maar voor een keer vond Hannah die stilte niet zo erg. Ze had Roels en Allisons aanwezigheid prettig gevonden, zoals altijd. Maar deze keer vond ze het ook niet zo erg dat ze weer vertrokken.

Ze trok een gemakkelijk joggingpak aan en deed de gordijnen dicht. Net voordat ze de gordijnen sloot, meende ze iemand

tegenover haar huis te zien. Niet iemand die toevallig voorbij-
liep of ergens naar buiten kwam, maar iemand die daar gewoon
stond en naar het huis keek. Ze kon niet zien wie hij was. Een
moment lang dacht ze dat het Manuel was en spande ze zich in
om het beter te kunnen zien. Maar de man draaide zich een
kwartslag om en liep gehaast weg. Hannah negeerde de opko-
mende onrust, probeerde er niet over na te denken, liep terug
naar de bank, pakte nog een glaasje likeur en zette de televisie
aan. Lobbes nam met zijn gebruikelijke vanzelfsprekendheid
plaats aan haar voeten, zodat bewegingen uitgesloten werden.
En een uur lang voelde ze zich redelijk op haar gemak.

Het was bijna elf uur, haar ogen begonnen dicht te vallen en ze
speelde met het idee om naar bed te gaan, toen de telefoon weer
ging.

Ze keek even naar de display en zag dat er geen nummer werd
weergegeven.

Toch nam ze de telefoon aan. Ze noemde haar naam niet. Ze
wachtte alleen af.

'Hannah?'

Het was weer die kerel. Ze gaf geen antwoord.

'Vind je het niet vervelend dat je alleen bent? Ik wil wel naar je
toe komen ...'

Hannah zei nog steeds niets. Ze was gespannen. Kwaad misschien.

'Ik kan naar je toe komen en we kunnen samen wat plezier
maken. De politie zal zich er niet zo druk om maken.'

'Het lijkt mij niet verstandig om hierheen te komen,' zei
Hannah uiteindelijk. 'Het zou weleens een pijnlijke geschiedenis
voor je kunnen worden.'

'Vanwege die hond van je? Die doet nog niets al ...'

'Vanwege mij. Want als je hier binnenkomt, sla ik je met mijn
gietijzeren wokpan op je hoofd.'

Heel even was het stil.

'Je hebt een probleem,' zei hij toen.

Hannah wachtte af.

'Je weet niet wie ik ben.' Na die woorden verbrak hij de verbinding. Hannah bleef zitten met de hoorn in haar hand en
staarde voor zich uit. Ze besefte dat hij gelijk had. Ze wist niet

wie hij was. En of hij iemand was die ze kende.

Heel even overwoog ze Allison of Roel te bellen. Zelfs de gedachte aan Manuel kwam bij haar op. Maar ze belde geen van hen. Het liefst had ze het lef gehad om gewoon boven naar bed te gaan en te gaan slapen, maar dat was nu even een stap te ver. Ze haalde haar dekbed weer en ging op de bank liggen. Lobbes mocht dan een waardeloze waakhond zijn, hij zorgde er toch voor dat ze zich veiliger voelde. Toch zette ze voor de zekerheid de wokpan naast de bank.

Het duurde een tijd voordat ze eindelijk in slaap viel en toen ze sliep, droomde ze onrustig. Maar ze wist de volgende dag niet meer wat ze had gedroomd.

HOOFDSTUK 10

Hannah liep met Lobbes langs de Vaart toen ze voor het eerst weer aan werken dacht. Het was eindelijk weer eens helemaal droog en een vaag zonnetje deed haar best de illusie van een naderende lente te geven. Ze was al een paar weken thuis en haar contract bij de helpdesk liep bijna af. Ergens had ze het idee dat ze weer aan het werk moest en dat het misschien wel goed voor haar zou zijn, maar de gedachte aan het baantje bij de helpdesk en vooral de altijd over de schouder kijkende personeelschef bracht haar weer aan het twijfelen. Eén ding was zeker: als ze nog niet aan het werk ging, zou ze *zeker* op straat komen. De kans dat dat gebeurde was nu al vrij groot. De personeelschef stond waarschijnlijk al in de startblokken om haar de deur te wijzen, en gewoon niet meer gaan werken gaf haar de mogelijkheid om een confrontatie en afgang te voorkomen. Maar eigenlijk lag dat niet in haar aard. In elk geval onder normale omstandigheden niet. Nu waren de omstandigheden verre van normaal, maar toch ... En wat moest ze doen als ze werkelijk op straat kwam te staan? Ze had nooit een opleiding afgemaakt. Niet omdat ze dat niet kon, maar omdat er altijd andere dingen waren geweest die haar belangrijker hadden geleken. Jongens, uitgaan, reizen ... In de fabriek werken trok haar niet bijzonder aan en in schoonmaken was ze een ramp. Ze wist haar eigen huis redelijk op orde te houden, maar daarmee hield het dan ook echt op. Bovendien haatte ze poetsen. Ze schudde even haar hoofd.

Op datzelfde moment realiseerde ze zich dat er iemand achter haar liep. Waarom het nu opeens tot haar doordrong was onduidelijk. Er liepen wel meer mensen langs de Vaart, zeker als de hemel zijn waterpoorten eindelijk had gesloten. Maar ze besefte dat iemand doorlopend achter haar liep, in hetzelfde tempo, in hetzelfde ritme. Zijn voetstappen klonken als echo's van de hare.

Hannah huiverde en onderdrukte de neiging om weg te rennen. 'Stel je niet aan, tut,' mompelde ze onhoorbaar. 'Het is toeval.' Toch draaide ze zich om. Ze deed het onwillekeurig snel en stond opeens oog in oog met Manuel.

Ze keek hem verbaasd aan. 'Wat doe jij hier? Ben je niet aan het werk?' vroeg ze. Ze merkte dat ze nerveus was. Ze wist niet precies waarom.

Manuel haalde even zijn schouders op. 'Ik ben nog steeds niet aan het werk. Ik kom veel hier om wat naar het water te staren en na te denken. En toen zag ik jou lopen ...' De hond had eindelijk ook gemerkt dat ze een achtervolger hadden en heette Manuel erg nat welkom. Manuel streelde Lobbes' kop, terwijl Manuel zijn ogen op Hannah gevestigd bleven.

'Waarom riep je niet gewoon? Waarom liep je achter mij aan?' vroeg Hannah.

Opnieuw haalde hij even zijn schouders op. 'Misschien moest ik eerst moed verzamelen.'

'Dus liep je achter mij aan.'

'Net pas.'

Hannah had het idee dat hij daar al langer had gelopen, maar zei daar niets over.

'Heb je nu moed verzameld?' vroeg ze in plaats daarvan.

Manuel glimlachte even. Het was een lieve, wat aarzelende glimlach. Hannah gromde zichzelf een verwensing toe omdat ze dat vond.

'Gaat het een beetje?' vroeg Manuel.

'Nog hetzelfde als gisteren.'

'Heeft die vent nog gebeld?'

'Afgelopen nacht.'

'Ik snap het niet. Ik vertrouw het niet ...'

'Nee, ik ook niet. Maar waarschijnlijk is het een of andere idioot die denkt dat hij grappig is.' Hannah probeerde luchtig te klinken.

'Ik zou het toch prettig vinden als ik wist wie het was.' Hij duwde zijn handen dieper in zijn zakken. 'Ik heb vandaag nog naar Argentinië gebeld.'

'En?'

'Ze hebben hem nog niet gevonden en ze zeggen dat het nog lang duurt. Vanwege de sneeuw.'

'Komt bekend voor.'

'Ik weet het. Steeds hetzelfde excuus. Het zal wel kloppen, maar soms ... Ze zetten er niet erg veel haast achter. Tenminste ... zo lijkt het.'

'Dat gevoel heb ik ook. Maar we kunnen er weinig aan doen.'

'Nee.' Er klonk niet veel overtuiging in door. 'Hannah ... ik wil met je praten. Een keer naar je toekomen ...'

Hannah besefte dat ze niets liever wilde. Dat ze het *te* graag zou willen. 'Ik weet niet of het een goed idee is.'

'Ik wil alleen praten, Hannah. We zijn al jaren bevriend ...'

'Ja, maar het is niet meer hetzelfde.'

'Nee. Dat is het niet meer.'

'Dat maakt het allemaal nogal moeilijk.'

'Ja. Maar ik wil toch een keer met je praten.'

'Goed. Praat.'

'Niet hier.'

'Loop maar mee naar huis dan,' gaf Hannah toe.

Manuel knikte kort en liep met haar mee. Onderweg zeiden ze niet veel en Hannah voelde zich slecht op haar gemak. Hij liep dicht bij haar. Af en toe raakte zijn arm de hare. Ze probeerde het te negeren.

De spanning verdween niet toen ze eindelijk haar huis binnenliepen. Manuel probeerde zich te gedragen zoals altijd: hij liep meteen door naar de kamer, maakte een grapje, plofte op de bank neer, maar het kwam gekunsteld over. Het was niet *echt*.

Hannah bleef staan. 'Koffie?' vroeg ze. Ze merkte zelf de wat onzekere toon in haar stem op. Het irriteerde haar.

'Graag,' zei Manuel. Het leek alsof hij haar aankeek, maar in feite keek hij niet recht in haar ogen. Net zomin als Hannah hem in de ogen keek. Ze knikte alleen haastig en vluchtte naar de keuken.

Haar handen trilden een beetje toen ze met het koffiezetapparaat in de weer was. Ze knoeide en nam niet de moeite om het op te ruimen. Ze ging ook niet naar de woonkamer terwijl het apparaat pruttelde. Ze zette kopjes, melk en suiker op een dienblad en deed dat zo langzaam mogelijk. Ze wilde niet tussen-door naar de woonkamer. In feite wilde ze helemaal niet naar de woonkamer.

Maar het moment dat de koffie klaar was, kwam onvermijde-lijk. Ze treuzelde nog een beetje met het inschenken, haalde diep adem en liep toen met het dienblad naar de woonkamer. Ze zette het blad met de mokken koffie op de tafel, zonder ze ervan af te halen en verborg haar trillende handen door onrustig aan haar trui te plukken.

Manuels handen waren rustig, zag ze. Ondanks het feit dat hij er gespannen uitzag.

Hij nam de tijd om melk en suiker in de koffie te doen, alsof hij zich voorbereidde. Misschien was dat ook zo.

Hannah vermeed het zo veel mogelijk om naar hem te kijken. Af en toe wierp ze een nerveuze blik naar buiten, waar niemand te zien was.

'Hannah … over die avond …' begon Manuel uiteindelijk, nadat hij een eerste slok koffie had genomen.

'Eerlijk gezegd praat ik daar liever niet over,' haakte Hannah er meteen op in.

'Dat weet ik.'

'Wat is gebeurd, is gebeurd. Het kwam door de omstandighe-den.'

'De omstandigheden kunnen een rol hebben gespeeld, maar …'

'We waren allebei van streek. Opstandig. Verdrietig. We hadden gedronken …'

'We hadden niet zoveel gedronken.'

'We dachten niet na. De omstandigheden … zulke dingen gebeu-ren. Het had niet mogen gebeuren, maar …'

'Zeg niet dat het niet had mogen gebeuren,' ging Manuel erop in.

Dit keer keek Hannah hem wel aan.

'Het is zo,' zei ze toen. ' Carl was nog maar goed een week ver-dwenen …'

'Twee weken.'

'Dat doet er niet toe. Ik wist het tenslotte pas een week. Voor mij was hij pas een week weg. En toen kwam jij …'

'Ik was er al. Al heel erg lang.'

'Dat doet er ook niet toe. Waar het om gaat, is dat het niet had mogen gebeuren. Dat het absurd is dat het gebeurde terwijl hij weg was ... Het was slap van me. Ondanks de omstandigheden.'

'De omstandigheden houden in dat hij dood is, Hannah.'

'Dat weet je niet,' bracht Hannah ertegen in.

'Dat weet ik wel. In elk geval op de momenten dat ik erin slaag nuchter na te denken. Ook ik heb momenten waarop ik mij in mijn hoofd haal dat hij een kans had en dat hij vandaag of morgen opeens voor mijn neus staat. Dat heb ik je al eerder gezegd. Maar in feite weet ik wel beter.'

'Ik niet,' zei Hannah.

'Jij ook.'

Hannah schudde heftig haar hoofd. 'Het doet er ook niet toe,' zei ze toen. 'Het is hoe dan ook verkeerd om na zijn vermissing dat te doen wat we hebben gedaan. Ongeacht of het door de drank of door de omstandigheden kwam ... Het had niet mogen gebeuren. We waren goede vrienden. Dat had zo moeten blijven. Maar nu is dat niet meer mogelijk.' Ze keek Manuel vragend en wat wanhopig aan. 'Ik geloof niet dat het nog mogelijk is.'

'Nee,' antwoordde Manuel en Hannah besefte dat dat niet het antwoord was dat ze wilde hebben.

'Het had nooit mogen gebeuren,' mompelde Hannah weer.

'Dat ben ik niet met je eens,' zei Manuel. Hij nam een slok koffie en staarde een paar tellen voor zich uit. 'Ik ben al een hele tijd gek op je, Hannah. Het spijt me. Wat er is gebeurd, is gewoon een gevolg daarvan. Het zou niet zijn gebeurd als Carl er nog was. Niet omdat ik dat niet wilde, maar omdat ik dat simpelweg niet zou hebben toegestaan. Maar die avond ...' Hij schudde zijn hoofd. 'Het was niet mijn bedoeling en je hebt gelijk als je zegt dat het veel te vroeg was. Maar ik heb er geen spijt van.'

'Waarom heb je dat nooit gezegd?'

'Ik heb die avond dat het gebeurde tegen jou gezegd dat ik van je hield. Het was de waarheid. Maar het was niet pas op dat moment dat ik iets voor je voelde. Dat gebeurde al veel eerder. Maar ik kon het niet zeggen. Begrijp je dat niet?'

'Ik weet niet ...'

'Je was met Carl en je was gek op hem. Ik was niet van plan om daar tussen te komen. Zelfs al had ik vaak het gevoel dat er ook iets tussen ons was.'

'Er was niets ...'

'Weet je het zeker?'

Hannah gaf geen antwoord.

'In elk geval heb ik geen spijt van die avond samen en ik wil dat jij er ook geen spijt van hebt. Je kunt zeggen dat het te vroeg was en dan heb je gelijk. Maar zeg alsjeblieft niet steeds dat het nooit had mogen gebeuren.'

Hannah staarde voor zich uit.

'Wat ik dus wil zeggen ...' ging Manuel verder. 'Ik ben gek op je en dat is alleen maar sterker geworden. Ik wil met je verder. Ik wil je helpen met de verwerking van Carls verdwijning, ik wil er voor je zijn als je mij nodig hebt en ik wil je helpen waar ik kan. Ik wil de kerel die je lastigvalt bij zijn lurven grijpen en hem iedere hoek van het dorp laten zien. Ik wil bij je zijn. Ik begrijp dat je tijd nodig hebt, maar uiteindelijk is dat het wat ik wil. Dus nee ... we kunnen niet gewoon vrienden zijn. Niet op de lange duur.'

Hannah roerde in haar koffie en keek naar de kringen die ze veroorzaakte.

Zeg dat het niet kan, hamerde het door haar hoofd. Zeg dat het niet gaat. Maar ze zei niets. Ze staarde alleen naar die stomme cirkels.

Manuel dronk zijn kop koffie leeg en stond op.

'Dat is hetgeen ik je wilde vertellen,' besloot hij. 'Je hebt mijn telefoonnummer, je hebt mijn adres. Je weet dat je altijd bij mij terechtkunt. Maar op dit moment weet je veel meer dan dat en ik wil graag dat je erover nadenkt. Je hoeft niet nu te beslissen. Je kunt met mij praten, op mij terugvallen en om hulp vragen, maar je hoeft niet nu te beslissen hoe het verdergaat. Ik wil alleen dat je weet hoe het zit.'

Hij draaide zich om en liep de kamer uit. Hannah hoorde de deur opengaan en dichtslaan en nog steeds staarde ze naar die domme cirkels in haar koffie.

Er waren zoveel dingen die ze had kunnen zeggen. Die ze had *moeten* zeggen. Maar ze had alleen maar gestaard. Niets anders.

Ze voelde zich verward. Ze wist zeker dat het verkeerd was geweest, die avond. Ze herinnerde zich maar al te goed hoe ze zich achteraf had gevoeld. Ze had geprobeerd te lachen om Allisons bewering dat Manuel verliefd op haar was. Maar nu kon ze niets meer ontkennen.

Het ergste was misschien nog wel het feit dat Manuel gelijk had. Dat ze niet onverschillig tegenover hem stond. Ook niet toen Carl er nog was. Ze wist niet of het verliefdheid was geweest of slechts aantrekkingskracht. Ze wist alleen dat er iets was geweest en dat Manuel dat had gemerkt, ondanks het feit dat ze altijd had geprobeerd om dat voor hem te verbergen. En ze besefte ook dat het die avond inderdaad niet zo plotseling en onverwacht was gekomen als ze zelf graag wilde geloven. Dat het eerder een gevolg was geweest van iets wat er al heel lang was geweest.

Ze haalde diep adem en dronk koffie. Ze had geen idee wat ze hier nu mee moest doen. Losse gedachteflarden wervelden door haar hoofd. De hond legde zijn kop op haar schoot en keek haar aan alsof hij zijn mening duidelijk wilde maken. Wat dat dan ook mocht zijn.

Ze liet haar hand over zijn vacht glijden en zuchtte nog maar eens diep. Ze voelde dat iemand naar haar keek. Iemand op straat. Maar ze nam niet de moeite om te kijken wie het was.

HOOFDSTUK 11

'Eet je weer mee?' Hannah had Roel net binnengelaten, die zoals zo vaak na het werk even aankwam.

Roel glimlachte. 'Niet vandaag. Ik heb thuis de koelkast nog vol met rommel staan die eindelijk op moet. Bovendien is het niet onverstandig als je zelf weer een beetje je normale leven oppakt.'

'Hoe bedoel je?' vroeg Hannah.

'Precies zoals ik het zeg. Ik weet dat je het moeilijk hebt, Hannah, en ik weet dat het aan je vreet. Maar ik heb er vandaag eens goed over nagedacht en eerlijk gezegd lijkt het mij het beste als je weer een beetje in je ritme komt. Allison had het er al over en stuurde je de straat op, maar ik wil nog een stapje verder-gaan. Ga weer werken, ga weer voor jezelf zorgen ... elke morgen op tijd opstaan, ontbijten, de hond uitlaten, werken, koken, huishouden, televisiekijken. Ga weer winkelen met Allison en loop af en toe het park in.' Hij grijnsde even. 'En blijf vooral mij uitnodigen om samen films te kijken of andere dingen te doen.'

'Ik moet er niet aan denken om weer aan het werk te gaan,' bekende Hannah. 'Althans niet op de helpdesk. Ik heb er zelf ook aan gedacht en ik wil ook wel weer wat gaan doen. Ik wil wel weer gaan werken. Maar de gedachte aan de helpdesk en de personeelschef daar, veroorzaakt bij mij spontane neigingen om te gillen en pollepels te vernielen.'

'Dat snap ik. Het is ook niet bepaald de ideale baan, maar het is in elk geval een baan. Maar hoe langer je wacht, hoe moeilijker het wordt om er weer in te komen. Nog even afgezien van het feit dat je contract dan niet wordt verlengd en je dan hele-maal niets meer hebt.'

'Maar Carl is nog maar pas verdwenen ...'

'Dat weet ik. Niemand verlangt van je dat je hem vergeet. Maar als je weer in een normaal ritme komt, wordt het gemakkelijker om het naar de achtergrond te schuiven. Als je doorlopend thuis bent en niets doet, pieker je alleen maar. Door te werken en andere alledaagse dingen te doen, kun je ook weer aan andere dingen gaan denken.'

'Maar als Carl dan een keer terugkomt ...'

'Carl komt niet terug en dat weet je.'

'Manuel zei ook al iets in die richting, maar zelfs hij twijfelt er af en toe nog zelf aan.'

'Manuel?'

'Hij was hier.'

'Gewoon op bezoek?'

'Hij liep achter mij bij de Vaart.'

'Toevallig?'

'Ja. Weet ik niet. In elk geval wilde hij met mij praten. Hij is mee hierheen gekomen.'

'Waarover wilde hij praten?'

Hannah twijfelde even. 'Over die avond,' zei ze toen. Heel even had ze die aarzeling gevoeld om daarover te praten. Misschien omdat ze zich nog altijd schuldig voelde.

Roel keek haar een paar tellen aan. 'Wat zei hij daarover?' vroeg hij. 'Nee, wacht ...' zei hij toen. 'Hij zei dat hij er geen spijt van had en dat hij verliefd op je was. Misschien insinueerde hij dat jij ook gevoelens had voor hem en noemde hij het een logisch gevolg.'

Hannah verstarde even en keek Roel verward aan.

Roel merkte het en haalde zijn schouders op. 'Niet zo moeilijk te voorspellen,' zei hij.

'Waarom niet?'

'Omdat een blinde nog kon zien dat hij meer voor je voelde.'

'Dan moet ik stekeblind zijn,' merkte Hannah wat wrevelig op. 'Je gaat mij toch niet wijsmaken dat je het niet wist?'

'Ik wist het niet.'

'Kom op, Hannah.' Hij bleef haar aankijken. 'Ik denk dat je het diep vanbinnen best wel wist.'

Hannah schudde haar hoofd, maar ze wist diep vanbinnen wel beter. Het gesprek met Manuel had haar niet voor niets zo verward.

'Het viel te verwachten,' mompelde Roel.

'Hoe bedoel je?'

Roel gaf niet meteen antwoord. Ze zag de duidelijke aarzeling.

'Roel?'

'Pas gewoon een beetje op met hem,' maakte Roel duidelijk.

'Wat bedoel je?'

'Niets bijzonders.'

'Roel!'

Roel klemde zijn kaken op elkaar en keek Hannah aan. 'Hij was bij Carl toen Carl verdween. Niemand kan zijn verhaal staven. Hij kwam het vertellen en hij stelt zich op als de schouder om op uit te huilen. Hij stelt voor om te drinken en hij heeft onge- twijfeld ervoor gezorgd dat er iets tussen jullie is gebeurd. Hij schijnt op de een of andere manier steeds in de buurt te zijn. Hij komt je in elk geval steeds toevallig tegen. En hij is gek op je.'

'Ga niet zeggen dat hij Carl uit de weg heeft geruimd om mij te krijgen. Het is geen thriller of zo.' Hannah probeerde spottend te klinken, maar het lukte niet helemaal. Haar stem was wat schril.

'Ik zeg niet dat hij hem heeft vermoord. Maar het is natuurlijk mogelijk dat hij zijn helpende hand heeft teruggetrokken, om het zo maar eens uit te drukken. We hebben het daar al eerder over gehad ...'

'Dat weet ik. Maar Manuel en Carl waren goede vrienden. Manuel zou zoiets nooit doen.'

'Nee? Manuel was anders gek op jou en Carls gedrag ging hem steeds meer irriteren. Je hebt mij zelf eens verteld dat Carl steeds meer zijn zin door wilde drijven en dat zelfs Manuel het daar weleens moeilijk mee had.'

'Ergernis is geen reden om een vriend kwijt te willen.'

'En een vrouw?'

'Onzin. Manuel zou zoiets nooit doen.'

'Misschien niet.'

'En zo moeilijk is het niet om elkaar tegen te komen. We wonen in een dorp en hij is, net als ik, thuis. Hij zwerft ook rond met zijn ziel onder zijn arm.'

'Misschien.'

'En hij bood aan te helpen toen hij het hoorde van die kerel.'

'Ja, ja …'

Hannah hoorde de spottende toon in Roels stem. 'Wat bedoel je daarmee?' vroeg ze.

'Alleen dat het wel erg goed uitkomt dat je uitgerekend nu wordt lastiggevallen. Door iemand die je kent, die weet wat je doet en wat je aanhebt. Door iemand die je bang maakt, zodat je bescherming zoekt. Bij Manuel, bijvoorbeeld.'

Hannah staarde Roel een paar tellen ontzet aan. 'Dat kun je niet menen,' zei ze toen.

Roel gaf geen antwoord.

'Manuel zou zich nooit verlagen tot zoiets. Ik weet wat je denkt. Ik weet dat je vermoedt dat hij het is die de hele tijd belt. Maar je hebt het fout, Roel. Manuel haalt niet zo'n rotstreek uit.'

'Weet je dat zeker?'

'Ja.'

Roel staarde een paar tellen voor zich uit. Een spier in zijn kaak bewoog gespannen. 'Je zult dan wel gelijk hebben,' besloot hij. 'Maar toch … wees voorzichtig.'

Hannah knikte.

'En nu wil ik graag koffie.' Roel veranderde de toon van zijn stem en wist zelfs zijn mond tot een glimlach te vormen.

Hannah haalde opgelucht adem en glimlachte terug. Ze liep naar de keuken en dacht aan de dingen die Roel had gezegd. Het had zo verschrikkelijk absurd geklonken. Zo onwaarschijnlijk. En toch bleef het in haar hoofd hangen.

Toen ze in de keuken was, ging de telefoon over. Automatisch verstarde Hannah weer. Ze bleef bij het aanrecht staan met de koffiepot in haar handen. De telefoon ging opnieuw over.

Pas bij de derde keer zette ze de pot neer en liep naar de kamer. Roel stond al bij het toestel en keek op de display.

'Anoniem,' zei hij. Hij leek op zijn hoede. Hannah voelde een vervelend gevoel in haar buik.

'Misschien is het reclame,' probeerde ze. Ze wilde erheen lopen, maar Roel tilde zijn hand op.

'Ik neem hem wel aan,' bood hij aan. Hij pakte de telefoon op, noemde zijn naam en zei dat hij in het huis van Hannah was.

Hij luisterde en noemde nog een paar keer zijn naam, steeds luider.

Uiteindelijk verbrak hij de verbinding en keek Hannah aan. 'Hij zei niets.'

'Denk je dat hij het was?' vroeg Hannah.

'Weet ik niet,' zei Roel. 'Het kan ook iemand zijn die het verkeerde nummer ingetoetst had.'

Hannah hoorde geen enkele overtuiging in zijn stem en schudde haar hoofd. 'Hij was het,' zei ze. 'Maar hij verwachtte blijkbaar niet jou aan de telefoon te krijgen.'

'In dat geval houdt het dan nu misschien op.' Roel klonk weinig overtuigend.

'Misschien wel,' gaf Hannah. Zijzelf overtuigde al net zomin. Ze ging terug naar de keuken en zette koffie.

'Roel dacht dat het Manuel was,' zei Hannah later die avond tegen Allison. Ze had haar vriendin opgebeld en eerst naar haar nieuwe vlam gevraagd en naar de kleurrijke omschrijving van deze arts met de naam Rudger geluisterd, alvorens ze had verteld wat haar die dag was overkomen

'Manuel?' reageerde Allison wat lacherig. 'Natuurlijk niet. Waarom zou die zoiets doen?'

'Nou ... omdat ...'

'Laat maar. Ik ken Roels verhaal. Ik weet wat hij heeft gezegd over Manuels verhaal over de verdwijning van Carl en ik vind het hopeloos vergezocht. Nee ... dat druk ik te zwak uit. Ik vind het ronduit belachelijk. Wie zegt dat Roel niet die hijger is?'

'Hij hijgt niet,' zei Hannah. 'En het is niet Roel. Hij was hier toen die vent belde en Roels stem is hoger. Die klinkt zelfs door tien zakdoeken heen niet hetzelfde als de stem aan de telefoon. Nog even daargelaten dat Roel zoiets niet zou doen. Hij heeft daar namelijk geen reden voor.'

'Hij is gek op je.'

'Ja. Al vanaf onze kindertijd. En ik ben gek op hem. Maar op een manier waarop je gek bent op je broer of zus.'

'Is dat zo? Roel is en blijft een man. Min of meer dan.'

'Roel blijft vooral een vriend.'

'Ik vind het maar een gluiperd.'

'Dat heb je altijd gevonden en dat komt alleen doordat je hem niet goed kent.'

'Ik hoef hem niet goed te kennen. Maar misschien heb je gelijk. Je zou hem waarschijnlijk herkennen aan de telefoon. Die stem van hem ... nou ja.'

'Ik zou hem zeker herkennen en hij zou zoiets niet doen.'

'Manuel ook niet.'

'Dat denk ik ook niet.'

Het was een paar tellen stil.

'Het moet iemand anders zijn,' besloot Allison ten slotte.

'Misschien iemand die je niet eens zo goed kent. Iemand van je werk of zo.'

'Misschien. Roel vond trouwens dat ik weer aan het werk moest gaan om weer in een vast ritme te komen en mijn gedachten te verzetten.'

'Wat vind je zelf?'

Hannah haalde haar schouders op. 'Ik kan niet zeggen dat ik er echt naar uitkijk. Luisteren naar klachten aan de telefoon terwijl de baas over mijn schouder hijgt, zwaaiend met mijn tijdelijke contract om mij duidelijk te maken dat ik maar heb te luisteren. Heb ik je al verteld dat hij een viezerik is?'

'Nee.'

'Hij wil altijd iedereen aanraken.'

'Sommige mensen zijn gewoon zo. Die raken altijd aan als ze praten.'

'Hij raakt alleen jonge vrouwen aan. Hij gaat heel dicht bij je staan, tegen je aan vaak, raakt je aan, wrijft zich langs je ...'

'Dat heb je nooit verteld.'

'Oh. Nee ... ik geloof inderdaad niet dat ik dat tegen iemand heb gezegd. Carl zou woedend zijn geworden. Je weet hoe hij was. En ik had die baan nodig. Maar nu ... met dat figuur aan de telefoon.'

'Is het niet je baas?'

'Ik zie hem ervoor aan. Maar eerlijk gezegd denk ik van niet.'

'Je weet maar nooit. Maar ik kan mij voorstellen dat je niet terug wilt.'

'Nee. Aan de andere kant kom ik op straat te staan als ik niet terugga en ik heb het geld nodig.'

'Je krijgt een uitkering als hij het contract niet verlengt.'

'Ja, dat wel ...'

'Maar dat is maar zeventig procent en in één opzicht heeft Roel helaas gelijk. Het is niet goed voor je om thuis te blijven.'
'Maar wat moet ik dan?'
'Een andere baan?'
'Ik moet er niet aan denken om nu te solliciteren.'
'Daar kan ik ook inkomen. Misschien kun je voor jezelf beginnen. Je bent nooit erg goed geweest in het werken onder een baas en je hebt vaker gezegd dat je liever eigen baas zou zijn.'
'Ik kan niets.'
'Je bent ondernemend, creatief en je kunt met mensen omgaan. Er is vast iets waarbij je dat kunt gebruiken.'
'Ik zou het niet weten.'
'Dan heb je nu een mooi project om mee te werken. Iets verzinnen wat je voor jezelf zou kunnen doen. Ga naar de stad, lees advertenties, blader door de Gouden Gids, maak lijstjes met dingen die je leuk vindt en die je niet leuk vindt ... doe dat soort dingen. En ga veel wandelen met dat monster van je. Goed om na te denken.'
'Ik weet het niet.'
'Nee. Maar ik wel.'
Hannah hoorde haar bijna glimlachen aan de telefoon. 'Doe het nu maar.'
'Ik zal zien ...' Hannah hoopte dat Allison niet hoorde dat ze er geen zin in had. Ze wist dat haar vriendin het goed bedoelde.
'Ben je nog bij Anna geweest?' vroeg Allison toen.
'Nee. Ik heb er wat moeite mee.'
'Dat snap ik. Je hoeft er ook niet elke dag naartoe. Zolang het maar niet zover komt dat je niet meer gaat. Dat je iedere ontmoeting gaat ontwijken om er niet mee geconfronteerd te worden.'
'Ze zou het niet eens merken.'
'Ik betwijfel het. Maar dan nog ... je doet het ook voor jezelf. Je zou het zelf merken en als ze op een dag sterft, blijf je met de stukken zitten.'
'Maar het is zo rot,' bracht Hannah ertegen in. 'Elke keer word ik geconfronteerd met het feit dat ik haar verlies. Dat ik haar eigenlijk al heb verloren. En dan denk ik aan Carl ...'

'Ik begrijp dat het moeilijk is. Maar soms moet je ergens doorheen ...'

'Je hebt gelijk,' zei Hannah. Jij hebt gemakkelijk praten, dacht ze. Allison had een goed contact met haar ouders die in Schotland woonden, een goede baan en geen vaste relatie. Tenzij het nu met Rudger op iets uitliep. Allison had gewoon minder te verliezen, vond ze.

Toen ze de verbinding had verbroken, ging ze op de bank zitten en staarde voor zich uit. Veel verder dan dat kwam ze die avond niet.

Of het door de opmerking van Allison kwam of dat het puur toevallig was, maar de volgende dag las ze de krant weer bij haar ontbijt. Ze had de nacht gewoon in haar bed doorgebracht. De telefoon was één keer overgegaan, midden in de nacht, maar ze had hem genegeerd. Ze was eerder opgestaan dan de voorgaande dagen. Niet vanwege angst of onrust, maar gewoon omdat ze het tijd had gevonden om op te staan. En misschien ook een beetje omdat Lobbes met een zacht gepiep duidelijk had gemaakt dat hij dringend iets kwijt moest.

Ze had hem uitgelaten en haar ontbijt gemaakt en nu zat ze dus aan de keukentafel, at haar ontbijt en las de krant.

Ze nam de koppen door, waarbij een opleving van geweld in Israël en Irak aan de orde kwam, een aardbeving in Mexico, een zwaar ongeval op de A2 en een meisje dat door haar buurjongen was vermoord en in stukken gezaagd. Geen van de stukken las ze uitgebreid. Israël, Irak en Mexico lagen ver genoeg van haar af, het ongeval was triest, maar ze kende niemand die rond die tijd op de A2 rondreed, en dat stuk over de buurjongen wilde ze niet lezen. Stel dat het met telefoontjes was begonnen.

Ze bladerde verder, las iets minder sensationele koppen, maar besteedde pas echt aandacht aan de kleinere letters op de advertentiepagina. Het leek haar redelijk nutteloos omdat het idee van een eigen zaak eigenlijk belachelijk was en geen enkele informatie in haar hoofd wilde blijven hangen, maar ze deed het toch maar.

Later op de ochtend maakte ze een flinke wandeling met Lobbes. Dit keer liep ze richting Klaverweg om daar het bos in te lopen. Ze zag twee volwassen roodharige mensen door het struikgewas kruipen en vroeg zich af wat ze deden. Ze waren toch wat oud om een blokhut te bouwen, vond ze. Maar misschien deden ze ook wel iets heel anders. Maar heel lang bleven haar gedachten daar niet hangen. Ze keerden weer terug naar alles wat er de laatste tijd was gebeurd; het afscheid van Carl, zijn verdwijning, haar gesprekken met Allison en Roel, Anna, Manuel en weer terug naar de gesprekken met Allison en Roel. Het leek een snelweg in haar bovenkamer en ze werd al lopend duizelig van de tollende gedachten. Een wirwar van stemmen gaf zijn of haar mening ongevraagd in haar hoofd. Stukken van zinnen dwarrelden als papiersnippers door haar brein en de meest verschillende gevoelens overvielen haar lichaam.

Een moment lang dreigde het allemaal te veel te worden. Ze merkte opeens dat ze naar adem snakte en dat haar hart veel te snel sloeg. Haar wandeltempo was veel te hoog en ze bevond zich ergens in het midden van het bos, zonder precies te weten waar. Ze keek om zich heen en had het gevoel dat de bomen om haar heen draaiden. Ze wist dat ze hier eerder was geweest, maar ze herkende het niet. Vier paden kwamen op dit punt uit en van geen van de paden wist ze waar ze heen leidden. Ze wist niet eens waar Olme lag. Ze wist niet hoe ze hier was gekomen. Haar ademhaling ging over op een hogere frequentie.

Het leek alsof bepaalde gedeelten van haar hersenen zomaar opeens waren afgesloten. Buiten werking gesteld. Het beangstigde haar.

Ze kreeg de neiging om te hyperventileren en in paniek te raken. Ze kreunde zacht en begon te huilen. Heel even, slechts heel even, voelde ze de neiging om ergens heen te rennen en om hulp te gillen. Maar ze kon het niet opbrengen. Ze zakte neer op een boomstam en ging verder met dat waar ze de laatste tijd zo goed in was geworden. Ze huilde.

Ze wist niet hoe lang ze daar zo zat, maar op een bepaald moment kreeg ze het koud en voelde ze de warme hondenkop tegen zich aan.

Lobbes had de pauze prachtig gevonden, maar nu had het lang genoeg geduurd.

Hannah keek op, naar de hoge bomen, de vreemde paden en het

vele groen en besefte opeens dat het zo moest voelen als je geheugen werd aangevreten door het monster dat Alzheimer heette. Heel even ving ze een glimp op van het gevecht en de angst. Heel even besefte ze wat haar moeder had moeten doormaken. Misschien soms nog doormaakte, hoewel de kans bestond dat de angst had plaatsgemaakt voor een nieuw begin, elke dag opnieuw.

Ze stond op en keek nog een keer om zich heen. Nog steeds wist ze niet waar ze was, maar ze oriënteerde zich op de plek waar de zon zonder al te veel succes door de wolken trachtte te dringen, realiseerde zich dat ze die eerder op de Klaverweg op haar linkerschouder had gevoeld en koos het pad dat naar links ging. Ze was vastbesloten om verder te lopen richting zon. Op een bepaald moment zou ze ongetwijfeld bij een weg uitkomen. Olme werd niet bepaald omgeven door een wildernis en het bos was in feite een lachertje.

Ze strekte haar rug en liep door. Het duurde slechts een kwartier voordat ze op bekend terrein kwam en ze weer wist hoe ze op de Klaverweg moest komen.

Heel even, slechts heel even, kwam het in haar op dat de man die haar belde ook hier kon zijn. Maar ze stond zichzelf niet toe om daar langer bij stil te staan.

Toch haalde ze opgelucht adem toen ze weer op de Klaverweg stond.

De zon wist eindelijk tussen de wolken door te dringen en verwarmde haar schouders en gezicht.

Het voelde prettig aan. Het was alsof het een klein beetje van de kou verdreef die zich in haar lichaam had genesteld, die nacht dat Manuel naar haar toe was gekomen om over Carls verdwijning te praten.

Het vervulde haar met verlangen naar meer warmte, met het verlangen om uit de schaduw te stappen waarin ze weken had geleefd. Ze aaide de hond over zijn kop.

'Kom, Lobbes,' zei ze. 'Tijd dat ik weer iets ga doen.'

Ze begon in de richting van haar huis te lopen.

Wat als Carl alsnog opduikt? vroeg een stemmetje in haar.

Ze dacht na over die vraag en besefte dat ze op dit moment met een keuze speelde. Ze kon zwelgen in haar verdriet, en ze kon verdergaan met haar leven, ondanks de onzekerheid. Want als Carl werkelijk zou opdagen – en een klein gedeelte van haar geloofde daar nog altijd in – dan zou hij alleen maar meer respect hebben voor haar. Hij zou blij zijn geen wrak aan te treffen.

Dat sprankje hoop dat ze nog koesterde maakte meteen nog een beslissing duidelijk. Een beslissing die pijn deed, maar die ze moest maken.

Ze liep met stevige passen naar huis, terwijl ze bewust haar rug strekte en haar buik inhield. Het kostte moeite en haar spieren protesteerden, want de laatste weken was haar houding anders geweest. De laatste weken had ze met een krom ruggetje en gebogen schouders gelopen, als een vogel die ineengedoken hoopt dat de kat aan hem voorbij zal gaan, maar uitgerekend daardoor zoveel zwakheid uitstraalde dat hij zich als het ware opstelde als prooi. Dat had ze gedaan. Tot nu toe.

Ze strekte haar rug verder, voerde haar tempo verder op en slechts tien minuten later stak ze de sleutel in het sleutelgat van haar deur en liep ze met de hond naar binnen.

Nu pas zag ze dat het stoffig en vuil was in huis. Hoe lang had ze niets meer gedaan?

Ze schudde even haar hoofd, maakte koffie voor zichzelf en ging aan haar bureau zitten met pen en papier. Het eerste wat ze zou doen was meteen het moeilijkste.

Ze schreef een brief. Misschien had ze moeten bellen, maar dat kon ze niet opbrengen. Dan zou ze gaan twijfelen. En ze wilde niet twijfelen.

Ze begon met Lieve Manuel, streepte Lieve door, veranderde het in Beste, streepte dat weer door, piekerde nog een tijd en besloot het uiteindelijk simpelweg bij Manuel te laten.

Manuel,
We zijn al heel lang vrienden en ik heb je altijd graag gemogen. De situatie was tot voor kort echter anders. Je was de vriend van Carl en om die reden misschien wel iemand die ik op een veilige manier kon waarderen. En misschien inderdaad meer dan dat. Ik wist immers dat zowel jij als ik nooit iets zou doen wat Carl zou kwetsen.

Maar je had dus gelijk toen je zei dat ik gevoelens voor je had. Althans ... dat geloof ik. Maar er is een groot verschil tussen een beetje zwijmelen en een werkelijke relatie. Het is de vraag of ik verliefd op je zou zijn geweest als we elkaar onder andere omstandigheden hadden getroffen. Misschien wel, misschien niet. Het heeft weinig zin om daarover na te denken.

Het verwart me, zoals ook je bekentenissen mij verwarren.

Ik ga niet meer zeggen dat datgene wat die avond dat we samen waren is gebeurd, niet had mogen gebeuren. Op die manier doe ik afbraak aan datgene wat wij op dat moment voelden en dat zou niet eerlijk zijn. In dat opzicht heb je gelijk. Alle schuldgevoelens die ik na die avond koesterde en van mij af probeerde te wassen, ontstonden vanuit angst en onzekerheid. Want ik wist toen al dat ik niet met je verder kon. Misschien niet bewust, maar ik besefte het toen wel al.

Want dat is het punt, Manuel. Ik kan niet met je verder.

Allereerst is er het vertrouwen. Ik weet dat ik je nu kwets, maar ik word nog steeds geplaagd door twijfel. Ik wil je zo graag geloven en aannemen dat datgene wat je over Carls verdwijning vertelde werkelijk waar is, en ergens weet ik ook dat het typisch is voor Carl om een dergelijke actie te ondernemen, maar ergens diep vanbinnen is er ook nog altijd de twijfel.

Je weet dat ik word lastiggevallen aan de telefoon en toen Roel zei dat jij het kon zijn, ontkende ik dat in alle toonaarden. Maar toch komt die gedachte af en toe bij mij op. Ik neem aan dat je mij dat kwalijk neemt, maar ik kan het niet helpen. Ik wil eerlijk zijn.

Bovendien is Carl er zelf nog. Ik hoor je nu zeggen: Carl is dood. Misschien. Maar het is niet zeker. Althans niet voor mij, ongeacht wat iedereen zegt. Voor mij is Carl slechts verdwenen en hoewel ik goed besef dat de kans groot is dat hij nooit meer opduikt, blijf ik naar hem uitkijken. Zolang ik dat doe, is er geen plaats voor een ander. En misschien blijf ik dat wel voor de rest van mijn leven doen.

Kortom, Manuel, er is voor ons geen toekomst samen weggelegd. Sterker dan dat. Er is ook geen vriendschap meer voor ons weggelegd. Ik kan het niet. Niet na alles wat er is gebeurd. Het verwart mij te veel en ik heb besloten om alles wat het opbou-

wen van een nieuw leven onmogelijk maakt, simpelweg te ver-
wijderen. Ook als het pijnlijk is.

Daarom wil ik je vragen om mij met rust te laten. Ik wil je vragen om mij niet te bellen, te schrijven of naar mij toe te komen.
Ik wil je vragen om geen gesprek meer met mij aan te knopen.
Ik heb liever dat je kwaad aan mij voorbijloopt dan dat je mij
enige aandacht schenkt. Ik zal hetzelfde met jou doen.

Ik ga je ook niet vragen om mij te begrijpen of te vergeven. Dat
is een beslissing die je zelf neemt.

Ik vraag je alleen mijn beslissing te respecteren.

Hannah.

Hannah las de brief niet meer over. Ze had de dingen opgeschreven zoals ze ze op dat moment voelde en wilde er niet meer
over nadenken of woorden en zinnen veranderen. Ze duwde de
brief in een envelop, plakte er een postzegel op en nam zich voor
om hem die dag nog op de bus te doen. Manuel zou hem de volgende dag krijgen. Ze was vastbesloten om daar verder niet aan
te denken.

Daarna at ze iets, nam afscheid van haar hond en ging naar de
bushalte. Ze zou richting stad gaan en dat doen wat Allison
haar had aangeraden. Ze zou langs de winkels lopen en kijken
of ze ideeën kon opdoen. Ergens speelde ze al met een bepaalde
gedachte. Het was een plan dat ze lange tijd geleden al had
gehad, maar dat Carl niet zo geweldig had geleken. Maar Carl
was er nu niet en misschien moest ze daar dan toch maar op
inhaken.

Ze was net in de stad toen haar gsm overging. Ze keek op de
display en zag dat de beller anoniem was. Ze haalde diep adem
en nam hem aan.

'Alleen op stap?' vroeg de inmiddels bekende stem.

'Ja. En ik ben van plan alleen te blijven,' antwoordde ze. Ze verbrak de verbinding, opende de telefoon en haalde het simkaart-
je eruit. Een bezoek aan een telefoonwinkel stond als eerste op
het programma.

HOOFDSTUK 12

'Roel, goed van je dat je bent gekomen ...' zei Hannah, toen ze de voordeur voor hem had geopend. Het was zes uur en de lucht klaarde helemaal op. Het beloofde een mooie, heldere nacht te worden.

'Ik kon moeilijk iets anders doen,' zei Roel met een lachje. 'Ik kreeg je sms-je en ik had zo het idee dat je mij niet vroeg om te komen, maar simpelweg een eis stelde.'

'Nou ja ... het was belangrijk voor me,' zei Hannah met een glimlach, terwijl ze Lobbes bij Roel weg probeerde te houden. De hond had er inmiddels een gewoonte van gemaakt om Roel in zijn enthousiasme ondersteboven te lopen en onder te kwijlen en ze wist dat Roel daar niet bijzonder gelukkig van werd.

'Weet Allison dat ik ook kom?' vroeg Roel wat onzeker. Hij liep door naar de woonkamer en bleef staan toen hij de feestelijk gedekte tafel zag.

'Zo! Dat ziet er hoopvol uit.'

'Mooi, hè?'

'Het mooiste is het feit dat je weer een beetje terug aan het komen bent.'

'Dat is wel de bedoeling.'

'Geweldig.'

'Ja. Allison weet overigens dat je komt, om nog even je vraag te beantwoorden.'

'En komt ze evengoed?' Roel fronste even zijn wenkbrauwen.

Hannah knikte. Ze zei er maar niet bij dat het haar de nodige overtuigingstactieken had gekost.

'Wow,' merkte Roel op.

'Allison is een schat. Ze heeft alleen haar nukken ...'

'Ze heeft de pest aan mij.'

'Nee, dat niet,' loog Hannah. 'Ze is gewoon anders.'

Ze zag aan Roels gezicht dat hij het niet met haar eens was – wat ze hem niet kwalijk kon nemen – maar hij zei verder niets. Hij zocht zijn weg naar de kamer, ondanks een stevig voor de voeten lopende hond en ging op de bank zitten.

'Wat is eigenlijk de reden?' vroeg hij.

'Ik wil iets vertellen. En misschien kan ik ook wat adviezen gebruiken.'

'Van ons allebei?'

'Ja.'

'Wat mij betreft ... maar misschien heb je nu even een borrel? Volgens mij heb ik die nodig.'

Hannah glimlachte even, schonk een Apfelkorn in voor Roel omdat ze wist dat hij dat graag had en ging met een kleine verontschuldiging naar de voordeur toen er weer werd aangebeld.

'Is hij al hier?' vroeg Allison meteen toen Hannah de deur opendeed. Lobbes begroette ook haar kwijlend, maar was minder onstuimig dan met Roel.

Hannah knikte.

Allison rolde met haar ogen.

'Ik weet hoe je over hem denkt ...'

'Doet er niet toe,' onderbrak Allison haar meteen. 'Je hebt gezegd dat hij er zou zijn en dat je daar een reden voor had. Het leek nogal belangrijk voor je te zijn. Dat moet genoeg zijn. Ik moet mij gewoon niet aanstellen.' Ze glimlachte naar Hannah en liep naar binnen.

Hannah liep achter haar aan en hoorde het nonchalante 'Hoi Roel,' van Allison. Roel groette beleefd terug en nam nog maar snel een slok van zijn drankje.

Hannah hoefde niet te vragen wat ze wilde drinken. Ze liep meteen naar de bar, schonk een kersenlikeur voor Allison en haarzelf in en overhandigde Allison een glas.

Een paar tellen lang heerste er een gespannen stilte, maar het was Allison die de stilte als eerste doorbrak.

'De tafel ziet er zo feestelijk uit ... Heb je werkelijk een diner in elkaar geprutst voor ons? Ik bedoel ... je kookte niet eens voor jezelf ...'

'Ik heb het besteld bij Kronenberg. Het kan elk moment worden gebracht.'

'Kronenberg? Ik dacht dat die alleen catering deden voor grotere gezelschappen.'

'Normaal gesproken wel, maar Annieke wilde voor mij wel een uitzondering maken. Dat is het voordeel als iedereen weet wat er is gebeurd, omdat zoiets nu eenmaal zo het dorp rondgaat en als iedereen het dan ook nog rot voor je vindt.'

'En als je ervoor betaalt,' mompelde Roel erachteraan.

Hannah glimlachte. 'Uiteraard. Maar ik heb het er voor één keer voor over.'

'Net nu? Nu je baan op de tocht staat?'

'Uitgerekend nu.'

Allison haalde haar schouders op. 'Nou ja ... wat maakt het uit. Ik vind het al prettig dat je zin hebt in een dinertje. Dat is een goed begin.'

'Er is iets waarover ik het met jullie wil hebben,' bekende Hannah.

'Je maakt me nieuwsgierig,' zei Allison.

'Je bent iets van plan ...' meende Roel.

Hannah glimlachte maar weer. 'Dadelijk.' Op dat moment ging de bel van de voordeur en Hannah verdween uit de kamer om enkele tellen later weer terug te komen met Annieke en Bram Vermaas op haar hielen. Ze droegen heerlijk geurende schotels, die op de tafel werden geplaatst.

Binnen enkele minuten was het echtpaar alweer verdwenen en namen Hannah, Allison en Roel plaats. Hannah was zich ervan bewust dat Roel en Allison het hardnekkig vermeden om elkaar aan te kijken, maar ze deed alsof ze het niet merkte. Wellicht werd het met de nodige alcohol achter de kiezen wat gemakkelijker en wie weet, gingen ze ooit nog anders over elkaar denken.

'Heerlijk ... rundvlees, champignons ... Parijse aardappeltjes, gemengde groente, salade ... ruik toch eens,' zei Allison verlekkerd, terwijl ze als eerste opschepte.

Roel volgde haar voorbeeld en uiteindelijk schepte ook Hannah haar bord redelijk vol. Het rook inderdaad zalig. Het was lang geleden dat ze een dergelijke eetlust voelde.

'Vertel,' drong Allison aan, nadat ze een eerste hap naar binnen had gewerkt.

'Waarover heb je ons advies nodig?' vroeg Roel.

'Nou … ik was vanmorgen met Lobbes aan het wandelen. Ik liep het bos in bij de Klaverweg en piekerde over alles wat er de laatste tijd is gebeurd en alles wat er is gezegd. Ik geloof dat ik redelijk van streek was. Eerlijk gezegd hyperventileerde ik zelfs een beetje. Ik liep daar maar met al die gedachten in mijn hoofd … ik zag niets, lette niet op. Op een bepaald moment bleef ik staan en wist ik niet meer waar ik was.'

'In het bos aan de Klaverweg niet?' vroeg Allison verbijsterd.

'Het is een redelijk groot bos,' meende Roel.

'Ben je gek? Het is niet veel meer dan een park. Hier zijn nauwelijks echte bossen.'

'Je kunt erin verdwalen.'

'Alsjeblieft, zeg.'

'Ik was verdwaald,' onderbrak Hannah hen. 'Voornamelijk omdat ik nogal van streek was. Ik ben er ongetwijfeld wel een keer geweest, want het kwam mij bekend voor. Maar als ik naar het bos ging, was het altijd met Carl of Allison en dan lette ik nooit op waar ik liep. Het hoefde niet, want anderen deden dat voor mij. Maar nu had ik alleen maar gelopen en gelopen zonder om mij heen te kijken en wist ik dus opeens niet meer waar ik was. Het voelde alsof er een gat in mijn geheugen zat. Ik herinnerde mij nog dat ik het bos in was gelopen, maar daarna niets meer. Ik werd te veel in beslag genomen door mijn gedachten. Er was geen plaats meer voor iets anders. Tenminste … ik denk dat het zo is gegaan. Dus toen ik op een bepaald moment stilstond, om mij heen keek en mij realiseerde dat ik niet wist waar ik was, raakte ik nog meer in paniek. Vooral omdat ik besefte dat ik niet wist hoe ik was gelopen en omdat het leek alsof een stuk uit mijn geheugen weg was. Ik geloof dat ik op dat moment een glimp zag van hetgeen waar Anna doorheen is gegaan. Ik heb daar later op de dag nog een paar keer over nagedacht en herinnerde mij haar angst en haar woede. Het irriteerde mij vaak, maar nu begreep ik een heel klein beetje wat ze moet hebben gevoeld toen Alzheimer haar brein binnendrong. Heel eventjes heb ik kennisgemaakt met haar angst en onzekerheid en begreep ik haar woede. En voor het eerst besefte ik ook dat het maar beter is dat ze dat stadium nu voorbij is. Dat ze alleen nog maar leeft in het heden en niet meer zo geconfronteerd wordt met haar onzekerheid en angst. Het is afschuwelijk dat ze van mij afglijdt. Maar haar angst moet duizend keer erger zijn geweest dan mijn verdriet omdat ik haar verlies. Misschien dat ik met dat in mijn gedachten de situatie beter kan begrijpen en minder bezig ben met gekwetst te zijn omdat ze mij niet meer kent, maar nog met haar kan genieten van de dingen die ze elke dag opnieuw ziet, omdat ze is vergeten dat die er altijd al waren.'

Hannah nam een slokje likeur. Ze vond het zelf een mooie gedachte, al verwachtte ze niet dat het allemaal vlekkeloos zou verlopen.

Allison knikte langzaam. 'Goed uitgangspunt,' meende ze. 'Het is rot dat ze Alzheimer kreeg, maar we kunnen er niets aan veranderen.'

'Wil je daarin advies?' vroeg Roel. 'Volgens mij heb je je stelling al genomen.'

Hannah schudde haar hoofd. 'Nee. Dat was slechts een inleiding. Er werd mij namelijk meer duidelijk die morgen. Jullie hebben allebei gezegd dat ik weer bezigheden moest zoeken. Door moest gaan met mijn leven. Jij, Roel, raadde mij aan om te gaan werken. En jij, Allison, gaf het advies om voor mijzelf te beginnen.'

'Voor jezelf te beginnen?' reageerde Roel meteen. 'Dat lijkt mij niet verstandig. Een eigen zaak brengt een heleboel drukte en kopzorgen met zich mee. Volgens mij kun je dat nu niet gebruiken.'

'En een baas die boven haar hangt te kwijlen en met ontslagdreigingen zwaait zeker wel?' daagde Allison Roel uit.

'Het is een vaste baan.'

'Sommige vaste banen zijn dodelijk.'

'Wacht ...' kwam Hannah ertussen. 'Ik heb over allebei de opties nagedacht. Ik weet dat een vaste baan zekerheid biedt, maar niet op mijn huidige werkplek bij mijn huidige baas. Daar wil ik niet meer naartoe. Ik weet ook dat een eigen zaak een hoop gedoe met zich meebrengt, maar op dit moment kan dat net de afleiding zijn die ik nodig heb. Ik heb lang geleden met Carl over een eigen zaak gepraat. Ik dacht erover om een tweedehandswinkeltje te beginnen.'

130

'Oh, nee, geen kringloop!' kreunde Roel.

'Wat heb je tegen kringloop?' ging Allison er meteen tegenin.

Hannah gaf Roel niet de kans om antwoord te geven. 'Geen kringloop,' zei ze. 'Althans niet naar het beeld dat jij ervan hebt. Ik wil duidelijk bepaalde dingen kiezen die ik ga verkopen. Dingen die apart zijn of erg leuk, moderne, leuke kleding, kinderkleding en speelgoed. Geen kapotte, rammelende zooi, maar goed spul. Een winkeltje waar mensen op hun gemak een beetje kunnen snuffelen met een speelhoek en een koffiehoek, zodat er ook ruimte is om lekker met elkaar te kletsen. Misschien kunnen jonge moeders met hun kindjes erheen komen om lekker even te snuffelen, koffie te drinken en te kletsen, terwijl de kleintjes zich met enorme blokken vermaken of iets anders gezelligs doen.'

'Het lijkt mij een heel leuk plan,' zei Allison.

'Het klinkt wel gezellig,' meende Roel aarzelend. 'Maar of het genoeg opbrengt? Er komt heel wat bij kijken ... een pand, dat over het algemeen duur is en in het bestemmingsplan moet vallen als bedrijf, spullen vergaren, een vergunning aanvragen enzovoorts. Kosten genoeg. Ik betwijfel of je er dan van kunt leven.'

'Het vergaren van spullen is geen probleem,' meende Hannah. 'Er is genoeg te koop voor een paar cent als je je erin verdiept. Veel mensen geven zelfs dingen gratis weg. Een middenstandsdiploma heb ik. Ik heb namelijk al veel eerder met een dergelijk plan gespeeld en toen een schriftelijke cursus gedaan. Het pand en de vergunning is een ander verhaal. Daarvoor zal ik naar de gemeente moeten gaan. Het liefst zou ik het in de garage doen. Carl heeft hem destijds uitgebouwd omdat hij ooit nog een motor wilde aanschaffen en graag kluste, dus hij is voorlopig groot genoeg. Ik heb geen auto en als die er komt kan hij buiten staan. Maar ik heb er eigenlijk niet echt een nodig. Het is alleen de vraag of de gemeente toestemming geeft om zoiets in de garage te doen. Maar dat zou in elk geval betekenen dat de extra kosten binnen de perken blijven. Heel erg veel geld om van te leven heb ik niet nodig. Ik heb geen hoge hypotheek, omdat ik het huis van Anna heb gekocht. Ik heb niet veel nodig.'

'Ik geloof niet dat de gemeente je toestemming geeft,' meende

Roel. 'Ze zijn nogal moeilijk in die zaken …'

'Onzin,' vond Allison. 'Carla Munster in de Azaleastraat heeft een knutselwinkeltje in haar garage en Jenny Muldijk een atelier op de Beekweg. Voor zover ik weet is het mogelijk om toestemming te krijgen als het aan de buitenkant niet opvalt dat het een bedrijf is.'

'Zou kunnen,' gaf Roel toe. 'Maar dit is een nieuwe wijk en dan kan het toch anders zijn. Bovendien is het misschien niet handig als je aan de buitenkant niet kunt zien dat hier een winkel is.'

'Je moet het ook wel kunnen zien, maar een subtiel bord kan voldoende zijn,' meende Allison. 'En eerlijk gezegd geloof ik niet dat het verschil maakt dat dit een zogenaamde nieuwe wijk is. Ik weet dat ze het zo noemen, maar de wijk bestaat al vijftien jaar en een beetje verlevendiging kan ook leuk zijn.'

'Nou ja … het zou je in elk geval iets omhanden geven,' gaf Roel toen toe. Zijn aarzeling was nog duidelijk, maar hij zag ook in dat Hannah afleiding nodig had.

'En of het een afleiding is,' zei Allison meteen. 'Alleen al het regelen van alles en het aanbrengen van veranderingen in de garage …' Ze stokte even. 'Ik neem aan dat je dat eerst wilt doen?'

Hannah lachte. 'Natuurlijk. Het is een puinhoop. Alles moet eruit, de wanden moeten gestuukt en behangen of geschilderd worden, de garagepoort moet een wand met raam en deur worden …'

Allison zuchtte bij voorbaat vermoeid. 'Afleiding zal het zeker worden.'

'Het geeft mij in elk geval minder kans om te piekeren,' meende Hannah.

'Het is alleen …' Ze twijfelde en keek haar vrienden een voor een aan. 'Stel nu dat ik die garage leeghaal en verander … wat als Carl toch nog terugkomt?'

'Hannah … Carl komt niet terug,' zei Roel. 'Dat weet je.'

'Dat weet ik. Nou ja … ik weet dat iedereen dat zegt. Het voelt gewoon …'

'Meid,' begon Allison. 'Gooi gewoon niets weg. Behalve echte rommel. Bewaar al het gereedschap op zolder en grote dingen voor mijn part onder een zeil in de tuin. Wat mij betreft kun je zelfs een opslagplaats ervoor zoeken. Het opknappen van de garage zal nauwelijks een probleem zijn en je bewaart de garagedeur en zet er een demontabele wand in met een gewone deur. Alles is ongedaan te maken als dat ooit nodig blijkt te zijn.'

'Allison ... je weet net zo goed als ik dat Carl niet terugkomt,' zei Roel zuchtend.

Allison wierp hem een nijdige blik toe. 'Doet dat ertoe?' vroeg ze toen. 'Als Hannah zich daar beter bij voelt ...'

'Het maakt het niet gemakkelijker voor haar om het te accepteren,' meende Roel.

'Dwang ook niet,' zei Allison. 'Trouwens ...' Ze keek nu naar Hannah. 'Hij zou trots op je zijn als hij wist dat je niet met de pakken neer ging zitten. Carl was zelf niet het type dat dat zou doen en hij had weinig respect voor degenen die dat wel deden.'

'Dat weet ik,' gaf Hannah toe. Ze keek ook even naar Roel. 'Ik weet heel goed wat iedereen zegt en als ik nuchter nadenk, dan weet ik ook dat hij niet terugkomt. Maar ik denk niet altijd nuchter na en mijn gevoel zegt soms iets anders. Dat kan ik niet negeren. Misschien heeft het gewoon tijd nodig en misschien blijft het ook zo ...'

Roel knikte alleen maar even en gaf daarmee aan dat hij het wel begreep.

'Dus ...' ging Hannah verder. 'Wat vinden jullie ervan?'

'Ik vind het een goed idee,' zei Allison. 'En als je hulp nodig hebt, moet je mij iets laten weten. Volgens mij ben je weer een beetje jezelf aan het worden.'

'Ik mis Carl nog steeds verschrikkelijk en huil elke dag nog een paar keer.'

'Dat blijf je voorlopig nog wel doen. Maar dat is niet erg. Zolang je maar beetje bij beetje een treetje naar boven kunt klimmen, om weer uit die donkere put te komen.'

'Ik neem aan dat het inderdaad goed voor je is,' zei Roel. 'Ik moet eerlijk zeggen dat ik eraan twijfel of het genoeg opbrengt om van te leven, maar het zorgt er in elk geval voor dat je iets omhanden hebt en minder tijd hebt om te piekeren. Dat zal het verwerken van Carls verdwijning en Anna's ziekte makkelijker maken. Dat denk ik tenminste.'

'Doen?'

Allison en Roel knikten. Een paar tellen aten ze zwijgend verder.

'Heeft die vent trouwens nog gebeld?' vroeg Roel toen.

'Ja. Vanmorgen nog een keer, toen ik net in de stad was. Ik heb meteen een nieuwe chip gekocht en mijn gewone telefoonnummer laten veranderen. Ik denk dat hij niet meer zo snel zal bellen.'

'Goed van je,' meende Allison.

Roel zei niets.

'Roel?' probeerde Hannah.

'Zolang je maar zorgt dat niemand de nieuwe nummers krijgt,' zei hij.

'Alleen mijn beste vrienden.'

'Degene die je belt is iemand die je kent. Iemand die zich opstelt als vriend ...' Roel aarzelde een paar tellen. 'Ik zou Manuel het nummer niet geven.'

'Doe niet zo belachelijk,' reageerde Allison meteen. 'Manuel houdt zich niet bezig met dergelijke kinderlijke spelletjes.'

'Hoe weet je dat zo zeker?' vroeg Roel.

'Ik ken Manuel.'

'Is het je ooit opgevallen dat hij gek is op Hannah?'

'Ja. Maar dat wil niet zeggen ...'

'Besef je ook dat niemand zijn verhaal over de verdwijning van Carl kan bevestigen?'

'Dat weet ik, maar ...'

'En dat hij nogal veel in de buurt van Hannah rondhangt?'

'Ja, maar ...'

'En verder is gegaan dan dat?'

'Dat doet er niet toe,' viel Allison uit. 'Manuel zou Carl nooit iets aandoen en hij zou het niet in zijn hoofd halen om Hannah lastig te vallen. Dat is gewoon niet zijn stijl. Het is belachelijk om te denken dat Manuel zoiets zou doen.'

'Hoe *goed* ken je Manuel?'

'Goed genoeg.'

'Ik betwijfel het.'

'Het maakt niet uit,' kwam Hannah ertussen. Ze keek haar twee vrienden aan. 'Na datgene wat er tussen Manuel en mij is gebeurd, heb ik heel erg veel nagedacht en besloten dat ik daar niet aan toe ben. Op de eerste plaats niet omdat ik toch twijfel over hem, hoewel ik dat niet wil, en op de tweede plaats omdat ik nog niet het idee van mij af kan zetten dat Carl nog ergens is. Ik moet toegeven dat ik niet onverschillig sta tegenover Manuel en daarom leek het mij beter om maar zo ver mogelijk bij hem uit de buurt te blijven. Ik heb hem een brief geschreven waarin ik dat duidelijk maak.'

'Zou het voldoende zijn?' vroeg Roel zich af.

'Ik hoop dat je daarmee niet je eigen glazen ingooit,' reageerde Allison bedenkelijk.

'Ik heb gedaan wat ik dacht te moeten doen,' antwoordde Hannah.

Allison knikte alleen maar even, maar het was duidelijk dat ze haar bedenkingen had. Roel staarde nadenkend voor zich uit.

'Nog iemand iets drinken?' doorbrak Hannah de spanning.

Dankbaar knikten de anderen twee. Hannah was blij dat ze het onderwerp 'Manuel' achter zich had gelaten. Ze had de brief vrijwel meteen na het schrijven op de bus gedaan en zich vervolgens minstens een keer per uur afgevraagd of ze er wel goed aan had gedaan. Maar ze had niets meer ondernomen.

HOOFDSTUK 13

Hannah zat tegenover burgemeester Van Holten. Ze had de man verteld wat haar plannen waren en ze had duidelijk gemaakt dat de aanvraag ervoor was ingediend. Maar ze wist, net als iedereen in het dorp, dat het geen kwaad kon om er nog een keer met de burgemeester over te praten. Dat was de reden dat ze tegenover hem zat.

Ze voelde zich niet zo bijzonder op haar gemak in die grote kantoorruimte, met dat gigantische deftige bureau dat haar scheidde van de man die zoveel aanzien genoot in Olme. Ze bewoog wat onrustig en keek naar zijn kalme gezicht, waarin de vouwen van middelbare leeftijd zichtbaar werden. Van Holten schraapte zijn keel en deed zelfs dat op elegante wijze. Hij schikte even zijn stropdas in een nonchalant gebaar en keek Hannah met een rustige, maar zelfverzekerde oogopslag aan.

'Dus aan de buitenkant van de garage is niet zichtbaar dat het hier om een winkel gaat?'

'Nee. Natuurlijk komen er een paar leuke voorwerpen op de vensterbank van het raam, maar bij elk huis staan voorwerpen voor het raam, dus opvallend is dat niet. Alleen een bescheiden smeedijzeren uithangbord moet aangeven dat het een winkeltje is.'

'Hoe vinden mensen dan hun weg naar je winkeltje?'

'Olme is een dorp. Het spreekt zich rond.'

'Denk je aan de inwoners van Olme voldoende te verdienen?'

'Ja. Misschien komen er inwoners van omliggende dorpen. Dat zou fijn zijn. Maar niet echt nodig, hoop ik.'

'Mensen uit de stad?'

Hannah schudde haar hoofd. 'Die hebben daar keuze genoeg.'

'De parkeerplaats. Als je werkelijk veel klanten krijgt die hun auto kwijt moeten, krijgen we problemen met de buurt.'

'Ik verwacht nauwelijks auto's. De meeste mensen komen uit de buurt.'

'Mensen zijn gemakzuchtig.'

'Misschien. Maar ik zou hen kunnen wijzen op de parkeerplaats in de Rozenstraat. Via het voetpaadje zijn ze dan binnen een halve minuut bij de winkel. Maar eerlijk gezegd verwacht ik nauwelijks auto's. Mensen zijn misschien gemakzuchtig, maar ik gok vooral op vrouwen met jonge kinderen die overdag langskomen om een beetje tussen de spulletjes te snuffelen en misschien ook vooral om koffie te drinken. Die maken meestal van de gelegenheid gebruik om met de kleine te wandelen.'

'En die koffie wordt tegen vergoeding verstrekt?'

Hannah knikte. 'Ik heb erover gedacht om koffie gratis te verstrekken, maar dan komen alleen de mensen die van plan zijn iets te kopen en is het moeilijker om financieel eraan uit te komen. Met een koffiehoek waar mensen goedkoop iets kunnen drinken, liefst met iets lekkers erbij, is de drempel om binnen te wandelen lager. Zeker als er een gezellige speelhoek is. En terwijl ze er toch zijn, zien ze misschien wel iets leuks voor de kleine of voor in huis.'

'Je hebt er goed over nagedacht. Maar met een koffiehoek, speelhoek en verkoop van babykleding en andere spulletjes kom je wellicht ruimte tekort.'

'De koffiehoek hoeft niet meer dan een tafel met wat keukenstoelen te zijn, met ernaast een koffieautomaat, een bovenkastje met lekkers en een kleine hoek met kussens en speeltjes, zoals blokken, duplo en dat soort dingen. Kinderkleding kan in kasten worden geschikt die tegen de wand staan, schilderijen en dergelijke kan ik ophangen en andere gebruiksvoorwerpen kan ik leuk uitstallen in vitrines, zodat de kleintjes er niet aan kunnen komen en moeders met een gerust hart kunnen gaan zitten.'

De burgemeester knikte waarderend. Er verscheen zelfs een kleine glimlach om zijn mond.

'Ik weet niet of het iets wordt, maar ik wil je in elk geval niet tegenhouden. Ik zal kijken wat ik voor je kan doen.'

Hannah ontspande eindelijk en grijnsde. Het liefste had ze hem een kus gegeven, maar dat was waarschijnlijk tegen de regels. Daarom bedankte ze hem alleen maar. Ze voelde zich opgelucht en bijna zelfs vrolijk toen ze door de hoge marmeren hal van het gemeentehuis liep en naar buiten ging. Het was bewolkt, maar voor haar leek het alsof er meer licht was dan de voorgaande dagen. Met haastige passen liep ze naar haar huis. Ze had zichzelf een lekkere kop koffie beloofd en een wandeling met Lobbes. Nou ja, de wandeling had ze vooral Lobbes beloofd. Daarna zou ze aan de slag gaan.

Lobbes overlaadde haar met enthousiasme en kwijl toen ze binnenkwam en bijna miste ze daardoor de kaart die op de deurmat lag. De post was nog niet geweest en wat verbaasd raapte ze de kaart op. De voorkant toonde een afbeelding van een hond die enige gelijkenis met Lobbes vertoonde en wat vermoeid in de camera keek.

Hannah draaide de kaart om en herkende het handschrift van Manuel.

'Ik ben niet erg goed in het nemen van afscheid en nog minder goed in het schrijven van lange brieven. Daarom maar zo. Het spijt me dat het is zoals het is. Maar ik neem je niets kwalijk. Liefs ... Manuel.'

Hannah staarde een paar tellen naar de tekst en voelde een pijnlijke steek. De twijfel die onwillekeurig steeds aan haar had geknaagd, stak opnieuw de kop op. Ze haalde diep adem en liep naar de keuken. Heel even overwoog ze om de kaart weg te gooien. Het leek zoveel gemakkelijker om nergens mee geconfronteerd te worden. Maar ze kon het niet opbrengen. Ze legde de kaart in een keukenla waar ze gebruiksaanwijzingen bewaarde en zette koffie voor zichzelf.

De man die haar steeds had lastiggevallen, belde niet meer. Enkele dagen na het wisselen van de telefoonnummers bleef Hannah nog bang dat hij op een bepaald moment voor haar deur zou staan of misschien zelfs midden in de nacht zou binnendringen en haar zou straffen voor het feit dat ze het bellen onmogelijk had gemaakt, maar er gebeurde niets.

Misschien had het ermee te maken dat ze niet liet merken dat die angst er was. Ze zorgde ervoor dat ze rechtop liep, zelfverzekerd overkwam en de dingen deed die ze normaal gesproken zou doen. Ze sliep in de slaapkamer, niet meer beneden op de bank, ging onder de douche als dat nodig was, vertrok alleen naar de stad om zaken te regelen en ging 's avonds de straat op als ze dat nodig vond. Ze keek niet achterom als ze wandelde en iets meende te horen en ze liep dagelijks het bos in met Lobbes om hem de kans te geven lekker uit te rennen. Ze koos de momenten dat er nauwelijks mensen in het bos waren omdat die momenten voor Lobbes het prettigst waren. Hij had het niet zo op andere honden en de pekinees van Houbers deed altijd erg gemeen tegen hem. Maar ook alleen in het bos keek ze niet meer om.

Ja ... dat kon goed een reden zijn waarom ze niet meer werd lastiggevallen. Ze wist niet meer wie het had gezegd, maar iemand had ooit beweerd dat het soort mensen dat haar lastig viel over het algemeen niet genoeg lef had om iemand rechtstreeks te benaderen en daarom voor deze laffe manier kozen. Ze geloofde niet dat het altijd zo was, maar in dit geval misschien wel.

In elk geval merkte ze dat ze steeds minder hoefde te acteren om duidelijk te maken dat ze niet bang was. Uiteindelijk was het gewoon zo.

En ze had ook geen tijd meer om daarbij stil te staan.

Ze was begonnen met het lezen van advertenties van mensen die dingen te koop aanboden, en plaatste zelf advertenties. Ze praatte met mensen en wist veel gratis los te peuteren. Iemand in de straat kreeg een nieuwe eethoek en Hannah kreeg de oude. De eigenaresse had getwijfeld toen Hannah erom had gevraagd, omdat het ding na drie opgroeiende, op de tafel tekende, krassende en morsende kinderen zware sporen van mishandeling vertoonde, maar Hannah had haar ervan weten te overtuigen dat ze er iets leuks van kon maken.

Roel had een handige collega zover weten te krijgen dat hij van een oude kast een gezellige balie maakte met alleen een gezellig dinertje voor hem en zijn vrouw bij Hannah als beloning. En twee oudere vrijgezellen in het dorp met te veel lege tijd hadden aangeboden te helpen met het opknappen van de garage tegen betaling van koffie, gebak, lekker eten en bier. Teun en Tom, beiden donker haar en beiden voorzien van een stevige wintervoorraad rond hun middel, schoten niet hard op, maar ze hadden veel lol. Uiteindelijk was langzame vooruitgang evengoed vooruitgang, vond Hannah. Ze was al blij dat ze haar wilden helpen. Allison hielp haar met het schoonmaken van de spulletjes die ze wilde verkopen en deed dat vooral als Roel er niet was. Iets wat niet altijd even gemakkelijk was, omdat Roel nu eenmaal dagelijks in de garage klungelde, eten kookte als Hannah het druk had, en mensen voor de voeten liep. Hij bedoelde het goed en zijn financiële adviezen waren onmisbaar. Hijzelf objectief gezien misschien niet, maar Hannah merkte dat ze meer en meer aan zijn aanwezigheid gewend raakte. Hij was in elk geval een zekere factor in een tijd waarin ieder onbewaakt moment de twijfel binnensloop.

Het was een paar weken later toen ze met de brief van de telefonische helpdesk, waar ze had gewerkt, aan de keukentafel zat. Ze las de inhoud en knikte alleen maar.

Haar contract werd niet verlengd. Ze had niet geweten wat ze had moeten doen als de baas had besloten om het wel te verlengen. Haar bovenverdieping stond vol met dozen tweedehands spullen en kinderkleding en de garage begon eindelijk vorm te krijgen. De garagepoort was vervangen door een demontabele, maar geïsoleerde wand met raam en deur, elektriciteit en verwarming was aangelegd, het stucwerk was klaar en met het schilderen was ze al begonnen. Het uithangbord was besteld en ze dacht na over de openingsdag. Als haar baas had besloten om het contract alsnog te verlengen had ze een probleem gehad. Maar ze had hem goed ingeschat. Ze bedacht hoe zuur hij zou worden als hij wist dat hij haar nu in feite een plezier deed en glimlachte.

Ze legde de brief op tafel, aaide de hond over zijn kop, dronk haar koffie leeg, stond op en liep naar het aanrecht om haar mok daar neer te zetten. Zonder er verder bij na te denken opende ze de la van de gebruiksaanwijzingen en pakte Manuels kaart eruit. De hoeken van de kaart waren omgebogen en hier en daar zaten wat vegen. Dit was bepaald niet de eerste keer dat ze de kaart in haar handen had. Ze streelde met haar hand erover, draaide hem om en las de tekst die ze ook zonder dat kon dromen.

Een triest, leeg gevoel overviel haar. Het was niet nieuw. Van tijd tot tijd voelde ze zich ellendig en er waren nog meer dan genoeg avonden dat ze zich in slaap huilde of plotseling wakker werd en zich realiseerde dat Carl er niet was. En dat ze Manuel niet meer zou zien. Het deed nog steeds pijn dat Carl uit haar leven was gerukt, maar het deed ook nog steeds pijn dat ze Manuel had afgewezen. Ze had er geen spijt van. Ze geloofde tenminste niet dat ze er spijt van had. Ze geloofde niet dat ze een relatie aankon, maar beetje voor beetje besefte ze ook dat ze Manuel niet helemaal uit haar leven wilde hebben.

Met Roel en Allison had ze niet meer over hem gepraat. Allison had het nog een paar keer geprobeerd, maar Hannah was er nooit op ingegaan. Roel had het niet eens geprobeerd. Waarschijnlijk was hij ervan overtuigd dat hij gelijk had gehad wat Manuel betrof en vond hij het niet meer dan logisch dat Manuel simpelweg uit haar leven was verdwenen. Zowel Allison als Roel beseften niet dat dat niet helemaal zo was.

Vandaag zou ze niet meteen aan het werk gaan. Ze had zich iets anders voorgenomen. Ze had het een paar dagen geleden al besloten, maar nog wat tijd nodig gehad om moed te verzamelen. Maar vandaag zou ze Anna weer bezoeken. Het was lang geleden dat ze dat had gedaan. Ze had Lina telefonisch gesproken en was begonnen met een uitgebreide uitleg over haar gebrek aan tijd, maar Lina had toen de onderliggende boodschap allang begrepen.

'Neem de tijd die je nodig hebt,' had ze gezegd. Ze had daarmee niet gedoeld op de tijd die ze nodig had om haar winkeltje op te richten, maar op de tijd die Hannah nodig had om duidelijkheid te krijgen in haar situatie en haar gevoelens.

'Je hebt heel erg veel meegemaakt en even loskomen van het verlies en de pijn is wel op zijn plaats. Je moeder beseft het niet. Dus voel je niet schuldig,' had ze nog gezegd.

Natuurlijk had Hannah zich toch schuldig gevoeld, maar ze had wel de tijd genomen. Anna die als moeder uit haar leven verdween, Carl die leek opgeslokt door een met sneeuw bedekte berg en Manuel die ze zelf de deur had gewezen ... een mens is beperkt in het verlies dat hij kan dragen, had ze ergens gelezen. Jammer dat je daarin geen eigen keuze had en kon zeggen: nu is het genoeg, laat er maar een paar terugkomen.

Een vluchtige gedachte ging door haar hoofd. Ze duwde het

weg en haalde diep adem. Anna. Daar ging het nu om.

Ze nam afscheid van Lobbes, die de tekenen al herkende en gelaten op de bank ging liggen die hij zich inmiddels had toegeëigend. Iets gespannen vertrok ze daarna om Anna te bezoeken.

Er was niets veranderd in 'De Vennen'. Het was naïef om te denken dat dat wel zo was na slechts een paar weken, maar op de een of andere manier verbaasde het haar toch. In de gezamenlijke woonkamer trof ze dezelfde bewoners aan die er altijd al hadden gezeten. Alsof de tijd had stilgestaan. Alleen het kleine, breekbare grijze vrouwtje met die verbaasde ogen, dat zo vaak in de rolstoel bij het raam had gezeten, was er niet. Maar die was er vaker niet. Ze had een broze gezondheid.

Anna zat op de bank en frommelde met de pop die ze een paar weken geleden had gekregen. Ze speelde er niet echt mee. Ze friemelde er alleen een beetje aan. Alsof ze niet goed wist wat ze er anders mee moest doen.

Haar vingers gleden langs de verschillende stofjes van de poppenkleding, over de oogjes, de touwhaartjes en de borduursels die haar neus en mond vormden. Opnieuw en opnieuw.

Ze keek niet op toen Hannah naast haar ging zitten.

Hannah zei niet meteen iets. Ze keek alleen naar haar moeder. Naar die witte krulletjes die haar smalle gezicht omringden. Feitelijk had Anna's gezicht ook wat weg van een poppengezicht. Het was klein en rond met een netwerk van fijne rimpeltjes, die erin getekend leken. De ogen waren opvallend blauw en kinderlijk en haar lippen hadden een lichtroze kleur en waren iets geopend. Ze was kleiner dan Hannah, terwijl Hannah zelf maar 1.66 meter was, en zo tenger gebouwd dat ze de indruk van hulpeloosheid wekte. Iets wat voor haar ziekte menigeen had misleid. Want Hannah kende weinig vrouwen die zo sterk waren geweest als haar moeder. Haar moeder had het niet gemakkelijk gehad. Haar vader was een moeilijke man geweest en hij was jong gestorven. Anna zorgde voor haar ouders en schoonouders tot aan hun dood, werkte erbij en zorgde dat Hannah nooit iets tekortkwam. Anna was geen gemakkelijke vrouw geweest. Maar ze had Hannah gemaakt tot wie ze nu was. Iemand die hoe dan ook voor zichzelf kon zorgen. Iemand die kon vechten als dat nodig bleek. Al had ze soms tijd nodig om dat te beseffen.

Anna had zelf het gevecht allang moeten opgeven. Waarschijnlijk alleen omdat ze niet meer besefte dat er sprake was van een gevecht. Anna was weer kind geworden. En misschien was het nu beter zo.

Hannah voelde een zachte tik op haar schouder en keek om. Ze keek recht in het gezicht van Lina.

'Gaat het weer een beetje?' vroeg ze. Ze ging naast Hannah zitten en keek haar belangstellend aan.

'Naar omstandigheden.'

'Hoe is het met het winkeltje?'

'Er komt schot in. Ik denk dat ik over twee weken de deur wel open kan doen.'

'Dat is fijn. Dan heb je iets omhanden. Het lijkt me erg leuk. Hou je een echte opening?'

'Een bescheiden opening, gewoon voor de mensen in het dorp. Gratis koffie en koekjes.'

'Ik denk dat dat voldoende is.' Lina staarde een paar tellen voor zich uit. 'Nog nieuws uit Argentinië?'

'Nee. Niets.'

Lina knikte. Ze keek even naar Anna. 'Ze is verder achteruitgegaan wat de spraak betreft. Je moet er niet van schrikken ...'

'Erg ver achteruit?'

'Ze heeft haar goede en minder goede momenten.'

'Zo begon het ook,' merkte Hannah op. 'Toen ze pas Alzheimer kreeg. Goede en slechte momenten. Momenten waarop we ons wijs konden maken dat er niets aan de hand was en momenten waarop de eerste gaten in haar geheugen duidelijk werden. Momenten van angst ...'

'Ja. Die zijn er genoeg als de ziekte zich openbaart. Vooral als ze grip op de situatie verliezen. Als ze opeens niet meer weten waar ze zijn of dingen gebeuren die ze niet kunnen plaatsen.'

'Ik heb het een paar weken geleden meegemaakt. Ik was in een bos en ik liep en liep maar. Ik piekerde. Ik keek nergens naar. En opeens wist ik niet meer waar ik was. Het kwam vaag bekend voor, maar ik had geen idee hoe ik daar terecht was gekomen.

In eerste instantie raakte ik in paniek. Ik geloof dat ik toen een glimp opving van de angst die Anna moet hebben gehad toen Alzheimer zijn intrede deed. Het was niets vergeleken met wat zij moest doorlopen, maar het gaf mij een idee. Ik geloof dat ik zelf die gebeurtenis en een heleboel tijd nodig had om het te plaatsen. Om het te begrijpen en het te accepteren.'

'De ziekte van je moeder?'

'Het hele proces.'

Lina knikte begrijpend. 'Angst is iets verschrikkelijks,' zei ze.

'Denk je dat ze het nu niet meer heeft? Dat ze nu helemaal verlost is van die angst?'

Lina dacht een paar tellen na. 'Ja,' bevestigde ze toen. 'Dat denk ik. Haar geheugen is dusdanig aangetast dat alles nieuw voor haar is. Als een heel klein kind doet ze nieuwe ontdekkingen. Dag in, dag uit. Ze beseft niet dat het steeds dezelfde ontdekkingen zijn. Voor haar is alles steeds opnieuw weer nieuw. Natuurlijk kan ze nog weleens ergens bang voor zijn, maar het is niet de allesoverheersende angst om de controle te verliezen. Je kunt uiteindelijk niet iets verliezen wat er niet is. Het is hooguit een kinderlijke angst voor bedreigende dingen en ze kan in zo'n geval toevlucht zoeken. Ervan wegkomen. Tijdens het besef dat Alzheimer alles van haar afnam, kon ze dat niet.'

'Nee. Dat kon ze niet.'

Hannah keek weer naar Anna en zag nu pas dat Anna naar hen keek.

'Hallo, Anna,' zei ze. 'Hoe is het met je?'

'Wie is je?'

'Ik ben Hannah.' Hannah legde een hand op de handen van haar moeder. Ze voelde heel even de neiging van haar moeder om haar handen terug te trekken, maar ze deed het niet. Haar blauwe ogen keken Hannah door de metalen bril aan met een mengeling van nieuwsgierigheid en misschien een klein beetje achterdocht. Ogen die Hannah zo goed kende.

'Je hebt een mooie pop, Anna. Ze heeft lieve ogen.' Hannah liet één hand over de pop glijden en voelde tranen in haar ogen prikken.

Dit keer was het Anna die heel even Hannahs hand aanraakte met haar eigen hand. Alsof ze iets voelde.

Hannah keek Anna aan. Op dat moment besefte ze dat Anna werkelijk iets voelde. Misschien niet het besef dat het haar dochter was die naast haar zat en met haar praatte alsof de rollen waren omgekeerd. Maar ze besefte iets van het verdriet dat diep in Hannah verborgen lag.

Hannah glimlachte naar haar. 'Ik hou van je, Anna,' zei ze.

'Door daar.'

'Ik accepteer dat als een 'ik hou ook van jou',' zei Hannah. 'Wat zou je ervan zeggen als we samen iets drinken en dan even naar buiten gaan? Er komen al bloemknopjes boven de grond en het is mooi weer. Het zonnetje schijnt en je voelt de warmte al.'

'Op tuin. Te too..bloom.'

'We gaan zo de tuin in.'

'Ik zal voor koffie zorgen,' zei Lina. Ze stond op. 'Ik denk dat Anna het fijn vindt om in de tuin te wandelen. Ze is altijd zo graag buiten.'

'Ze heeft altijd al van tuinen gehouden,' zei Hannah. 'In onze tuin had ze prachtige borders met bloemen aangelegd. Ze was er trots op. Helaas is er niet veel van over. Ik heb geen verstand van planten, vrees ik, en Carl …' Hannah stokte even. 'We wisten er allebei niet zoveel van af,' besloot ze toen

Lina glimlachte even en wilde weglopen.

'Dat vrouwtje met die witte haartjes, dat altijd in de rolstoel bij het raam zat … is ze weer ziek?'

'Leentje? Nee … ze is verleden week gestorven.'

'Gestorven?' reageerde Hannah verbijsterd.

Lina knikte.

'Jeetje …'

Lina streelde even zacht Hannahs arm en liep toen weg. Hannah keek naar de plek waar Leentje steeds had gezeten. Het was zo onwerkelijk. Zo was iemand er nog en dan opeens niet meer …

Ze slikte een brok weg en wendde zich weer tot Anna.

Toen Hannah weer uit de bus stapte, was het middag. Ze was vrij lang bij Anna gebleven en had het voor het eerst weer prettig gevonden om bij haar moeder te zijn. Ze hadden samen iets gedronken en Hannah had Anna geholpen zoals Anna haar vroeger had geholpen. Daarna hadden ze door de tuin gewandeld en een hele tijd op een bankje in de zon gezeten, waarbij Hannah Anna op de bloemknopjes en de eendjes in de vijver had gewezen. Het was alsof de dingen zich herhaalden, maar dan met een kleine wijziging. Hannah was niet meer het kind en Anna niet meer de moeder. De rollen waren omgedraaid.

Later die dag stapte Hannah bij de halte op de Azaleastraat uit en bleef daar een paar tellen staan, terwijl de zon haar gezicht verwarmde.

Hoe eenvoudig was het om via Het Veld naar het Tegelveld te lopen en vandaar de Stationstraat richting Tulpstraat te nemen? Het was mogelijk zelfs korter dan het volgen van de Azaleastraat tot aan de Tulpstraat. Misschien niet erg veel korter, maar een beetje korter wellicht wel. Ze had het alleen niet meer gedaan. Vanwege Manuel.

Maar was dat eigenlijk niet kinderachtig? Ze woonden uiteindelijk in hetzelfde dorp en ze zou hem niet altijd kunnen ontwijken. Dat ze hem tot nu toe niet meer had gezien, was toeval. Uiteindelijk zou het zeker een keer gebeuren.

Hannah wist niet welke houding ze zou aannemen als ze hem zag. Misschien zou ze zenuwachtig worden en een rood hoofd krijgen. Waarschijnlijk zou ze zich schuldig voelen. Mogelijk zou ze blunders maken, struikelen en dingen omvergooien in zijn buurt. Wat natuurlijk idioot was. Want er was geen reden om zenuwachtig te zijn. Althans ... ze wilde niet dat daar een reden voor was. Ze kon hem gewoon groeten als ze hem tegenkwam en doorlopen. Misschien kon ze de vraag stellen of hij nog iets uit Argentinië had gehoord, maar dat was nog niet eens noodzakelijk. Al was het mogelijk dat hij iets wist.

Hannah haalde diep adem, klemde haar kaken opeen, strekte haar rug, deed haar kin iets omhoog en liep Het Veld in. Ze zou een toevallige voorbijganger zijn. Niet meer. Niet minder.

Ze keek opzettelijk niet naar Manuels huis toen ze het naderde. Zijn auto stond er niet. Natuurlijk stond die er niet. Hij was vast aan het werk. Het was tenslotte een gewone werkdag en hij kon niet de rest van zijn leven thuisblijven vanwege dat ongeluk. Hij had een bedrijf te runnen, bomen te opereren. Of wat hij dan ook precies deed.

Misschien had ze opgelucht moeten zijn, maar dat was ze niet.

In feite voelde ze zelfs een lichte teleurstelling, al zou ze dat nooit bekennen. Zelfs niet tegenover zichzelf.

Ze liep met grote passen door, hield zichzelf voor dat ze niet naar zijn huis moest staren en deed het uiteindelijk toch.

Toen pas zag ze de grote lege ramen, met ook daarachter niets dan leegheid. Geen gordijnen, geen meubels ... helemaal niets. Onwillekeurig bleef Hannah staan en staarde naar binnen. Haar gêne was volledig verdwenen.

'Ik ben benieuwd wie erin komt,' zei een vrouwelijke stem naast haar.

Hannah keek opzij en zag een jonge, hoogzwangere vrouw met kort zwart haar die ze vaker had gezien, maar waarvan ze de naam niet meer wist.

'Is Manuel vertrokken?' vroeg ze.

De vrouw trok heel even haar wenkbrauwen op. 'Weet je dat niet? Je kende hem toch? Tenminste ... ik meen dat ik je hier vaker heb gezien met zo'n blonde vent. Ik woon hier in de straat, verderop.'

'Ik heb hem al een tijd niet meer gezien,' bekende Hannah.

'Oh. Nou ... hij is al een paar weken weg. Ik weet niet precies wanneer hij is vertrokken, maar het is in elk geval al een tijdje geleden. Vreemd dat hij vrienden niets liet weten ...' Ze keek Hannah vragend aan, maar Hannah deed alsof ze dat niet merkte. 'Och, verhip. Die blonde ... dat is toch jouw man die nu ...' Hannah knikte voordat de vrouw haar zin af had gemaakt.

'Het spijt me.'

'Weet je waar Manuel heen is?' vroeg ze.

De vrouw haalde haar schouders op. 'Geen idee.'

'Oh.'

'Ik geloof ook niet dat iemand het weet,' ging ze verder. 'De buren in elk geval niet. Zijn bedrijf schijnt door een neef te zijn overgenomen, maar ik ken hem verder niet. Hij is niet van hier.'

'Oh.' Het leek wel of ze niets anders meer kon zeggen. Ze stond daar maar wat te staan en staarde naar die kale, lege ramen.

'Dus nu ben ik benieuwd wie erin komt.'

'Ja. Eh ... ik moet gaan.' Hannah draaide zich om en liep haastig weg. Ze had een vreemd, leeg gevoel vanbinnen. Manuel was weg. Een hele tijd al. Die vrouw zei niet te weten hoe lang geleden hij was vertrokken, maar Hannah dacht dat ze dat wel wist. Nadat hij haar brief had ontvangen. Toen hij die kaart in haar bus duwde. 'Ik ben niet goed in afscheid nemen' had hij geschreven. Het was dus werkelijk een afscheid geweest.

Ze hoefde nu niet meer bang te zijn hem toevallig te ontmoeten in het dorp. Ze hoefde er niet op te rekenen dat hij op een bepaald moment toch weer zou opduiken en ze nam aan dat ze daar blij om moest zijn. Dat ze zich opgelucht zou moeten voelen. Maar dat was niet het geval. Ze voelde zich triest en leeg. En het leek erop dat ze dat gevoel nog een hele tijd zou houden. Ze liep haastig door naar huis, terwijl de zon zich weer achter een paar dreigende wolken verschool. Blijkbaar wilde die de mensen niet te veel lentegevoel bezorgen.

Nog diezelfde dag kreeg Hannah een telefoontje van Parque Provincial Aconcagua Mendoza Argentina. De man die ze aan de lijn kreeg klonk als een sergeant, vond Hannah.

'Hannah Olsson, echtgenote van Carl Olsson?' informeerde hij. Hannah voelde hoe haar lijf verstarde en haar hand de hoorn vastklemde. Ze moest twee keer bevestigend antwoorden, voordat hij haar verstond. Haar stem trilde en klonk hees.

'De zoektocht naar uw vermiste echtgenoot is hervat,' zei hij kortaf.

'Hij is nog niet gevonden?' vroeg Hannah. Dat allereerste moment dat de man had gesproken was ze ervan overtuigd geweest dat Carls lichaam was gevonden. Een moment lang was ze opgelucht geweest en had ze tegelijkertijd een enorme pijn gevoeld, omdat ze elke hoop moest laten varen. Nu was er alleen een lichte teleurstelling, terwijl ze misschien juist blij had moeten zijn.

'Nee. Er was te veel sneeuw. Daarover bent u drie weken geleden geïnformeerd,' reageerde de man afgemeten.

'Ja. Maar ik dacht dat de sneeuw inmiddels misschien was verdwenen ...'

'De weersomstandigheden zijn beter, maar de sneeuw is niet weg en op bepaalde plekken van de berg zal dat ook niet gebeuren. Het feit dat ze weer zijn gaan zoeken, hoeft dan ook niet te betekenen dat ze hem daadwerkelijk vinden, maar het was mijn plicht om het u te melden.'

'Zijn het de Rangers die hem zoeken?'

'Nee. Vrijwilligers.'

'Waar komen die vandaan?'

'Een initiatief van een Ranger, voor zover ik weet.'

'Bedank die Ranger alstublieft.'

'Ja.'

Hannah verbrak de verbinding en ging op de bank zitten. Carl was niet gevonden. Nog steeds niet. Misschien werd hij ook nooit gevonden. Maar het bericht had wel oude wonden opengetrokken. De blijdschap dat de zoektocht was hervat, bleef uit. Ze wist niet precies waarom. Ze had steeds gezegd dat ze zekerheid wilde. Deze zoektocht was haar enige kans om die te krijgen. Dus waarom was ze niet blij? Was het werkelijk omdat ze bang was een nieuwe teleurstelling te moeten verwerken als ze niets vonden of was ze juist bang dat ze wel iets vonden? Ze wist het niet.

Lobbes legde zijn dikke kop op haar schoot en keek haar lodderig aan, alsof hij begreep dat ze ergens mee zat. Ze streelde zijn kop en begon te huilen. Het was alweer een tijd geleden dat ze dat had gedaan. Blijkbaar te lang.

HOOFDSTUK 14

Hannah was toch een klein beetje nerveus toen de opening van haar eigen winkeltje eindelijk een feit zou worden. Ze zat nu met Roel aan de tafel van haar zithoek, die ze een vrolijke rode kleur had gegeven. Ze keek haar winkeltje rond. Het zag er allemaal heel erg aardig uit. Als je de wanden van heel dichtbij bekeek, kon je zien dat ze door een amateur waren geverfd, maar wie ging er nu zo dichtbij staan? Op advies van Teun en Tom, die liever niet naar de opening kwamen omdat ze bang waren tussen kwebbelende en trouwlustige dames te belanden, had ze de achterwand en zijwand volledig voorzien van schappen om de spulletjes netjes uit te stallen. Tegen een gedeelte van de wand waar de koffie- en speelhoek was ingericht, stonden drie kledingrekken met kinderkleding opgesteld. De schappen tegen de achterwand werden ook in beslag genomen door kinderkleding, maar de schappen tegen de lange zijwand waren gebruikt voor leuke voorwerpen. Hebbedingetjes om neer te zetten, kopjes, soepmokken, glazen ... Het aanbod was eindeloos geweest, maar ze had de leukste dingen eruit gekozen. Een gedeelte daarvan stond nog in dozen op de logeerkamer. Te zijner tijd zou ze haar voorraad daarmee aanvullen. Voor het raam stonden de voorwerpen die ze het mooiste vond en tegen de wand bij de koffie- en speelhoek hingen schilderijen. Om de klanten van koffie te voorzien, had ze gekozen voor een automaat, waar ze verder geen omkijken naar had. Alleen koeken en andere lekkere dingen bewaarde ze in een hoog vitrinekastje, waar kleintjes niet aan konden komen en waar ook een spaarpot stond, zodat de mensen zelf hun betaling konden regelen. Ze geloofde niet dat daar misbruik van gemaakt zou worden. Voor vandaag had ze echter overal schalen met koeken, gesuikerde spekjes en lollies neergezet en het koffieapparaat deed het vandaag zonder betaling. Het had haar nog moeite gekost om te ontdekken hoe dat werkte, maar de man van de technische dienst had veel geduld aan de dag gelegd toen hij het haar uitlegde.

Voor de speelhoek had ze een hele grote stapel kussens weten te regelen, een kunststof binnenglijbaantje, een berg blokken, een keukentje met toebehoren en een grote kist speeltjes waar ook de kleinsten zich mee konden amuseren. Het zag er gezellig uit, vond ze zelf.

Lobbes had een deken achter de kleine toonbank in de hoek gekregen. Een hekje tussen toonbank en muur moest voorkomen dat de hond de klanten de stuipen op het lijf joeg of met kwijl zou bedekken, maar vandaag was hij er niet. Hij lag in de woonkamer op de bank beledigd te wezen omdat hij er niet bij mocht zijn. Hannah wilde haar volledige aandacht aan de bezoekers geven.

'Het is mooier geworden dan ik had verwacht,' zei Roel. Hij had Hannahs blik gevolgd en keek haar nu aan met een milde glimlach.

'Natuurlijk is het mooi geworden. Ik had goede hulp.' Ze lachte naar Roel en Roel lachte wat aarzelend terug.

'Zoveel heb ik niet kunnen doen. Ik ben helaas geen geweldige klussenman.'

'Nee. Maar je hebt goede adviezen gegeven, vaak gekookt zodat ik door kon werken en je was er gewoon voor mij.'

Roel keek haar een paar tellen aan. Er lag een blik in zijn ogen die ze niet meteen herkende.

'Is er iets?'

Roel schudde heftig zijn hoofd. Hij kleurde een beetje.

Hannah bleef hem aankijken. Roel was zo vertrouwd. Hij was er altijd al voor haar geweest, maar de laatste weken had hij volledig aan haar gewijd.

Hannah keek naar zijn rood kleurende wangen. Opeens vroeg ze zich af hoe het zou zijn om hem altijd in de buurt te hebben. Niet op dezelfde manier als nu, maar als partner. Het was een rare gedachte. Ze had hem nooit op die manier gezien.

'Roel ...' Ze aarzelde even. 'Je bent eigenlijk een geweldige vent. Je bent er altijd voor mij geweest ...'

151

'Vanzelfsprekend,' mompelde Roel. Hij keek haar niet aan.

'Is dat zo?' vroeg Hannah.

Roel gaf geen antwoord. Hij keek wat nerveus om zich heen. 'Komt Allison niet?'

'Roel ... hoe denk je over mij? Ik bedoel eigenlijk ... je gevoelens ...'

'Dat weet je.'

'Ja?'

Eindelijk keek Roel haar aan. Zijn gezicht was nog roder geworden. 'Ik ben gek op je.'

'Gek op mij zoals verliefd?'

'Weet ik niet. Ik geloof het wel. Ik bedoel ... ik ben altijd gek op je geweest, maar op een andere manier. Maar ergens is dat veranderd ...'

'Je bent verliefd geworden?'

'Misschien. Maar ik wil onze vriendschap niet op het spel zetten.'

'Nee. Ik ook niet.'

Een paar tellen was het stil.

'En jij?' vroeg Roel toen.

Hannah keek hem recht aan. 'Eerlijk?'

'Eerlijk.'

'Ik weet het niet,' zei ze. 'Ik ben altijd gek op je geweest. Je was mijn vriendje. Mijn maatje. Maar ik heb eerlijk gezegd nooit aan je gedacht als partner. Misschien omdat we al zo lang vrienden zijn. Het voelt dan een beetje vreemd. Maar ik moet er ook niet aan denken om je niet meer om mij heen te hebben. Het drong net eigenlijk tot mij door, dat ik je eigenlijk niet kan missen. Ik weet niet of het liefde is.' Ze maakte een hulpeloos gebaar en keek op de klok.

'We moeten opengaan,' zei ze.

Roel knikte en haalde diep adem.

Hannah stond op en liep naar de deur. Toen ze hem openmaakte, zag ze minstens tien vrouwen, waarvan de helft voorzien van kleine kinderen, klaarstaan om binnen te vallen. En dat terwijl de opening de hele dag in beslag zou nemen. Het beloofde nog wat.

Tegen de avond kon Hannah concluderen dat het een succesvolle opening was geweest. Er waren verschrikkelijk veel mensen geweest, die sloten koffie en thee hadden genuttigd en de koekjesschalen leeg hadden achtergelaten. Soms hadden mensen buiten gewacht omdat het winkeltje gewoon te vol was om nog naar binnen te stromen, maar niemand had geklaagd en iedereen was erg onder de indruk geweest van het kleine bedrijfje. De helft van de spulletjes was al verkocht. Het was maar goed dat de logeerkamer nog vol dozen stond.

Hannah wist wel dat die drukte niet zou blijven. Ze zou het niet eens willen. Maar het was een hoopvol begin voor de kleine winkel.

Ze zat nu met een laatste restje koffie bij Roel en Allison aan de tafel in de koffiehoek. Ze was blij dat Allison nog even was gebleven, want ze kon het op dit moment niet opbrengen om alleen met Roel te zijn. Het was de eerste keer dat ze het zo voelde en het had alles te maken met het gesprek dat ze 's morgens met hem had gevoerd. Ze was in de war. De hele dag had ze er niet meer aan gedacht, maar nu ze hier bij elkaar zaten drong het opnieuw tot haar door. Roel was verliefd op haar. En misschien was zij het ook op hem. Niet verliefd in de zin van vlinders in je buik en opwinding. Maar verliefd op een andere manier. Onwillekeurig vroeg ze zich af hoe het zou zijn om hem te kussen. Niet op de vriendschappelijke manier waarop ze elkaar zo vaak hadden gekust, maar anders. Echt kussen. Het voelde vreemd om daaraan te denken. Waarschijnlijk omdat ze Roel altijd als een maatje had gezien. Als een broer bijna. Ze vroeg zich af of dat nog kon veranderen. Of ze het wilde veranderen. Ze wist het niet. Ze was te verward en bang dat Roel erop door zou gaan. Daarom was ze blij dat Allison er was. En ergens had ze het gevoel dat Roel ook blij was dat Allison er was, hoewel hij haar niet eens bijzonder mocht.

Allison leek zich nergens van bewust. Ze kletste vrolijk raak over de mensen die in de winkel waren geweest en vertelde grappige anekdotes over de gebeurtenissen van die dag die blijkbaar alleen zij had opgemerkt.

'Je winkeltje wordt een succes, Han,' besloot Allison. 'Je hebt echt een supersmaak wat spulletjes betreft. Er staat hier zoveel wat ik nog wel in huis zou willen hebben.'

'Dank je ...'

'Maar ik moet nu echt gaan.'

Voordat ze de kans kreeg om werkelijk op te staan, stond Roel al overeind. 'Ik ook, Hannah. Het ging echt super vandaag, maar ik moet nog wat dingen doen.'

Zijn stem trilde een beetje en opeens drong het tot Hannah door dat Roel het allemaal minstens zo moeilijk vond als zij. Ze glimlachte voorzichtig naar hem. Ze wilde hem duidelijk maken dat ze hem begreep. Maar hij durfde haar nauwelijks aan te kijken.

Hannah voelde zich ongemakkelijk toen Allison en Roel weggingen. Ze was blij dat ze in elk geval de hond had om naartoe te gaan. Bij hem had ze geen last van ongemakkelijke stiltes en spanningen. Voor zijn hondenliefde was altijd plaats.

Toen ze later op die avond doodmoe op de bank zat en naar een documentaire staarde over de bouw van een oerlelijke wolkenkrabber, die blijkbaar een belangrijke prijs in moderne vormgeving had opgeleverd, dacht ze aan Manuel.

Op de een of andere manier had ze verwacht dat hij op een bepaald moment tijdens de opening van de winkel zou opduiken. Ze had zich meerdere keren erop betrapt dat ze naar de deur had gekeken in de verwachting hem daar aan te treffen. En toen dat niet was gebeurd, had ze een lichte teleurstelling gevoeld. Wat was er mis met haar? Roel had gelijk met zijn opmerking dat ze niet wist wat er die ene nacht was gebeurd, toen Carl verdween. Dat het niet duidelijk was welke rol Manuel daarin had gespeeld. En hij had gelijk met zijn bewering dat Manuel iets in haar had gezien. Allison had dat opgemerkt. Roel had dat opgemerkt. En in feite had zij dat ook opgemerkt. Ze had het ontkend voor anderen en vooral voor zichzelf, maar ze had beter geweten en ze had het prettig gevonden. Natuurlijk had ze dat tegenover niemand, en bovenal niet tegenover zichzelf, kunnen toegeven. Maar nu besefte ze dat het zo was. Was Carl de enige geweest die het echt niet had geweten? Of onderschatte ze hem?

Carl was niet naïef. Dat was hij nooit geweest. Het lag niet voor de hand dat hij niets merkte. Het lag niet voor de hand dat hij het altijd zou negeren.

Was daarmee alles op de Aconcagua begonnen? Had Carl Manuel aangesproken over zijn gevoelens voor Hannah en was het tot een ruzie gekomen?

Hannah schudde heftig haar hoofd. Ze kon zich niet voorstellen dat Manuel Carl iets had aangedaan of het in een noodsituatie achterwege had gelaten om Carl te helpen. Ze wilde het zich niet voorstellen.

En toch ...

De man die haar steeds had gebeld was verdwenen. Of had dat te maken met het veranderen van de telefoonnummers? Of met haar brief ...

Nog een keer wilde Hannah dat ze met Manuel kon praten; hem vragen kon stellen. Als ze dat tenminste werkelijk zou doen. En als ze de waarheid zou kunnen verdragen.

Maar Manuel was verdwenen.

Hannah streelde de hondenkop op haar schoot en nam een flinke slok likeur.

Wat als Carl niet alleen had gemerkt dat Manuel op haar viel, maar ook iets van haar gevoelens voor Manuel had bespeurd? Wat als dat was gebeurd? Haar kennende had Carl natuurlijk moeten weten dat Hannah nooit iets met die gevoelens zou doen, maar bij hem wist je het maar nooit. Misschien was het inderdaad tot een ruzie gekomen en was Carl degene geweest die iets had ondernomen. Misschien was hij werkelijk die nacht stiekem verdwenen, maar niet om naar boven te gaan, maar om de afdaling te maken en zo iedereen in de overtuiging te laten dat hem iets was overkomen. Bij wijze van wraak of iets dergelijks. Uiteindelijk was zijn lichaam niet gevonden en bestond er geen bewijs voor zijn dood. Wat als hij op een bepaald moment opeens weer zou opduiken?

Hannah wist hoe onwaarschijnlijk het was. Maar het was net zomin onmogelijk.

En opeens werd ze geraakt door de meest afschuwelijke gedachte. Wat als het Carl was geweest die haar steeds had gebeld?

Ze nam een hele grote slok likeur en voelde hoe het goedje een brandspoor in haar keel en slokdarm trok.

Ze probeerde die idiote gedachten van zich af te schudden en concentreerde zich op het beeldscherm.

Ze vond het gebouw nog steeds oerlelijk.

HOOFDSTUK 15

'Heb je iets met Roel?' vroeg Allison. Hannah stond in Allisons appartement bij het raam en keek naar de vaart en de bossen erachter. Allison toverde in de open keuken luidruchtig met potten en pannen. Ze had Hannah uitgenodigd voor een etentje om nog eens goed bij te kletsen, zoals ze het zelf noemde. Ze zagen elkaar de laatste tijd wat minder. Allison bracht vrij veel tijd door met haar nieuwe vlam Rudger en Hannah had het druk met haar winkeltje. Daarom had Allison haar gevraagd om te komen eten en daarom stond Hannah nu in dit appartement bij het raam.

Hannah had de vraag niet verwacht. Ze draaide zich om naar Allison en zag dat haar vriendin nu ook naar haar keek.

'Nee, natuurlijk niet. Roel en ik zijn vrienden. Altijd al geweest.'

'Dat weet ik. Maar ik heb toch het gevoel dat het nu anders is.'

'Nee ...'

'Dat klinkt niet erg overtuigend.'

Hannah haalde diep adem en liep naar de bar, die de keuken van de kamer scheidde. Ze ging zitten en keek Allison aan. 'Het is ter sprake geweest.'

'Zie je wel. Ik wist het.'

'Maar we hebben niets.'

'Maar?'

'Ik sluit het niet uit.'

'Hannah, alsjeblieft ... Niet Roel!'

'Hij is er altijd voor mij geweest. Dat weet je. Hij kent mij door en door en accepteert mij zoals ik ben, hij kijkt hopeloze films met mij, eet bonbons met mij als ik mij rot voel, geeft adviezen over het winkeltje, luistert als ik over Anna of Carl wil praten en is er gewoon altijd als ik iemand nodig heb. Op dit moment doet hij zelfs een gedeelte van de boekhouding en draaft hij onmiddellijk op als ik weer ruzie heb met mijn computer. Dat is meer dan je van menig echtgenoot kunt zeggen.'

'Ik ben er ook altijd voor je geweest. Ik heb altijd geprobeerd om je adviezen te geven, ik kijk ook niemendalletjes met je en ik eet me samen met jou krom aan bonbons en ijs. Maar je wilt evengoed niet met mij trouwen.'

'Als je een man was, wel.'

'Kieskeurig, hoor.' Allison grijnsde even. 'Maar zonder flauwe-kul,' zei ze toen weer ernstig. 'Roel past niet bij je.'

'Je hebt Roel nooit bijzonder gemogen.'

'Klopt.'

'En daar heb je niet eens een reden voor.'

'Intuïtie.'

'Nou ja ...'

'Doet er niet toe. Hij past evengoed niet bij je. Ik begrijp wel dat je dat nu denkt. Je bent alleen en hij komt opdraven zodra je hem belt. Hij is er voor je, doet dingen die je leuk vindt en steunt je met alles, maar ...'

'Maar wat?'

'Het is te veel.'

'Hoe bedoel je?'

'Het is niet *echt*.'

'Niet *echt*?' Hannah trok even haar wenkbrauwen op.

'Ik weet niet hoe ik het anders moet zeggen. Ik ben er ook voor je, maar ik ben het niet altijd met je eens. Ik trek je, figuurlijk dan, weleens aan je oren.'

'Ook weleens letterlijk.'

'Alleen als het nodig is.' Allison grijnsde weer even, maar werd toen weer ernstig. 'Hij ... ik weet het niet. Misschien is kruipe-rig het goede woord. En daar hou ik niet van. Ik heb ook het gevoel dat hij zich een beetje onmisbaar wil maken. Je vertelde al aan de telefoon dat hij de administratie beetje voor beetje overneemt, omdat je het zo druk hebt ...'

'Hij bedoelt het goed.'

'Misschien wel. Misschien niet. Ik weet het niet. Misschien is het inderdaad gewoon zo dat hij mij niet ligt. Ik weet het niet. Ik gun je alles ...'

'Dat weet ik. En Roel is echt goed voor mij.'

'Ik weet dat hij alles voor je doet. Maar ... nou ja ... hij is ... kruiperig, een beetje raar en hij is lelijk.'

'Nou ja ...'

'Doet er verder niet toe.' Allison liep even naar het fornuis, roerde in een pan, pakte een fles wijn en schonk twee glazen in. 'Maar waarom hebben jullie eigenlijk nog niets met elkaar? Ik bedoel ... je noemt al zijn voordelen en je geeft eigenlijk aan dat hij de ideale man voor je is, maar toch is er nog niets tussen jullie. Het is duidelijk dat ik er niets mee zou willen, maar als ik toch zou denken dat iemand de juiste voor mij was, zou ik mij er niet van laten weerhouden. Zelfs niet door mijn beste vriendin. Jij ook niet. Daarvoor ken ik je goed genoeg. Dus waarom hebben jullie dan nog geen relatie. Zoals in een relatie-relatie?'

'Tja ...' Hannah speelde even met haar wijnglas. 'Het is eigenlijk nogal stom.'

'Ben je niet echt verliefd op hem? Is dat het?'

'Ik ben niet echt verliefd op hem, maar misschien is dat niet nodig. Er zijn andere dingen ...'

'Persoonlijk vind ik verliefdheid wel een voorwaarde, maar goed ... als jij iets anders belangrijker vindt ... wat dat dan ook mag zijn ... wat is dan toch de reden dat jullie nog niet bij elkaar wonen of zo?'

'Ik wil gewoon niet dat het te snel gaat.'

'Omdat je er niet zeker van bent.'

'Omdat ik bang ben dat Carl vandaag of morgen opeens opduikt.'

Allison keek Hannah verbaasd aan. 'Hoe kom je daarbij?'

'Stel dat Carl en Manuel ruzie kregen op die berg. Zowel Roel als jij beweren dat Manuel gek op mij was en als jullie dat merkten, moet Carl dat ook hebben gemerkt.'

'Je wist het zelf ook wel.'

'Misschien. Maar ik negeerde het in elk geval.'

'Min of meer.'

'Dat speelt verder ook geen rol. Waar het om gaat is dat Carl het ook gemerkt moet hebben. Hij kan erover tegen Manuel zijn begonnen en ruzie hebben gemaakt. Of misschien heeft hij ook niets gezegd. Om iedereen een hak te zetten is hij die nacht verdwenen. Niet om naar boven te klimmen, maar om naar beneden te gaan en te verdwijnen.'

'Om vroeg of laat weer op te duiken?' vroeg Allison verbijsterd.

'Bijvoorbeeld. Hij zou zelfs de man geweest kunnen zijn die mij lastigviel. Ik dacht eerst dat het Manuel geweest kon zijn, omdat het ophield toen hij verdween. Maar het kan ook zijn opgehouden omdat er geen reden meer voor was toen Manuel verdween.'

Allison nam een flinke slok wijn. 'Lijkt je dat niet wat vergezocht?'

'Ja. Maar het is niet onmogelijk.'

'En daarom begin je niets met Roel.'

'Het speelt mee.'

'En het is niet zo dat je een excuus zoekt?'

'Het is toch mogelijk dat Carl nog leeft? Dat het zo is gegaan?'

'Theoretisch wel. Maar het lijkt mij, voorzichtig uitgedrukt, nogal onwaarschijnlijk. Carl zou het niet op die manier aanpakken en dat weet je. Als hem werkelijk iets zou dwarszitten, dan zou hij naar je toe gaan en je zeggen hoe hij erover dacht. Hij zou misschien zelfs ruziemaken met Manuel, flink schelden en daarna weer een pilsje met hem drinken. Dat zou Carl doen. Dat weet je.'

'Je weet het niet.'

'Jawel. Want je kent Carl goed genoeg om dat te weten. Het zou mij trouwens verbazen als Carl niet heeft geweten hoe Manuel over jou dacht. Maar hij had genoeg zelfvertrouwen om zich over zoiets niet druk te maken. Hij kende Manuel goed genoeg om te weten dat hij er niets mee zou doen en hij kende jou goed genoeg om te weten dat je niet op die manier bij hem weg zou gaan. Zelfs niet als je je aangetrokken voelde tot Manuel, wat dus wel het geval was.'

'Carl is nooit gevonden.'

'Nee. En voorlopig zal dat ook niet gebeuren.'

'Het is alweer weken geleden dat ze belden dat ze weer aan het zoeken waren. Zouden ze hem dan niet al gevonden moeten hebben?'

'Niet noodzakelijkerwijs en dat weet je. Je hebt mij zelf uitgelegd hoe moeilijk dat daar is.'

Hannah haalde haar schouders op.

'Hoe lang loop je al met dat idee rond?' vroeg Allison.

'Een paar weken.'

'Jeetje.' Allison nam nog een flinke slok en keerde terug naar de pannen om een sausje af te maken.

Daarna wendde ze zich weer tot Hannah. 'Zet dat maffe idee van je af. Iets dergelijks past niet bij Carl. Maar wees ook niet zo stom om met Roel iets te beginnen omdat het logisch is. Er moet meer zijn. Geloof me.'

'Is dat zo? Hoe zit dat eigenlijk met die nieuwe vriend van je? Wanneer krijg ik die te zien?'

'Och ...'

'Je gaat me toch niet vertellen dat het alweer uit is?'

'Nee, dat niet.'

'Oh jee. Je denkt erover om er een einde aan te maken.'

Allison trok haar schouders op.

'Waarom? Hij is knap, lief, rijk ...'

'Hij bemoeit zich overal mee.'

'Dat doen mensen die om je geven.'

'Ik word er kriebelig van.'

'Misschien is dat wel je probleem. Misschien heb je daarom geen partner.'

'Zou kunnen. Misschien ben ik helemaal niet geschikt om een partner te hebben.'

'Maar altijd alleen blijven is toch ook niet fijn?'

'Ik overweeg de aanschaf van een kat.'

'Een kat? Nou ja ... die bemoeit zich in elk geval nergens mee.'

'Precies. Hoe is het trouwens met Anna?'

'Ik geloof dat ze zich redelijk goed voelt, maar ze praat nog maar heel erg weinig en als ze het doet, begrijp je er geen klap meer van.'

'Is het zo erg achteruitgegaan?'

'De spraak wel.'

'Rot, hoor.'

'Ik weet niet of ze het zelf beseft.'

'Misschien niet. Maar voor jou is het rot.'

'Ik geloof dat ik het min of meer begin te accepteren. Voor zover dat mogelijk is ... Ik ga graag met haar naar buiten en ik merk dat ze iedere keer weer onder de indruk is van bomen, planten en kleuren. Ik geloof dat ze ervan geniet en dat is fijn. Ik kan niet meer verwachten.'

'Maar je kunt ook niet meer met haar praten.'

'In zekere zin kan ik dat al heel lang niet meer. Nu is het alleen wat duidelijker.'

Allison zuchtte diep. 'Waarschijnlijk heb je gelijk. In elk geval kun je nu nog bij haar zijn.'

'Zo bekijk ik het ook maar.'

Allison keek even achterom naar haar pannen. 'We kunnen eten.'

'Fijn. Ik sterf van de honger.'

'Ik hoop het. Volgens mij kan ik van die hoeveelheid een heel leger voeden,' merkte Allison op met een knikje op de pannen. 'Kom ... we zetten de zooi op tafel.'

'Roel?' Hannah kwam achter Roel staan, die voor de zoveelste keer haar computer enigszins op orde trachtte te brengen. Hij was geen expert, maar hij kon in elk geval simpele problemen oplossen en ervoor zorgen dat Hannah haar administratie kon doen, voor zover hij dat niet voor zijn rekening nam.
'Ja?' Roel keek niet om. Zijn blik was gevestigd op het scherm, waar regeltjes in een onverklaarbare taal voorbijflitsten.
'Waarom ben je nooit getrouwd?'
Nu keek hij wel om. Er lag een verbaasde uitdrukking op zijn gezicht. Hij leek even na te denken. 'Weet ik eigenlijk niet,' zei hij. 'Ik denk dat ik nooit de ware ben tegengekomen.'
'Maar hoe weet je dat als je nooit afspraakjes maakt met vrouwen? Ik geloof niet dat jij afspraakjes maakte. Of wel?'
'Oh, jawel. Misschien niet zoveel als jij vroeger, maar ik ben wel met vrouwen op stap geweest.'
'En er was nooit iemand bij die je leuk vond?'
'Niet leuk genoeg.'
'Misschien stelde je te hoge eisen.'
'Misschien vergeleek ik hen te veel met jou.' Hij bleef haar aankijken en Hannah merkte dat ze wat nerveus werd.
'Kom op, Roel. We waren altijd al vrienden.'
'Ik ben altijd gek op je geweest. En ik heb je gezegd dat dat gevoel in de loop van de tijd een andere betekenis heeft gekregen.'
'Ja. Maar dat was vroeger toch niet zo?'
'Ik dacht van niet. Maar achteraf gezien, denk ik dat ik altijd al meer voor je heb gevoeld. Nou ja, misschien niet toen ik zes jaar was. Al heb ik je toen al gezegd dat ik met je wilde trouwen ...'
'Kinderen van die leeftijd willen altijd met hun vriendje trouwen. En met hun vader en hun moeder en zo ...'

'Ik geloof niet dat ik met mijn vader wilde trouwen.' Hij grijnsde. 'Ik kende hem nauwelijks.'
'Hij was er nooit, hè?'
'Het was meer het verhaal zoals dat in dat spotje wordt gepresenteerd; mama, wie is die man die op zondag het vlees snijdt.'
'Rot. Ook voor je moeder. Ze moet het niet gemakkelijk hebben gehad. Ik bedoel ... ik kwam zo vaak bij jou thuis, maar ik kende je vader eigenlijk nauwelijks.'
'Mijn moeder wel?'
'Ze was er meestal.'
'Ja, dat wel. Maar ze werd het liefst zo weinig mogelijk lastiggevallen.'
Hannah herinnerde het zich. Ze had Roels moeder nooit bijzonder gemogen.
'Als ik kinderen krijg, doe ik het anders,' zei Roel beslist.
'Wil je kinderen?'
'Ja.' Hij zweeg een paar tellen. 'En ik wil jou, Hannah.'
Hannah sloeg haar ogen neer. 'Weet je, Roel ... je bent er altijd voor mij geweest en je betekent veel voor me.'
'Maar je wilt niet met mij verder ...'
'Niet nu. Ik ben er nog niet klaar voor. Maar in de toekomst ...'
'Hannah ... ik zit niet te wachten op een troostprijs. Als je er klaar voor bent en je wilt verder met mij ... Niets liever dan dat. Maar als je twijfelt, dan komt het niet verder dan dit.'
'Ik geloof niet dat ik echt twijfel. Het is alleen ... ik ben soms gewoon bang dat Carl opduikt. Ik weet dat het een idiote gedachte is, maar ik kan het niet van mij afzetten. Alles zou anders zijn als zijn lichaam werd gevonden.'
'Ja?' Roel keek haar taxerend aan.
'Ja,' zei ze. Maar ze merkte dat ze zichzelf moest dwingen om hem recht aan te kijken. Het irriteerde haar. Wat mankeerde haar toch? Roel was altijd haar maatje geweest. Was het dan zo vreemd om verder dan dat te gaan? Roel was dan misschien geen droomprins van uiterlijk, maar uiterlijk was toch totaal onbelangrijk? En toch ... ze kon zich eenvoudigweg niet voorstellen hem te kussen. Om over de rest nog maar te zwijgen.
Het komt nog wel, hield ze zichzelf voor. Hele volksstammen trouwden om praktische redenen en leerden van elkaar te hou-

den. Het was simpel een kwestie van instelling. Een kwestie van vertrouwen. Vertrouwen in de toekomst. Vertrouwen in Roel.

Ze merkte dat Roel haar bleef aankijken.

'Ik moet nu naar Anna,' zei ze haastig. 'Over een kwartier vertrekt de bus.'

'Zou het niet gemakkelijker zijn om weer een auto te kopen?'

'Gemakkelijker wel, maar niet goedkoper. Op dit moment kan ik geen hoge onkosten gebruiken en ik red mij prima zonder.'

'Je kunt mijn auto nemen.'

'Nee. Ik rij niet graag in de auto van iemand anders. Dan voel ik mij niet op mijn gemak. Ik neem liever de bus. Ik heb helemaal geen hekel aan de bus.'

'Zoals je wilt.'

'Ben je nog hier, als ik terugkom?'

'Geen idee. Dat ligt eraan wanneer je terugkomt. Ik heb thuis nog het een en ander te doen ...'

'Kijk maar. Ik weet zelf niet precies wanneer ik terug ben. Misschien kunnen we morgen samen iets eten.'

'Deze keer bij mij?'

'Deze keer bij jou.' Hannah deed haar jas aan en nam nog even afscheid van de hond, die de bank warm hield en Roel af en toe met een scheef oog in de gaten hield. Ze bedacht zich dat het jammer was dat ze de hond niet mee kon nemen naar Roel. Maar Roel was nu eenmaal te zuinig op zijn meubels. Hij had eigenlijk niet eens ongelijk.

Hannah riep nog een keer een groet en ging naar buiten. Het was warmer dan ze had verwacht, ondanks een achter een dik wolkendek schuilgaande zon. Met vlotte passen liep ze richting bushalte. Ze had geen bepaalde tijd afgesproken in 'De Vennen' maar ze was blij even buiten te zijn. Haar snelle vertrek had iets weg gehad van een vlucht. Maar daarover wilde ze niet nadenken.

Hannah trof Lina zoals altijd in de gemeenschappelijke woonkamer, waar ze de koffie voor de bewoners en bezoekers verzorgde. Terwijl Hannah naar haar toe liep, speurden haar ogen nerveus de kamer af. Ze zag Anna niet.

'Lina ... waar is Anna?' vroeg ze de verpleegster nerveus.

Lina glimlachte. 'Anna is buiten. Ze zit op het witte bankje bij de krokussen. Ze liep achter Rolf en zijn zoon aan, ruim een kwartier geleden en ging daar toen zitten. Die zoon van Rolf probeerde haar weer mee naar binnen te nemen, maar ze wilde niet.'

Hannah haalde opgelucht adem. 'Ik dacht dat er iets was gebeurd,' bekende ze.

'Nee, hoor. Alles gaat zijn gangetje.'

'Nog nieuws?'

'Nee. Hoe is het met jou?'

'Goed. Naar omstandigheden.'

'Ga je nog steeds met die dunne jongeman om, waarmee je laatst een keer hier was?'

'Roel? Ja. We zijn al zo lang vrienden.'

'Alleen maar vrienden?'

'Tot nu toe wel.'

'Tot nu toe? Klinkt veelbelovend.'

'Tja … ik weet het eigenlijk niet. Ik geloof dat ik een goede partner aan hem zou kunnen hebben. Het is alleen wat vreemd. We zijn al zo lang vrienden en hij is ook niet het type waar ik normaal gesproken op zou vallen.'

'Is hij goed voor je? Is hij betrouwbaar? Behulpzaam?'

'Ja, ja en ja.'

'Meid … wat heb je verder dan nog nodig? Uiterlijk zegt niets. Hier moet het goed zitten.' Lina klopte op haar omvangrijke boezem, zo ongeveer ter hoogte van haar hart.

'Je hebt natuurlijk gelijk. Ik moet alleen aan het idee wennen.'

'Geef het gewoon wat tijd.'

'Ja. Ja, misschien moet ik dat gewoon doen. Ik ga even naar buiten. Naar Anna.'

Hannah wachtte niet op een reactie, maar liep door de grote schuifdeur naar buiten. Ze dacht aan de totaal verschillende manier waarop Lina en Allison over Roel dachten. Ze dacht aan de adviezen die de twee gaven en die, onbewust, belangrijk voor haar waren. Maar ze besefte ook dat als ze nog tien mensen om hun mening zou vragen, al die tien mensen een ander idee zouden hebben. Bovendien zou het geen nut hebben. Uiteindelijk was zij de enige die een beslissing kon nemen.

Ze zuchtte diep en liep over het paadje naar de krokussen. Ze zag Anna meteen zitten. Een klein wit dametje met haar handen keurige gevouwen in haar schoot. Haar blik was gericht op de krokussen en lenteklokjes, die voorzichtig hun kopjes boven de grond uitstaken. Iemand die haar zo zou zien, zou geen enkel vermoeden hebben over de ziekte die grote gaten in haar hersenen vrat. Aan de buitenkant was niets van dat allesverterende monster te zien.

Hannah ging naast Anna zitten. 'Hoi, Anna,' zei ze. Ze legde haar hand op de handen van Anna. Anna keek haar duidelijk verbaasd aan, maar ze trok haar handen niet weg, zoals ze dat zo vaak deed.

'Mooie bloemen, nietwaar?'

'Rumpe.'

'Krokussen, ja. En lenteklokjes. Binnenkort komen er nog meer gekleurde bloemen. Je hebt altijd al van bloemen gehouden.'

'Tros de boom.'

Hannah kneep zachtjes in de handen van haar moeder. 'Ik heb geen idee wat je zegt, maar ik hoop dat je je prettig voelt. Dat je hier nog van kunt genieten. Al ben je het morgen weer vergeten.'

Hannah zweeg een paar tellen en keek naar de bloemen. 'Ik vraag me af hoe het is als elke dag alles nieuw voor je is. Misschien is dat wel heel fijn. Ik hoop het echt voor je, Anna. Ik gun het je.'

Anna zweeg. Maar haar handen bleven in haar schoot rusten, met de hand van Hannah erop.

HOOFDSTUK 17

Ze had Roel gekust. Het was vreemd geweest, maar niet zo vreemd als ze had verwacht. Het was geen hartstochtelijke kus geweest. Maar het was een echte kus geweest, die warmte had uitgedrukt.

Hannah lag in bed en dacht daarover na, terwijl ze het snurken van de hond naast haar op de grond probeerde te negeren.

Het was een week geleden dat Roel haar duidelijk had gemaakt dat hij geen troostprijs wilde zijn en dat hij alleen iets met haar wilde als ze er volledig achter kon staan, en op dat moment had ze verwacht dat het nog lang zou duren voordat ze werkelijk zover was. Ze had er niet aan getwijfeld dat het zover zou komen. Alleen verwacht dat het langer zou duren.

Maar vanavond was het toch gebeurd. Ze hadden naast elkaar op de bank gezeten, popcorn gegeten en *Weekend at Bernies* gekeken. Ze hadden in een deuk gelegen, hoewel ze de film allebei al een aantal keer hadden gezien, en opeens hadden ze elkaar gekust. Ze waren er allebei wat van geschrokken, maar het had eigenlijk best natuurlijk aangevoeld.

Dit was dus het begin. Van hieruit zou haar relatie met Roel zich verder ontwikkelen. Ze zouden op een andere manier met elkaar omgaan, elkaar vaker kussen en uiteindelijk met elkaar naar bed gaan. Hannah geloofde niet dat ze daar al snel aan toe zou zijn, maar uiteindelijk zou het zeker gebeuren en dan zou het goed voelen. Heel anders dan die keer met Manuel. Misschien zou ze dan eindelijk in staat zijn om die ene nacht met Manuel uit haar hoofd te zetten. Want tot nu toe was ze daar nog niet in geslaagd en ze voelde zich daar ellendig bij. Vooral omdat het een verlangen aanwakkerde dat ze niet wilde voelen.

Roel zou die verandering teweegbrengen. Raar eigenlijk ... ze had nooit verwacht dat dit kon gebeuren. Zij en Roel ... Maar ging het niet vaker zo? Beste vrienden die uiteindelijk verliefd op elkaar werden? Er waren in elk geval genoeg films over gemaakt. En eigenlijk was dat niet onlogisch. Als vrienden kende je elkaar al zo goed. Je hoefde je niet anders voor te doen, niet op je tenen te lopen. Alles ging vanzelf. Met Roel ging het ook vanzelf.

Misschien zouden ze samen kinderen krijgen. Ze wist dat Roel graag kinderen wilde. En ze geloofde dat ze dat zelf ook wel wilde. Ze had er nooit echt bij stilgestaan omdat Carl dat nog niet zag zitten, maar ze geloofde zeker dat ze moeder wilde worden. Uiteindelijk in elk geval wel. Ze zou hier in dit huis kunnen blijven wonen met Roel en haar toekomstige kinderen. Roel verdiende goed en het winkeltje liep aardig. Ze zou zich niet meer hoeven af te vragen waar ze de boodschappen deze maand van moest doen. Carl zou op een dag worden gevonden en dan zouden ze hem begraven. Zij en Roel. En dan zou het leven verdergaan. Het klonk zo eenvoudig. Kon het werkelijk ook zo eenvoudig zijn?

Maar wat als Carl toch nog opduikt?

Hannah duwde die gedachte snel weg. Maar ze wist dat hij terug zou blijven komen tot ze zekerheid had.

Ze draaide zich op een zij en sloot haar ogen. Ze probeerde moe te zijn, maar diep vanbinnen rommelde het. Haar hart leek te snel te kloppen en haar spieren waren wat verkrampt. Ze was onrustig. Het was geen vreemd gevoel. Vanaf Carls dood had ze dit zo vaak gehad. Eerst doorlopend, toen alleen 's nachts en nu nog af en toe. Ze wist dat het niet over zou gaan. Integendeel. Het zou steeds erger worden als ze in bed bleef liggen. Het beste kon ze opstaan, naar beneden gaan en een mok warme melk maken. Wellicht zou ze dan wat rustiger worden. Maar ze deed het niet. Ze bleef maar in bed liggen terwijl de onrust toenam, met de loze hoop dat ze toch nog in slaap zou vallen.

Ze had er een hekel aan om midden in de nacht op te staan en op blote voeten door het koude, lege huis te dwalen. Ze draaide zich nog een keer om.

Er stopte een auto in de straat. Ze hoorde hem remmen en parkeren. Maar er ging geen deur open en dicht. Misschien een stelletje dat in de auto afscheid nam. Onwillekeurig bleef ze luisteren. Ze hoorde niets en vond de stilte opeens bedreigend. Waarom geen dichtslaande deuren en een luid afscheid?

Ze draaide zich nog een keer om en kneep haar ogen weer dicht. Nog steeds hoorde ze niets. Waarom lette ze hierop? Misschien was de bestuurder al lang uitgestapt en had ze het niet gehoord. Hoewel je alles hoorde op dit tijdstip. En de auto was vlak bij haar huis gestopt. Misschien wel voor haar huis.

Ze keek naar Lobbes. Hij snurkte niet meer, maar hij had zijn kop niet opgetild. Zijn ogen waren echter open. Voor Lobbes wilde dat heel wat zeggen.

Hannah stond op en liep naar het raam. Ze keek door het raam naar buiten en zag de groene Landrover staan. Ze herkende hem onmiddellijk.

Manuel. Wat deed hij hier opeens en waarom stond zijn auto voor haar deur? Ze voelde een koude rilling langs haar ruggengraat kruipen en merkte dat ze bang werd. Ze liep naar de telefoon op haar nachtkastje en overwoog de politie te bellen. Maar wat moest ze zeggen? Dat een oude vriend van haar in de straat was gestopt en niet uitstapte? Dat klonk bepaald niet als een zwaar vergrijp.

Hannah liep terug naar het raam en keek weer naar buiten. Onbeweeglijk stond de Landrover daar. Als een stil monster.

'Kom, Lobbes,' zei ze tegen de hond. Lobbes tilde dit keer zowaar zijn kop op en keek haar vermoeid aan.

'Je kunt op z'n minst doen alsof je een waakhond bent,' mompelde Hannah. Ze wist heel goed dat Lobbes Manuel mocht en dat Manuel niet bang was voor Lobbes, maar het was het idee wat telde. Maar waarom was ze nu opeens bang dat Manuel haar iets wilde doen?

Omdat hij zijn auto voor de deur parkeert, midden in de nacht, na een tijd verdwenen te zijn geweest, en vervolgens niet uitstapt.

Hannah haalde diep adem en ging met de hond naar beneden. 'Ik heb eindelijk mijn leven weer op de rails. Niemand die mij dat afpakt,' mompelde ze.

Ze haalde nog een keer diep adem, opende de voordeur en liep regelrecht op de auto af, haar angstgevoel volledig negerend.

Manuel zat achter het stuur. Hij zag er wat verwaarloosd uit, zoals hij er ook die nacht had uitgezien toen hij haar het nieuws had gebracht. Hij staarde voor zich uit. Hij leek niet eens in de gaten te hebben dat ze naar buiten was gekomen.

Hannah trok de deur open en keek naar hem. 'Wat doe je hier?' vroeg ze.

Manuel schrok, maar herstelde zich meteen.

'Ik dacht na.'

'Hier? Voor mijn deur? Midden in de nacht?'

'Hier. Voor jouw deur. Midden in de nacht.'

'Waarom?'

'Carl is gevonden.'

Hannah staarde Manuel een paar tellen aan. Zijn woorden drongen slechts langzaam tot haar door.

'Er is een officiële brief onderweg hierheen van de autoriteiten in Argentinië. Ik vroeg me af of het beter was als ik het eerst aan je vertelde, of dat je het liever via de post hoorde. Waarschijnlijk dat laatste, gezien je brief ...'

Hannah slikte moeizaam. 'Kom naar binnen,' zei ze toen.

Ergens diep vanbinnen riep een stem dat ze een risico nam. Ze luisterde er niet naar.

'Weet je dat zeker?'

Hannah keek hem aan.

'Je hebt nogal duidelijk aangegeven dat je mij niet vertrouwt,' maakte Manuel duidelijk.

'In die brief ...'

'Onder andere.'

'Onder andere?'

Manuel haalde zijn schouders op.

'Kom naar binnen,' herhaalde Hannah. 'Ik bevries hier buiten.'

Het was niet echt koud, maar de frisse wind was meer dan Hannah op dat moment verdroeg.

Manuel knikte en stapte uit. Het viel Hannah op dat hij zich wat stijf en vermoeid bewoog. Ze stelde er geen vragen over, maar liep voor hem uit naar binnen. Lobbes was in elk geval blij hem te zien. Hij draaide kwispelend om Manuel heen en liet een vriendelijk slijmspoor achter op diens jeans.

Misschien was het geen goed idee om alcohol te gebruiken,

gezien de laatste keer dat ze dat hadden gedaan, maar Hannah deed het toch maar en schonk likeur in voor hen allebei. Ze had het gevoel alsof haar lichaam in een ijsklomp was veranderd, haar keel was schor en pijnlijk en het trillen van haar lichaam werd niet alleen door de kou veroorzaakt.

Manuel ging zitten en wreef over zijn gezicht. Hij zag er ouder uit, vond Hannah. Alsof er jaren in plaats van weken waren verstreken sinds de laatste keer dat ze hem had gezien.

'Hoe weet je dat Carl is gevonden?' vroeg Hannah. Ze ging tegenover hem zitten, maar keek hem niet aan.

'Omdat ik erbij was.' Hij keek haar wat verwonderd aan. 'Ik heb toch geschreven ...'

'Je was daar?'

'Ik ben naar Argentinië gegaan. Dat weet je toch?'

'Ik weet nergens van ...'

'Je hebt het niet echt gelezen ... nou ja ... doet er niet toe. Ik heb geprobeerd om geduld te hebben. Om te doen wat mij was aangeraden. Naar huis gaan en wachten. Maar ik kon het niet meer. Niet nadat wij ...' Hij stokte. 'Ik moest zekerheid hebben. Voor mijzelf en voor jou. Ik dacht dat je dat inmiddels wel had begrepen.' Hij nam een flinke slok likeur. 'Daarom ben ik erheen gegaan en heb aangedrongen op het hervatten van de zoektocht. Ze voelden er niets voor, maar ik kon een behoorlijk aantal vrijwilligers regelen, voornamelijk lui die daar waren om te klimmen en uiteindelijk ook een aantal Rangers en toen zijn we op zoek gegaan. Een Amerikaans team vond hem uiteindelijk in een kloof, ter hoogte van de plek waar wij ons kamp hadden. Vermoedelijk is hij ieder gevoel voor oriëntatie kwijtgeraakt in de sneeuwstorm. Het was puur toeval dat ze hem vonden. Ze hadden hem zo laag niet verwacht, maar een van die mensen gleed uit en kwam bijna zelf in de kloof terecht. Ze hadden hem niet eens gezien, maar daardoor werden ze erop geattendeerd. De kerel die een stukje de kloof in was gegleden zag dat er iets op de bodem lag. Ze hebben de anderen gewaarschuwd en zo hebben we hem dus gevonden.'

Hij dronk opnieuw een slok en keek Hannah aan. 'Ik kan niet bewijzen dat ik hem niet eerder in die kloof heb geduwd of hem gewoon heb achtergelaten nadat hij erin viel. Ik kan je alleen verzekeren dat het zo niet is gegaan.'

Hannah knikte even en nam ook een slok.

Ze wilde hem graag geloven. Maar ze wist niet of ze dat kon. Roels woorden zweefden nog rond in haar hoofd. Ze kon dat niet eenvoudigweg wissen.

'Zijn lichaam is nog in Argentinië, maar de overheid zal het hierheen sturen. In de brief die ze je hebben gestuurd, staat beschreven hoe de procedure is. Mogelijk ook een doodsoorzaak, maar dat weet ik niet zeker. Het geeft je in elk geval de mogelijkheid om eindelijk afscheid te nemen.'

'Ja.' Hannah voelde zich ellendig. Ze realiseerde zich sterker dan ooit dat ze toch steeds rekening had gehouden met de mogelijkheid dat hij nog leefde. Tegen beter weten in. En nu opeens was die hoop weggevaagd. Steeds had ze gezegd dat het beter was om zekerheid te hebben, en nu ze die zekerheid eindelijk had, twijfelde ze eraan of ze gelijk had gehad.

Manuel dronk zijn likeur op en stond op. 'Zoals ik je al zei, weet ik hoe je over mij denkt. Ik weet dat je mij niet vertrouwt. Je was duidelijk genoeg ...'

'Ik weet wat ik in die brief heb geschreven, maar ...'

'Ik heb het vooral over de mails.'

'Mails?'

'De mails die ik stuurde.'

'Welke mails?'

Manuel stokte in zijn bewegingen en staarde haar aan. 'Ik heb je geschreven vanuit Argentinië. Maar gezien je houding heb je niet echt de moeite genomen om ze te lezen. Ik bedoel ... je wist niet eens dat ik in Argentinië zat. Misschien moet ik dat begrijpen, maar ... uiteindelijk stuurde je een mail terug. Ik dacht dat je ze had gelezen.'

'Ik weet nergens van.'

'Ik schreef over ... over die avond. Over wat ik voelde. En over de zoektocht ... Je kunt toch niet zeggen dat je helemaal niets van dat alles hebt gelezen?'

'Ik heb geen mail gekregen. Werkelijk niet.'

'Ik waarschuwde je voor die kerel die je steeds belde. Omdat ik het niet was.'

Hannah schudde langzaam haar hoofd.

'Je hebt mij geantwoord.'

Hannah keek hem verbijsterd aan.

'Je hebt geantwoord dat die avond een grote fout was. Dat je niets meer met mij te maken wilde hebben en dat je mij niet vertrouwde.'

Een paar tellen keken Hannah en Manuel elkaar aan.

'Belt die kerel je nog?' vroeg Manuel. Zijn gezicht was gespannen.

Hannah wist wie hij bedoelde. Ze schudde haar hoofd. ' Maar hij zou toch nooit in mijn mail kunnen? Zelfs niet als hij er nog was?'

'Het ligt eraan. Er zijn mensen die dat wel kunnen. Maar er zijn ook andere mogelijkheden om je mail te zien.' Manuel wilde nog iets zeggen, maar bedacht zich. Hij zweeg even en keek toen Hannah weer aan.

'Denk erover na,' zei hij toen. 'Ik heb trouwens iets voor je.' Hij zocht iets in de binnenkant van zijn jack en haalde er uiteindelijk een vuilrood boekje uit.

'Het is een soort dagboek van Carl. Hij schreef altijd als we klommen. Ik heb het niet gelezen. Het voelde niet goed om dat te doen. Het is voor jou.' Hij overhandigde haar het boekje. Het was niets bijzonders. Gewoon een soort notitieboekje met een kaft van hard karton. Hannah klemde het in haar hand en keek Manuel aan. 'Ik hoorde dat je de huur had opgezegd.'

'Ik heb de huur opgezegd toen ik vertrok. Ik had geen idee of ik een week, een maand, een jaar of een paar jaar weg zou blijven en ik wist niet of ik nog terug zou keren naar Olme. Eerlijk gezegd was ik dat niet van plan.'

'Maar je hebt je bedacht?'

'Nog niet.'

Hij draaide zich om en liep de kamer uit. Hannah liep achter hem aan.

'Kan ik je ergens bereiken?' vroeg ze.

'Ik heb een kamer gehuurd boven Kronenberg.'

Hannah knikte en liet Manuel uit.

Daarna ging ze in de kamer op de bank zitten, met het rode boekje in haar hand geklemd. De kou in haar lichaam was niet verdwenen. Ze was misselijk en in de war. Ze vond het prettig dat de hond bij haar voeten ging liggen en zijn kop tegen haar benen liet rusten. Het gaf een vertrouwd gevoel wat ze nu hard nodig had. Ze dacht aan al de dingen die Manuel had gezegd. Ze dacht aan de mails die hij had gestuurd en waarop zij had geantwoord. Ze besefte maar al te goed dat er slechts één persoon was die regelmatig aan haar computer zat en haar mails bekeek. Roel. Haar allerbeste vriendje en maatje. De man met wie ze zelfs stapje voor stapje een relatie opbouwde omdat hij er altijd voor haar was. Haar altijd steunde. De man die haar waarschuwde voor Manuel. Terecht? Of juist niet?

Ze schudde haar hoofd alsof ze alle negatieve gedachten van zich af wilde schudden.

Daarna opende ze het boekje en staarde naar de eerste zinnen. Het kostte haar geen enkele moeite om Carls handschrift te herkennen. Hij had een typische hanenpoot, die slechts voor weinigen leesbaar was. Zij was een van die weinigen en ze zou zijn handschrift uit duizenden herkennen. Het zien ervan bezorgde haar kippenvel. Het was alsof hij opeens uit zijn donkere bergplaats was opgestaan om nog één keer met haar te praten.

Hannah haalde diep adem en begon te lezen.

De eerste paar zinnen hadden betrekking op de klim. Het ging over de voorbereidingen ervan en Carl schreef in technische termen waar ze niet veel van begreep.

'Manuel wilde de Poolse Gletsjer nemen', schreef Carl op een bepaald moment. 'Dan kunnen we net zo goed over de Kalverstraat in Amsterdam wandelen. Iedere klimmer neemt die route. Het is nog net geen toeristische trekpleister, maar het komt aardig in de buurt. Geen uitdaging. Niet voor ons. Ik wil de Franse. Die stelt tenminste wat voor. Manuel zal nog wel even blijven doordrammen, maar uiteindelijk win ik toch. Dat doe ik altijd en dat weet hij. Anders had hij al lang geprobeerd om Hannah te versieren. Ik weet verdraaid goed wat hij voor haar voelt. Hij probeert het te verbergen, maar ik ben niet achterlijk. Het maakt verder niet uit. Hannah houdt van mij en dat weet hij. Alleen al om die reden zal hij nooit proberen om er werk van te maken. Maar als het werkelijk eropaan zou komen, zou ik ook in dat opzicht winnen. Hij is simpelweg te beleefd.' Er stond een smiley achter. Hannah kon zich zijn gezicht voorstellen toen hij dat had geschreven. Een grote, wat zelfvoldane grijns. Hij had Manuel altijd graag gemogen, maar iets van concurrentie was er altijd al geweest. Een vriendelijk soort competitie. En Carl wilde altijd winnen.

In de daaropvolgende notities had hij het niet meer over Hannah. Blijkbaar speelde het voor hem geen grote rol. Onzekerheid lag niet in Carls aard. Hij beschreef stukken van de klim en uit iedere zin maakte ze op dat hij ervan genoot. Het beklimmen van de heftige wanden en het overwinnen van sneeuwhellingen, de pijn in de spieren, de kou, het afzien ... Carl beschreef het alsof hij een feestje vierde. Hannah kon zich er iets bij voorstellen. Dit was wie Carl was. Waar hij voor had geleefd. Zijn avonturen hadden handenvol geld gekost en ervoor gezorgd dat ondanks een dubbel inkomen – behalve dan als Carl weg was – en goedkoop wonen ze toch soms krap bij kas hadden gezeten. Maar Hannah had daar nooit een punt van gemaakt omdat ze altijd had geweten hoe belangrijk het voor hem was. Zijn notities bevestigden dit alleen maar. Nu was ze alleen maar blij dat hij de dingen had gedaan die hij had willen doen. Heel even kwam het bij haar op dat hij misschien had beseft dat hij niet oud zou worden. Hij had op die manier geleefd. Alsof hij alles snel moest doen, voordat het te laat was. Aan de andere kant ging het misschien toch wat ver om zo te denken. Wellicht was Carl ook gewoon een beetje hyper geweest. Ze glimlachte een klein beetje om die gedachte en las verder.

'Viento Blanco. Uitgerekend nu. We hebben nog maar één dag te gaan en nu gebeurt dit. Ik zag de eerste verschijnselen vanmorgen al. Manuel zag het pas later. Misschien begon hij er pas later over. Ik weet het niet. Ik had gehoopt dat het hem niet zou opvallen. Stom natuurlijk. Manuel kijkt niet over zulke dingen heen. Nu ik erover nadenk, besef ik dat hij het waarschijnlijk ook eerder heeft gezien, maar er niet over begon omdat hij net als ik hoopte dat het weer zou verdwijnen. Maar dergelijke ellende verdwijnt nooit zomaar. Ik weet nu al wat Manuel gaat zeggen ...'

Een volgende pagina.

'Manuel wil niet meer verder. Natuurlijk niet. Ik heb geprobeerd hem om te praten, maar hij houdt voet bij stuk. Dit keer wel. Ik heb voorgesteld om de klim vannacht te doen. Het kan tot morgenvroeg duren voordat het weer doorzet en dan zitten we allang op de top. Ik zit liever daar een paar dagen vast dan ergens op deze helling. We hebben genoeg licht en ik weet dat we het kunnen. Die vermoeidheid verdwijnt wel.'

Nog een stukje verder.

'Manuel slaapt. Ik kan niet slapen. Ik kan niet opgeven. Ik heb het geprobeerd, maar ik kan het niet. Ik moet naar boven. Er is nog geen storm, dus ik kan niet wachten. Ik zit hier bij het licht van mijn kleine zaklamp te schrijven. Als Manuel wakker wordt houdt hij mij tegen. Ik zal dus stil moeten zijn.' Zijn handschrift was nu nog slechter te lezen dan voorheen, waarschijnlijk omdat hij bij slecht licht had geschreven. Hannah had een droog gevoel in haar keel. Ze keek naar de vlekken op de pagina en naar de regel die verloren ergens onderaan was neergeklad.

'Ik hou van Hannah'. Het had geen betrekking op alles wat hij had geschreven en op geen enkele manier kon ze opmaken dat hij had geweten dat hij niet meer terug zou komen. Ze sloot even haar ogen en zag hem voor zich, zittend in een tent, schrijvend bij het licht van zijn zaklantaarn, terwijl Manuel naast hem lag te slapen. Ze zag voor zich hoe hij af en toe naar Manuel keek om te controleren of hij nog sliep. Ze zag zijn onrustige bewegingen die ze zo goed kende en die typisch waren voor Carl, als hij die onrust diep vanbinnen voelde. Ze wist nu dat hij dat op dat moment ook had gevoeld en dat het dusdanig aanwezig was geweest dat hij het niet had kunnen negeren. Het was nooit zijn bedoeling geweest om niet meer terug te komen, en misschien had hij ergens gehoopt dat Manuel wakker zou worden en hem tegen zou houden, maar dat was niet gebeurd. En op dat allerlaatste moment had hij waarschijnlijk die allerlaatste zin geschreven. Niet omdat hij niet terug wilde komen. Maar omdat hij de risico's kende.

Hannah voelde de tranen in haar ogen branden.

Manuel had het werkelijk niet geweten.

HOOFDSTUK 18

'Fijn dat je meteen kon komen,' zei Hannah de volgende dag tegen Roel, toen hij om kwart over vijf aan haar deur stond.

'Je weet dat ik altijd meteen kom,' zei Roel met een glimlach. Hij probeerde Hannah op haar wang te kussen, zoals hij tegenwoordig steeds deed, maar Hannah week achteruit.

Roel keek haar verbaasd aan, terwijl hij zich staande trachtte te houden tegenover de zestig kilo druk van Lobbes, die blijkbaar precies daar wilde staan waar Roel stond.

Hannah deed alsof ze niets merkte en liep voor hem uit naar de woonkamer.

Roel volgde haar, Lobbes zorgvuldig ontwijkend.

Hij ging niet zitten, maar keek haar aan toen ze zich naar hem omdraaide.

'Is er iets?' vroeg hij. Ze hoorde de gebruikelijke bezorgdheid in zijn stem. Voor de eerste keer irriteerde het haar.

Ze beantwoordde zijn blik rechtstreeks.

'Waarom, Roel?' vroeg ze slechts.

Roel probeerde verbaasd te kijken, maar ze zag zijn beginnende onrust.

'Wat bedoel je?' vroeg hij. Zijn stem sloeg over.

'De mails, de dingen die je over Manuel zei ...'

'Mails? Welke mails?' Hij deed nog steeds erg zijn best om verbaasd te klinken, maar het miste de overtuiging.

'De mails van Manuel. Je hebt ze gewist.'

Roel leek een paar tellen na te denken. 'Heb je hem gesproken?'

'Ja.'

'En dan geloof je hem? Hij zit achter je aan, Hannah. Dat weet je. Hij heeft zeker weer gebeld?'

'Nee. Hij was hier.'

'Hier? Hij zat toch … wat deed hij hier? Waarom geloof je hem, Hannah?'

'Hij zat toch in Argentinië, ja?'

'Ik weet niet waar hij zat.' Dit keer bewogen zijn ogen zich van haar af.

'Roel … ik weet dat je liegt. Je wist wel degelijk dat hij daar zat en je hebt zijn mails gewist.'

'Goed,' gaf Roel uiteindelijk toe. 'Ik heb zijn mails gewist. Maar alleen omdat ik wist dat je met rust gelaten wilde worden.'

'Hij schreef onder andere dat hij Carl zocht. Denk je niet dat ik dat had willen weten?'

'En weer hoop krijgen? Hoop die daarna weer de grond in wordt geboord en jou kapotmaakt?' Roel schudde zijn hoofd. 'Dat is precies wat ik je wilde besparen. Bovendien betwijfel ik of hij daar werkelijk naar Carl zocht. Of hij werkelijk wil dat Carl wordt gevonden.'

'Carl is gevonden.'

Roel staarde haar nu ontzet aan.

'Daarom was Manuel hier. Om te vertellen dat Carls lichaam is gevonden.'

'Was het nodig om daarvoor te komen? Ik neem aan dat de instanties je daarover ook berichten. Dus was het nodig voor hem om te komen of had hij een andere reden?' Er klonk nu ook iets van woede door in Roels stem.

'Hij wilde het zelf tegen mij zeggen.'

'Dat zal wel.'

'Waarom heb je het gedaan, Roel? Waarom heb je die mails gewist en niets erover gezegd?'

'Dat heb ik je gezegd. Omdat ik wist dat je met rust gelaten wilde worden. Om je te beschermen.'

'Ik ben een volwassen vrouw, Roel. Ik kan zelf bepalen in hoeverre ik met rust gelaten wil worden en of ik beschermd wil worden. Je had het moeten zeggen.'

'Ik bedoelde het goed.'

'Bedoelde je het ook goed toen je die mail terugstuurde en zijn adres blokkeerde zodat ik niets meer van hem kon ontvangen?'

'Ja. Ik wilde dat hij je met rust liet. Manuel kan zeggen wat hij wil, maar hij is gek op je en hij was bij Carl toen hij stierf. Ik heb het eerder gezegd en ik zeg het nog een keer: je weet niet welke rol hij daarin heeft gespeeld.'

'Geen.'

'Heeft hij je daarvan weten te overtuigen?'

'Nee, hij niet.'

Ze keek naar Roel, die haar vragend en wat ongedurig aankeek.

'Het was Carl.'

'Doe niet zo idioot, Hannah. Carl is dood. Je hebt net gezegd dat ze zijn lichaam hebben gevonden.'

'Ja. Carl is dood. Maar hij is evengoed degene die mij vertelde hoe het is gegaan. Ze hebben zijn notitieboekje bij hem aangetroffen. Hij hield altijd zo'n boekje bij tijdens een klim. Dat deed hij ook deze keer. Hij schreef hoe graag hij naar de top wilde, ondanks de op komst zijnde storm, en hoe hij 's avonds uit de tent is geslopen toen Manuel sliep.'

'Heeft Manuel je dat boekje gegeven?'

'Ja.'

'Wie zegt dat hij dat zelf niet heeft geschreven?'

'Ik. Ik ken Carls handschrift uit duizenden. Ik ben een van de weinigen die het kan lezen. Een handschrift als dat van Carl kopieer je niet.'

Roel keek Hannah een paar tellen aan, draaide zich om en begon te ijsberen. Hannah bleef staan waar ze stond. De hond stond naast haar, bijna alsof hij haar wilde beschermen. Wat natuurlijk een rare gedachte was, gezien de aard van de hond. En gezien er niets te beschermen viel. Als dat wel zo was geweest, zou Lobbes trouwens de laatste zijn die het zou merken.

Roel stopte abrupt en keek Hannah weer aan.

'Goed. Misschien is het niet zo gegaan als ik dacht.' Hij schudde zijn hoofd alsof hij er nog over nadacht en het weer van zich af wilde schudden. 'Maar het had zo kunnen gaan. Ik dacht ook werkelijk dat het zo was gebeurd. Ik was bang. Bezorgd om je. Dat hele verhaal van Manuel, het feit dat hij je dingen liet doen ... nou ja ... en toen dus die vent die belde. Ik was bang dat ... dat Manuel gevaarlijk was. Sorry. Het spijt me. Je hebt helemaal gelijk dat ik het nooit zo had mogen doen.'

Hannah keek naar de jonge kerel met wie ze al zo lang bevriend was. Iets van de kilheid die de vorige avond bij haar was ontstaan, verdween.

'Het was niet Manuel die belde,' zei ze.

'Weet je dat zeker?'

Hannah dacht na over die vraag. 'Ja ...' zei ze toen langzaam. 'Ik weet het zeker.'

Roel staarde haar aan. 'Ik niet,' zei hij toen. 'Blijft Manuel nu hier?'

'Voorlopig.'

'En dan?'

'Geen idee.'

'Heb je tegen hem gezegd wat er nu tussen ons is?'

'Nee.'

'Waarom ...'

'Roel ... ik ben bang dat het niets wordt.'

'Wat?'

'Tussen ons. Het wordt niets tussen ons.' Dit gedeelte van het gesprek had Hannah niet voorbereid. Ze had niet eens meer over de verhouding tussen haar en Roel nagedacht. Maar nu ze het zei besefte ze dat het zo was.

'Het heeft met Manuel te maken,' constateerde Roel. 'Hij heeft je omgepraat.'

'Ik heb je al gezegd dat ik het er met Manuel helemaal niet over heb gehad,' bracht Hannah hem in herinnering.

'Wat is er dan tussen jullie gebeurd?' Ze hoorde de ingehouden woede in zijn stem.

'Er is niets gebeurd,' zei ze. 'Helemaal niets.'

'Waarom zeg je dan zulke dingen?'

'Omdat het zo is. Ik probeerde mijzelf iets wijs te maken, Roel. Ik probeerde mijzelf voor te houden dat de liefde vanzelf zou komen omdat de rest er was. Ik mocht je zo graag, Roel. Je was altijd mijn allerbeste vriendje. Mijn maatje. Je was er voor mij als ik je nodig had en er was niets wat je niet voor mij wilde doen. Ik dacht dat die basis goed genoeg was. Dat ik vanzelf op die andere manier van je zou kunnen gaan houden. Maar ik vergiste mij, Roel. Het is niet zo. Ik hou van je, Roel. Maar niet op de manier waarop je van een partner houdt.'

'Het komt door Manuel,' zei Roel weer. 'Als hij niet was gekomen ...'

'Misschien.'

Roel begon weer te ijsberen. Zijn bewegingen waren kort en nijdig. Het was een kant van Roel die Hannah niet kende.

'Je moet het begrijpen, Roel,' probeerde ze.

Roel bleef abrupt staan en keek haar aan. Zijn gezicht was rood aangelopen. 'Ik begrijp het niet,' zei hij. ' We horen bij elkaar, Hannah. Dat is altijd al zo geweest. Jij bent de enige die het niet zag. En nu ... nu leek het goed te gaan. Nu Carl eindelijk weg was ...'

'Roel!'

'Kwam Manuel weer ...'

'Roel!'

'Waarom is hij niet weggebleven?' Zijn stem had een typische klank aangenomen, die Hannah herkende.

Ze verstarde en staarde hem aan. Ze keek naar zijn woedende gezichtsuitdrukking.

'Jij was het,' zei ze langzaam.

Roel gaf geen antwoord.

'De man aan de telefoon. Jij was het,' zei ze.

'Doe niet zo idioot. Ik heb geen zware stem. Bovendien belde hij toen ik bij je was ...'

'Ik weet niet wie toen belde, want ik sprak hem toen niet. Maar jij was het wel. Je hebt geen zware stem, maar je kunt hem zwaarder laten klinken als je wilt. Als je kwaad bent. Met die typische schorre klank erin. Niet helemaal hetzelfde als via de telefoon, maar met wat geluiddempend materiaal of een omvormer of zo ... weet ik het ... Ik heb je eerder nooit kwaad gehoord. Of gezien. Maar nu ...'

'Je haalt je dingen in je hoofd. Het was Manuel.'

'Nee. Het was Manuel niet. Maar jij wilde dat ik dat dacht. Jij wilde dat ik Manuel wegstuurde. Omdat hij concurrentie was.' Roel zweeg.

'Jij was het,' herhaalde Hannah, alsof ze zichzelf er nog van moest overtuigen.

'Wat is er met jou aan de hand?' Roel begon weer te ijsberen, terwijl hij heftige bewegingen maakte met zijn handen. 'Wat is er met jou aan de hand? Dat wil ik weten.' Hij liep weer naar Hannah en bleef tegenover haar staan. 'Ik ben er altijd voor je geweest. Ik heb films met je gekeken, popcorn gegeten en likeur met je gedronken als je je niet prettig voelde. Ik hou niet eens van likeur! Maar het maakte niet uit. Ik deed het voor jou. Toen we jong waren al. Altijd was ik bij je. Was ik er voor jou. Maar zag je mij staan? Nee. Je zag alleen andere jongens. Van die macho's. Opgeblazen ballen zonder hersens. Het gaat wel over, dacht ik. En toen kwam Carl. Avontuurlijke, knappe Carl. Ik dacht dat ik ontplofte toen je vertelde dat je echt van hem hield. Dat je met hem ging trouwen. Maar wat kon ik doen? Zeg mij eens wat ik kon doen?' Hij keek Hannah driftig aan. 'Je tegenhouden? Had je je laten tegenhouden? Nee ... natuurlijk had je dat niet gedaan. Dus bleef ik je maatje, zoals je mij noemde. En ik ... ik wilde gewoon bij je in de buurt zijn. Op een dag zou het toch afgelopen zijn met Carl. Carl dacht alleen aan zichzelf. Hij dacht nooit aan jou. Maar jij was te dom om dat te zien. Toen je dat bericht kreeg, toen je hoorde dat Carl was verdwenen, dacht ik dat de dingen eindelijk zouden veranderen. Het was de kans waarop ik had gewacht. Carl verdween uit beeld. Beter nog. Hij was dood. Ik zou je opvangen. Er voor je zijn. En toen kwam Manuel. Ik begrijp niet dat je zo stom kon zijn om daarin te trappen. Manuel keek altijd al met zo'n broeierige blik naar je. Hij wilde je gewoon gebruiken. Seks. Daar ging het om. Aan iets anders denkt zo'n kerel niet. Dus toen Carl uit beeld was, greep hij zijn kans en jij trapte erin. En dat niet alleen. Je voelde je rot toen het was gebeurd, maar ik merkte dat je iets voor hem voelde. Voor Manuel, notabene! Die ... die ... Nou ja ... Ik moest iets doen. Ik kon je niet nog een keer kwijtraken. Ik deed wat ik moest doen. Om jou tegen jezelf en figuren zoals Manuel te beschermen. Omdat je niet wist wat goed voor je was. Het was een goede beslissing. Alles ging zoals het moest gaan. Je begon eindelijk in te zien dat ik meer was dan een maatje. Dat ik degene was met wie je verder kon. Die er voor je was. Die je goed behandelde. Die bij je hoorde. En nu is Manuel weer terug. Waarom is hij niet daar gebleven? Waarom is hij niet in een of andere kloof gevallen? En waarom zie jij niet in dat ik de dingen die ik heb gedaan alleen maar deed om je te beschermen? In tegenstelling tot kerels als Carl en Manuel. Waarom zie je dat niet? Wat is er mis met je?'

Hannah slikte moeizaam. 'Roel ... ik wil graag dat je gaat.'

'Ik kan niet gaan. Zie je dan niet in dat ik niet kan gaan? Ik hou van je, Hannah. Ik ben de enige die echt van je houdt. Waarom zie je dat niet?'

'Roel, je hebt gelogen over alles. Over Manuel, over je eigen intentie ... Overal over. Hoe kun je zelfs maar denken dat er een toekomst voor ons is? Ik hou niet van je, Roel. Niet op de manier waarop je wilt dat ik van je hou. En misschien niet eens meer op een andere manier.'

'Je houdt wel van mij. Ik weet dat je dat doet. Ik kan mij niet weer alles laten afnemen, Hannah.' Hij pakte haar arm vast en trok haar ruw naar zich toe. Hij had meer kracht dan ze ooit had vermoed. Ze keek in zijn ogen en besefte dat ze deze kant van Roel niet kende. Het was alsof ze tegenover een volkomen vreemde stond. Een moment lang was ze bang. Doodsbang.

Maar nog voordat ze de situatie goed tot zich kon laten doordringen, werd ze aan de kant gedrukt door Lobbes, die zich tussen haar en Roel drukte. Verbijsterd keek zij naar beneden, naar de hond. Roel deed hetzelfde en zijn greep verslapte een seconde. Lobbes tilde zijn kop naar Roel op en trok zijn bovenlip op, terwijl een diep gegrom uit zijn keel kwam.

Roel liet Hannah onmiddellijk los en deinsde achteruit.

'Het lijkt mij beter dat je nu onmiddellijk gaat,' zei Hannah. 'Bedankt voor de dingen die je in het verleden voor mij hebt gedaan, maar onze vriendschap eindigt hier.'

Roel staarde haar een paar seconden woedend aan, waarop de hond zijn kop iets meer naar hem uitstrekte, nog altijd met opgetrokken bovenlip en nog altijd grommend. Roel draaide zich met een ruk om en liep weg. Hannah bleef doodstil staan en hoorde de voordeur opengaan en met een klap dichtslaan.

Daarna zakte ze neer op de bank en begon te huilen. De hond legde zijn kop op haar schoot, alsof hij haar wilde troosten.

HOOFDSTUK 19

Onzeker klopte Hannah op de deur die Annieke haar had aangewezen. Het duurde een tijdje voordat ze iets hoorde, maar juist op het moment dat ze zich wilde omdraaien en gaan, ging de deur open en keek ze recht in het gezicht van Manuel.

'Het was Roel,' zei ze.

Manuel deed de deur verder open en liet haar binnen. Hannah liep de kleine, schaars ingerichte ruimte in. Het was een zitslaapkamer met een klein keukenblok, weggemoffeld in een hoek. De meubels waren gedateerd, maar netjes. Hannah ging niet zitten. Ze liep naar het midden van het vertrek en bleef daar wat onhandig staan.

'Roel gaf mij het idee dat jij niet deugde. Dat je achter mij aan zat en mogelijk een aandeel had gehad in Carls verdwijning. Hij suggereerde zelfs dat jij de man was die steeds belde. Maar uiteindelijk bleek hij het te zijn. Roels gevoelens voor mij moeten ergens in de puberteit zijn veranderd, maar ik heb het nooit gemerkt. Ik zag hem gewoon als een vriendje en vertelde hem alles over school, mijn ouders en natuurlijk over vriendjes. Hij luisterde altijd en maakte grapjes, maar ondertussen zat het hem dwars. Dat ik Carl leerde kennen beviel hem nog minder, maar hij wilde mij niet kwijt en bleef in de buurt rondhangen. Toen Carl dood was, dacht hij eindelijk zijn kans te krijgen. Ik wist nergens van. Ik zag het niet en ik begreep het niet. Ik begreep ook niet dat hij jou als concurrentie zag. Maar dat was wel zo. Daarom zette hij mij op tegen jou, verzon scenario's over dingen die jij gedaan zou hebben en belde mij op in de hoop dat ik dacht dat jij het was en dat ik bescherming bij hem zou zoeken. Bijna was het hem gelukt. Ik dacht erover na om met hem verder te gaan. Ik hield niet op die manier van hem, maar ik dacht dat het nog kon komen. Omdat hij er altijd voor mij was.

Omdat ik van hem op aan kon. Ik had geen idee ... Totdat jij over de mails begon. Er was maar één persoon die in mijn mail kon. Roel. Een hacker leek mij erg onwaarschijnlijk, maar Roel ...

Ik heb hem vandaag gesproken en hem ermee geconfronteerd. Hij ontkende het eerst, maar daarna werd hij woedend. Zoals hij was ... zo heb ik hem nooit eerder gezien. Zelfs zijn stem klonk anders. En toen begreep ik het dus helemaal.' Ze schudde haar hoofd alsof ze nog steeds niet kon bevatten wat er was gebeurd. 'Hij greep mij vast. Ik weet niet wat hij wilde doen, maar ik was een moment lang zelfs bang voor hem. Maar toen kwam Lobbes. Hij gromde naar Roel. Ik wist niet eens dat Lobbes kon grommen.'

'Lobbes is een hond als alle andere.'

'Hij is een angsthaas. Hij waakt niet ...'

'Maar hij beschermt je blijkbaar wel.'

'Blijkbaar. Jee ... ik begrijp niet dat ik het niet heb gezien. En dat ik hem geloofde toen hij die dingen over je zei. Dat je gek op mij was en alles deed om mij te krijgen ...'

'Eén ding is in elk geval niet gelogen,' zei Manuel. Hij keek Hannah aan.

'Ik ben gek op je. Altijd al geweest.'

Hannah bleef hem aanstaren zonder te weten wat ze daarop moest zeggen.

Manuel zette een stap dichterbij. 'Ik heb het al eerder gezegd, Hannah. Ik ben gek op je en ik wil echt met je verder.' Hij kwam nog dichterbij. Hij reikte naar haar en zijn vingertoppen raakten zacht de huid van haar gezicht. Hannah sloot haar ogen. Hij boog zich naar haar toe en kuste haar zacht op de mond.

HOOFDSTUK 20

' Hallo, Anna.' Anna zat op het bankje bij het bloemenbed, waar nu steeds meer bloemen uit het donkere zand verrezen om van de voorjaarszon te genieten. Ze zat hier steeds vaker. Het was een klein stukje van de oude Anna dat in dat verdwaalde lichaam zat verborgen. Anna had altijd veel van bloemen gehouden.

Anna keek Hannah slechts vluchtig aan. Hannah was niet belangrijk. Haar blik was gericht op twee bijen, die ijverig boven de bloemknoppen zweefden en honing zochten.

'Gisteren was de begrafenis van Carl, Anna. Ik heb je al even geleden verteld dat zijn lichaam is gevonden en dat ze hem naar huis hebben gebracht. Het heeft allemaal een tijdje geduurd, maar gisteren kon de begrafenis eindelijk plaatsvinden. Natuurlijk heb ik Van der Velde de dienst laten doen. Je weet hoe hij is. Hij deed het heel netjes, hoor. Hij heeft zich aardig weten te beheersen en er een eenvoudige korte dienst van gemaakt. Carl zou niet anders hebben gewild. Ik moest eerlijk gezegd wel huilen. Ik heb de laatste weken zoveel gehuild dat een beetje meer of minder ook niet meer uitmaakt en ik ben nu eenmaal nogal emotioneel. Dat weet je wel. Ik huilde nog bij Dombo. Nu is dat ook wel een erg zielig stuk, waar hij zijn moeder in die enorme kooi ziet en niet bij haar kan. En zij hem zacht aanraakt met haar slurf ... Nou ja ... in elk geval moest ik nu dus ook huilen. Tenslotte was het een definitief afscheid van Carl. Misschien had ik al eerder een beetje afscheid genomen, maar niet definitief. Ergens dacht ik nog steeds dat hij op een dag weer tevoorschijn zou komen. Carl deed vaak dingen die je niet verwachtte. Hij zal ze daarboven nog regelmatig de schrik van hun leven bezorgen.' Ze glimlachte een beetje. 'Maar het was een mooie begrafenis. Manuel heeft nog een stukje voorgedragen, maar ik weet niet meer wat hij vertelde. Ik was te emotioneel. Hij zal het mij later nog wel een keer vertellen, denk ik. Als ik er beter tegen kan. Nu niet.' Hannah schraapte haar keel en keek even naar Anna, die met een zachte glimlach op haar gezicht nog altijd de bijen volgde.

'Na de dienst gingen we naar het crematorium. Allison heeft nog iets gezegd en toen was het zover. Carl zei vroeger altijd dat hij zijn as uitgestrooid wilde hebben over de bossen. Ik nam hem nooit serieus. Hij was nog zo jong. Maar nu ... nu wil ik doen wat hij verlangde. Het mag eigenlijk niet. Tenminste ... niet zomaar. Normaal gesproken hebben ze daar een speciaal veld voor. Een speciale plek. Maar dat zou Carl nooit gewild hebben. Hij ging altijd tegen de regels in. Dus ik neem zijn as mee en doe het zelf. Ik weet zeker dat hij dat, als hij daarboven ergens op een wolk zit en toekijkt, helemaal geweldig vindt.'

Ze legde haar hand op die van Anna en keek naar boven. Anna leek zich even wat ongemakkelijk te voelen, maar ze trok haar hand niet weg.

'Roel is weg uit Olme. Misschien zou ik daar blij om moeten zijn, maar ik denk toch dat ik hem ga missen. Ondanks alles. Hij schreef mij een brief waarin hij zijn excuses aanbiedt en uitlegt dat weggaan voor hem de enige optie is. Hij hield echt van mij. Waar hij naartoe is gegaan, weet ik niet. Ik denk dat dat ook de bedoeling is. Ik heb er erg veel verdriet van gehad dat hij de dingen heeft gedaan die hij heeft gedaan, maar ik heb hem vergeven en nu spijt het mij alleen maar dat het zo is gelopen. Het enige wat mij niet spijt is dat het nooit tot een huwelijk tussen mij en hem is gekomen. Het had nooit gewerkt. Misschien wist ik dat diep vanbinnen wel, maar ik wilde er niet bij stilstaan. Ik wilde logisch denken.' Ze lachte even. 'Nou ja ... logisch denken ging mij toch al nooit goed af.' Ze kneep zacht in Anna's hand en keek ook naar de bloemen. 'Allison is blij dat Roel weg is. Ze heeft hem nooit erg gemogen en had steeds al het gevoel dat hij mij probeerde op te zetten tegen Manuel en loog over dingen. Ze vond hem een gladjanus. Ik kan Roel nog steeds niet zo zien, maar in zekere zin had ze wel een beetje gelijk. Heb ik je al gezegd dat het weer uit is met die nieuwe vlam van haar, die Rudger? Typisch Allison. Zodra een relatie serieus dreigt te worden, breekt ze hem af. Misschien heeft ze bindingsangst of zo. Aan de andere kant kan het ook zo zijn dat ze haar huidige leven niet wilt opgeven. Ze vindt het heerlijk om 's avonds in een woning te komen die alleen van haarzelf is en waar ze alleen haar eigen rommel vindt, om te doen waar ze zin in heeft en wanneer, om overuren te maken als ze met een interessant project bezig is en om gewoon haar eigen weg te gaan. Allison zit niet echt te wachten op iemand aan haar zijde. In elk geval niet op een partner. Ze heeft een kat aangeschaft. Een grijs geval met een roze neus. Lelijk als de nacht, maar wel lief.' Hannah glimlachte even. 'Misschien ben ik in dat opzicht anders. Ik vind het heerlijk om iemand te hebben die op mij wacht. Behalve Lobbes natuurlijk. Ik zou hem voor geen geld willen missen, maar ik heb ook behoefte aan een partner. Iemand om dingen mee te delen. Ik had alleen niet verwacht dat het zo snel weer zou gebeuren. Maar het valt niet te ontkennen … ik heb Manuel altijd erg graag gemogen. Waarschijnlijk meer dan dat, maar zoiets mag niet als je een relatie hebt. Niet dat ik ooit iets verkeerds deed … maar er was altijd dat gevoel. Al probeerde ik het nog zo hard te ontkennen. Ik weet nu dat het er was. Nu kan ik natuurlijk gaan beweren dat het zo heeft moeten zijn, maar dat is onzin. Het heeft nooit zo moeten zijn dat Carl zo vroeg doodging en ik hield echt van hem. Maar wij beslissen nu eenmaal niet hoe het loopt. En ik ben blij dat ik Manuel nu heb. We wonen nog niet samen. Ik vind het nog te vroeg. Ik heb nog wat tijd nodig. Maar ik hou van hem en hij houdt van mij. Hij houdt genoeg van mij om te wachten.' Hannah lachte weer. 'Zelfs Lobbes houdt van hem. Daarom was hij tegenover hem altijd vriendelijk en liep hij Roel altijd ondersteboven. Ik dacht dat hij gewoon lomp was, maar Lobbes wist meer dan ik. Jij zou hem trouwens ook mogen. Manuel, bedoel ik. Ja, Lobbes misschien ook, maar die is wat groot en onhandig om mee hierheen te nemen. Maar Manuel neem ik op een dag wel mee. Ik weet dat je hem zult mogen, al kun je dat niet vertellen. Hij is gewoon … gewoon iemand die je zou liggen.'

Anna trok haar hand weg en begon aan haar jurk te friemelen. Onrustig keek ze even naar Hannah alsof ze haar nu pas opmerkte.

'Ik neem hem niet direct mee, hoor. Later een keer. Zoals ik al zei, doe ik het rustig aan. Ik heb mijn eigen huis en mijn winkeltje. Het loopt trouwens goed, dat winkeltje. Beter dan ik had kunnen vermoeden. En ik vind het leuk om te doen. Dus ik kan voor mijzelf zorgen. En je hoeft niet bang te zijn dat ik mij daarom te snel in een nieuwe relatie stort. Omdat ik iemand nodig heb die voor mij zorgt. Dat is nooit zo geweest en dat zal ook nooit gebeuren.

Er is voor mij maar één reden om een relatie te beginnen en om die aan te houden. En dat is liefde.'

Anna's hand greep die van Hannah vast, terwijl ze met de andere hand opeens opgewonden naar de bloemen wees. Er streek een kleurige vlinder op een van de bloemen. Het was de eerste vlinder die Hannah dit jaar zag. Anna lachte met heel haar gezicht. Hannah koesterde Anna's hand en keek glimlachend naar de vlinder. Het moest een hele belevenis zijn om alles steeds opnieuw voor de eerste keer te zien, zoals haar moeder dat deed. Misschien zou ze dat zelf ook moeten doen. Voor zover dat voor haar mogelijk was. Alles opnieuw zien, alsof het de eerste keer was.

Author's Note

Always with You is based on a true story. Kim now lives with her family in a suburb of Chicago, Illinois. She is still only able to see hazy images.

From age four to age nine, Kim lived in the China Beach Orphanage in Da Nang, Vietnam. Because of her vision problems, Kim was sent to the United States for eye surgery. After the surgery, she returned to Vietnam. However, when one of her eyes became infected and she required more surgery, the doctors insisted that Kim stay in the United States. She was then placed in foster care. Later she was adopted into a family.

The Vietnam War (1959–1975) was a civil war between North Vietnam (the Viet Cong) and South Vietnam (the Democratic Republic of Vietnam). In the 1950s, the United States began assisting the South Vietnamese to keep the Communist influence of North Vietnam under control.

In 1964 the United States officially became part of the war. For the next nine years, more than two million United States soldiers fought along with the South Vietnamese. More than 50,000 American soldiers lost their lives, while hundreds of thousands of Vietnamese were killed during the war. Historians estimate that the number of children orphaned by the Vietnam War ranges between 300,000 and 800,000.

In 1975 President Ford declared the war "finished."

— Ruth Vander Zee